青妤記

6之1

〈有鳳初啼〉

一半是天使 著

風文創 030

風文創 030

目錄

目錄

序言

一半是天使

《青好記》動筆於二〇一〇年二月，完成於二〇一一年十一月，算是我創作時間最長的一部作品了。中間經歷了懷孕、生子的八個月停筆，兜兜轉轉，當終於寫完它的時候，我從未有過如此深的感慨。

一直癡迷於戲曲，特別是崑曲。從二〇〇八年開始動筆寫，我腦中就總是盤旋著想要寫一部與中國古代戲曲藝術相關的小說。想像著那樣風流婉轉的扮相，那樣軟糯清甜的唱腔，心中總是充滿了憧憬，有種想用文字細細表達的衝動。

終於在第五本書要動筆的時候，我覺得時機到了，正好那時又讀了于丹的《遊園驚夢》，裡面關於崑曲藝術的描寫讓我很受觸動。如果對於傳統文化，不同的人有不同的方式去喚起人們的關注，那身為作家寫手的我，是不是也能用一部小說去為讀者展現那曾經輝煌無比的古代藝術呢！

於是，衝動化作了行動，行動化作了現實中的這一本《青好記》。而在我過去發表的所有書中，它應該算是我書兒子裡最得我心的。

我一直認為我的書很小眾，文筆細膩清新，注重氣氛的營造和人物描寫，卻往往會忽略劇情的緊湊。而且文字的古味偏濃，包含了我很多的執念和行文習慣在裡面，因此被友人評為「畫卷派」。

看著網路上大神層出不窮，我有時候總想著，我是不是要迎合一下大眾審美的需求，文筆小白一點、劇情狗血一點、人物誇張一點……可那樣就不是我了。大量生產出來的暢銷書固然讓人羨慕，但固守靈台的清明，卻能讓我內外皆舒展。

我的文，適合書友捧於手心，找個閒適的午後，或聆聽這窗外小雨，或躲著刺目的陽光，伴著一杯清茶，慢慢的讀。那種骨子裡的清新，可以滌蕩靈魂，摒棄紛擾，求得一身的輕鬆愜意。

如果你真的感受到了，那就表示我成功了，這也就足夠了。

現實生活中的我很浮躁，平日工作常和各種各樣的人打交道。特別是浮華的娛樂圈，大小明星的採訪不下百場，大家都匆匆的相聚，然後匆匆的分別，除了留下影像資料，沒有任何可以回味的東西。所以私底下的我喜歡緩慢的生活節奏，喜歡各種古舊的傳統文化。我甚至羨慕古人沒有任何通訊設備的生活，至少在我想要不被打擾的時候不會有電話突然響起。

我也總是喜歡說一句話：這個世界太快，我們也該稍微放慢一點兒腳步，停下來，讓我們的靈魂能夠跟上。

這個時代，能夠快的人太多太多，但我們真正需要的，卻是慢下來，享受生活。如果我的書能夠讓你稍微慢下來一點，哪怕一點點，我也會很高興的。

《青好記》是我實體出版的第一本書，也是第一本在臺灣以繁體字出版的書。很高興它有了好的歸宿，也很高興透過它，能夠和臺灣的書友們溝通交流。

引子

十年前，京城極負盛名的花家班班主花無鳶突然猝死，一代名伶香消玉殞。百姓念其德藝，紛紛在自家門前掛上白色絹花，以示悼念。

皇朝天子更是賦詩一首，焚於花無鳶墳前以示哀思；御賜花家班「藝絕天下」的牌匾，詔告天下，花氏為本朝青衣的第一人，並賜其「大青衣」封號。

正當世人紛紛猜測花無鳶突然離世的原因時，一雙龍鳳嬰兒卻在花家班忠僕的護送下悄然出了京城。

直到十年後，姊弟倆才被花家老僕送回京城。

故事，也由此展開……

章一　前世為引

這是花子妤穿越而來的第十個年頭了。

十年中從嬰孩到稚女，她幾乎忘記了前世的種種，甚至名字，但卻記得那短短的二十四年裡周圍總是寂寞無聲的，因為，她生來就是個啞女。

從小父母俱亡，一直由外婆拉拔長大。聾啞學校畢業後，她每日在自家小書店裡幫忙守鋪子，生活簡單而缺乏任何波瀾。幸得有滿滿一屋子的書香相伴，否則日子會過得愈加空虛無寄。

當青春寥度了二十來年之後，平淡而平靜在某天清晨被打破了。倒楣的她剛打開店門，就被一個手持利刃的凶徒脅迫，清幽的街道上沒有一個人能相助，驚惶失措間她想要開口喊「救命」，然而在利刃刺進胸膛的那一刻，還是什麼聲音都沒能發出來。

瀕死的她只感到眼前一片血紅，冰冷刺骨的感覺瞬間蔓延了全身。她不甘心就這樣死去，不甘心做了二十多年的啞女，就這樣死於一個卑劣凶徒手中……可所有的不甘心卻無法說出口、無法表達，使得她整個人生猶如一個諷刺。

所以，當花子妤再次睜眼，發現自己竟變作一個「咿咿呀呀」叫嚷著揮動小胖手的女嬰時，她坦然地接受了穿越的事實，想著或許自己臨死前心中的吶喊被老天爺聽見了，憐憫她，給了她一次重新來過的機會，至少這次，世界是有聲的。

「姊，妳愣著做啥？外面風那樣大，小心嗓子啞了被鍾師父罵呢！」說話間，一個有些瘦弱的小男孩兒從屋子裡跑出來，鼻頭和額上均是閃晶瑩微光的薄汗，身上穿著洗得發白的藍布衣裳，梳著俐落的一個童子髻，邁著兩條小腿兒衝過來，一把奪了子好手中的木桶，順勢往院落一角的樺樹根下「嘩啦」一倒，復又拖住她的小手，兩人一併回了院落一角的屋子。

子好看著這個穿越得來的現成胞弟，臉上終於不再是落寞的表情，泛起一絲笑意伸手攏了攏他耳旁的亂髮，捧著他的臉蛋心疼的問：「子紓，今兒個就別練功了吧？回頭姊給鍾師父求情，就說你腳拐著了，好不好？」

「姊，咱們雖然是寄人籬下，但這尊嚴還是要有的。若不練功，哪能出人頭地，哪能讓別人承認我們是花無鳶的一雙兒女！」花子紓小小的臉蛋兒上有著無比堅毅的表情，話音雖然軟糯，卻含著一絲誰也無法忽視的倔強。

「噓——」

子好趕緊過去關上屋門，拉了弟弟在身邊坐下，又起身替他斟了一杯麥殼茶遞上。「好弟弟，虧得同屋師姊們都出去了，要是讓別人聽見豈不麻煩。古婆婆說了，母親當年因生我們而亡，除非你我能為皇帝欽封的『大青衣』，否則也別讓人知道咱們是花無鳶的一對兒女。」

「可是，」子紓擦了擦被冷風吹得有些紅腫的鼻頭，晶亮的眼眸瞬間變得有些黯然。「鍾師父只在早晨的時候讓我們吊吊嗓子、練練功罷了，其餘時間不是劈柴、燒火就是烹茶、做飯，這樣下去，別說做大青衣了，就連入宮唱戲都是不可能的事兒。」

「你看那些能真正坐在教習屋裡學戲的師兄師姊們，哪一個不是從幹雜活兒開始的？磨練耐性，也是做戲伶的一個重要過程，且不能急功近利。再說就快到九月初九了，別著急啊！」

子妤就著袖口替子紓擦了擦臉上的灰，又上下替他拍拍，看著整齊體面了，這才牽了他的小手，一齊往膳堂而去。

子妤姊弟口裡的鍾師父不過是花家班最底層的一個教習師父，只管新進的弟子們。上頭還有六個大師父，十二個小師父。

每日卯時初刻，鍾師父就負責叫子妤、子紓他們這些九等弟子起床，得先燒水、做飯，伺候了師父和師兄師姊們，之後才能有一個時辰的時間吊吊嗓子，練練基本功。

用過午膳，他們還得洗衣和準備所有人的晚飯，運氣好的男弟子會被派到前面打掃戲園子裡看官們的桌椅板凳，擺上茶盅、糕點、瓜子、水果等。這是個不輕鬆的活兒，若是出錯了會被罰跪，但好在可以順手捎帶些吃食藏在袖中，所以大家都很願意。待到上夜時分客人來了，就由戲園子請的姐兒們招呼，他們便會被打發到後面繼續做清掃、劈柴之類的雜活。等回了寢屋，大家就悄悄拿出先前在園子裡藏的瓜子、水果等，湊在一起打牙祭。

子妤和子紓去年十一月來到花家班，是最末的九等弟子，也是所有人中年級最小的。待了雖不到一年，但也逐漸摸清了花家班的諸多規條。

戲班裡的規矩，只有前五等的弟子才能到前面的園子裡上戲，每月有半貫錢的薪餉可領。別看半貫錢並不多，但總比低等弟子每月二十文錢的月例好太多。而且在前院上戲還能得到客人偶爾打賞，雖不豐厚，但一個月下來總能再得些進項。花家班的弟子大多數簽的都是死契，吃穿用度都按分例領取，若身邊沒個多餘的錢財，生個病也能死人的。

等熬到三等以上的弟子，就不用拋頭露面給普通眾客演出，會排出花名冊專供富人權貴挑選去唱堂會。

而一等弟子，就是大師兄大師姊們，則是專門和師父一起去宮裡給皇家表演，身上都有皇家賜的藝牌，地位在普通老百姓眼中等於半個宮人，平素想要看到他們登臺，幾乎是不可能的。

這也是子妤對她穿越而來的朝代感到奇怪的地方。

前世的她雖然是個啞女，卻也上過聾啞學校幾年，直到高中畢業後幫忙看顧家裡的書店，無聊時多翻翻各類雜書，肚子裡的人文歷史知識雖比不上熟讀中文的學生，但還是比普通人要豐富得多。據她所知，在中國的歷朝歷代，戲子的地位都是極低，屬於三教九流（注

1）當中的末流。可是在這裡，體面些的戲子不但能領了朝廷俸祿，還能像她這一世未曾謀面的娘親花無鳶一般，得到皇帝的欽封，御賜牌匾，地位不可謂一般。

所以，就算是穿越而來這十年的光景，子妤也沒搞清楚自己到底處在哪朝哪代，單看穿著打扮，總歸不是大漢金元，也不是每人都頂著個光頭留粗辮子的清朝，倒有些像唐宋朝代，民風開放，百姓富足。

不過值得欣慰的是，這個朝代既然給了戲子一個較高的地位，子妤覺著未來的日子至少不會過得太艱難，也就沒太在意是哪朝哪代。要知道，中國歷史上的戲子們下場都沒幾個好的，就算是再色藝雙絕，也免不了最終賣身青樓，或是被富戶權貴看上，抬回家做侍妾，一世顛沛坎坷。

本著既來之則安之的想法，老天爺給了自己做個正常人的機會，花子妤不會挑三揀四，早已默默地接受了這一切，在漫長的十年裡，漸漸將這裡當成了自己的家，也把花子紓當作了真正的家人。

注1：民間將人分為三教九流。
三教：佛教、道教、儒教。
九流分三等
上九流：一宰相，二尚書，三督撫，四藩臬，五提督，六鎮台，七道台，八知府，九知州。
中九流：一醫，二金（算命），三飄行（測字），四推（推算曆法），五琴棋，六書畫，七僧人，八道士，九星相（觀星相定吉凶）。

下九流：一忘八（開妓院），二龜（縱妻賣淫），三優伶（唱戲），四吹（吹鼓手），五大財（耍大把戲），六小財（刷小把戲），七生（理髮匠），八盜，九吹灰（賣鴉片）。

章二　後世為續

花子妤姊弟倆所在的花家班是宮制戲班，在京城只有三家。另外兩家一個叫陳家班，一個叫佘家班。宮制戲班的女伶叫做戲娘，男伶叫做戲郎，與民間戲班的戲子不同，算是有些體面的。

雖說是宮制戲班，但每年宮的俸制卻遠遠不夠戲班百來人的花費用度，所以三家戲班也都在各自園子開戲，啟用低等的戲伶為老百姓演出，好賺取些日常的用度花費。三等以上的戲伶就拿來好生當少爺小姐般地養著，若能得了權貴之戶的青眼，則能賺取不少的贖身金。

但要養出個一、二等的戲伶則十分不易，耗費的時間自不必說，單是打造行頭就所費不貲，各家戲班也視如珍寶般地捧在手心，是不會輕易賣了的。戲娘過了二十五，扮相顯老了，唱不下去時，班主才會張羅著把她們嫁出去。戲郎則可以唱到二十八歲，要麼自贖身到外地開戲班子，要麼留在戲班子做師父，將來娶妻生子，也是個好歸宿。

鍾師父當年就是五等戲郎退下來的，武生行當，一手長槍耍得很是漂亮，所以子紓相當崇拜這個師父，每日抽空就在他身邊膩著，求他教自己一招半式。

子妤看在眼裡也歡喜，畢竟鍾師父雖然嚴厲了些，對待子紓這樣好學的弟子卻很是上心，也不嫌棄他是個十歲稚童，常親自教導指點。不過學武生太苦，身上常有不明不白的傷，來了這花家班近一年，子紓都偷偷痛哭過好幾回，只是怕姊姊擔心才咬牙沒說。可身為姊姊又怎麼會不知道呢，看在眼裡雖然心疼，卻也並未阻攔他繼續學武生。

因為武生雖然苦些，但卻好過扮旦角的戲郎們。

不知為何，這個朝代竟有些偏好男風。花家班模樣好些的戲郎有不少被大師父打發去學旦角，女扮男裝竟比真正的女人還要嫵媚風情，惹得京城名士們爭相追捧。

戲郎不似戲娘，若是被破了身就不能再唱下去了，就算做妾也沒人會願意娶一個破鞋回家暖床。因為簽的是死契，大部分的下場都是被班主找來人牙子（注1）再賣出去。

但戲郎則不一樣，陪了客人也沒什麼損失，最多是幾天下不了床趴著睡罷了，總歸對將來沒什麼要緊的影響。等離開戲班，改名換姓就沒人知道當年的那些齷齪之事，娶個老婆也能安穩的過日子。

看著自己弟弟一張白皙俊秀的臉龐，若是將來長大了絕對是個惹禍的，這是子好唯一的擔心，所以也巴不得他學武生，就算多吃些苦，總好過被那些變態大叔的拿來當玩物。

今兒個給師兄師姊們做了午膳，九等弟子們下午就可以歇一歇了，因為每年一次的選角都在九月初九重陽這天舉行。

穿上花了二十文錢買來的藕荷色細布衣裳，淡青色的水紋緄邊兒，裙角繡了兩朵淡紫色的團花，腰間是一抹略深些的腰帶，墜了個寶藍色的粗繡海棠荷包，頭上一雙羊角髻，也沒什麼釵環裝飾，只一對兒鎏銀的流蘇墜在兩旁，稍顯得不那麼寒酸罷了。

雖說是花掉了一個月的例錢打扮自己，但子妤看著水盆中那張臉的倒影，不免有些嘆氣。

柳眉杏眼，唇紅齒白，模樣雖居上乘，但身為姊姊的花子妤竟還沒有雙胞胎弟弟長得好看，讓她鬱悶之極。也不知道是不是兩人當初在娘胎裡弄錯了性別，否則哪有這種道理。再說，花家班的女弟子無一不是精挑細選的，個個生得就是不同於一般，要麼眉梢帶笑，要麼嬌媚清甜，想要入選旦角，均是百裡挑一的。特別是唱青衣（注２），不但要相貌出眾，還要身姿不俗，嗓音了得。

估摸著自己這長相，花子妤怕連最初的顏選一關都沒法子過的。

在花無鳶給一雙兒女留下的絕命書中寫得很清楚，若是要解開自己的身世之謎，就必須成為本朝獨一無二的「大青衣」，否則，他們姊弟永遠也不會知道自己的親生父親是誰。

對於子妤這個穿越者來說，父母是誰根本就不重要，她也懶得去知道花無鳶為何會生下

注１：古時為大戶人家仲介長工、僕役的稱做「人牙子」，類似現在的人口販子。女性人牙子叫做「牙婆」，是「三姑六婆」中六婆之一。

注２：青衣旦，中國戲曲中旦行的一種，北方劇種多稱青衣，南方劇種多稱正旦。按照傳統來說，青衣在旦行裡占著最主要的位置，所以叫正旦，扮演的一般都是端莊、嚴肅、正派的人物，大多數是賢妻良母，或者是貞節烈女之類的人物。與花旦區別開來，是大多數劇中的主角。花旦則是扮演丫鬟一類的角色，非正角。

一對雙胞胎兒女後一夜暴斃。但是子紓不一樣，他渴望著知道母親的死因，渴望著找到生父，他又是子妤在這個世界上唯一的親人。花子妤不能讓子紓唱青衣，就唯有自己這個姊姊去實現這項艱難的任務。

要能入選青衣雖然極難，可花子妤畢竟是現代人，略想了想，就想出個法子。只是不知道行不行得通，等到時候去試試才能見分曉，所以現在難免覺得有些緊張。

「怎麼，想著等會兒的選拔，心中忐忑？」

花子妤正對著水盆發呆，一個青衣少年從對面的屋子走出來。容長臉，懸膽鼻，面色有些蒼白，眉宇間含著半分憂鬱的神色，看起來比女子還要清秀幾分。

終於從水盆上回過神，子妤衝著來人一笑。「止卿師兄，所有的師兄師姊們都先去了無棠院吊嗓子、練功，您怎麼還優哉游哉地在這兒？」

「妳不是也沒去嗎？」止卿淡然的笑意中透出一絲與年齡不太符合的成熟。「從昨兒夜開始，整個院子就沒有一個歇著的。不是忙著打扮自己，就是練嗓子，也吵得人無法靜心歇下。」

「畢竟一年就這一次選拔，入班的年紀越小越好，大家誰又不想卯足了勁兒呢。」子好將水盆端回小屋，又端了一碗麥殼粗茶出來遞給止卿，還騰著熱氣。

止卿卻有些嫌，推卻了，指了指西南角的那間屋子，帶她過去給重新斟了一杯茶。子好一看，竟是細末茶渣子，雖然碎了些，好歹飄出一股淡淡的茶香味兒，可比自己的麥殼茶要好了不止多少倍，便歡喜的捧在手裡，慢慢地吹開漂浮在上面的茶渣兒，小心的喝了起來。「還是止卿師兄有法子，不但能一個人住一間屋，還有茉莉香茶可以喝。」

止卿也捧了一杯在手，極享受的斜靠在一把油亮的半舊扶椅上，不疾不徐地說話。「只是有時候一個人住太清靜了些。」

「虧得只有五個師姊，加上我分開來三人住一間屋也不算太鬧騰。師兄們卻人多，得六人一間，您也願意？」子好癟癟嘴不相信。

「他們都不喜歡我，才讓我一個人住了這間屋子罷了。」止卿放下粗瓷茶杯，動作文雅地掏出一張布帕出來拭拭唇角。

「你是九等弟子的大師兄，敬您才讓您一人住的。」子好樂得多說兩句好話，畢竟這止卿師兄將來在花家班一定會大有前途，從小就維繫好兩人的關係對自己也有利。說著又把茶碗捧得緊了些，才發現自己還一直穿著單薄的布衣，不由得起身來。「我得去找子紓，都到時間了，他不知在磨蹭什麼。」

「等等。」止卿起身來，從床板邊上抱起一個有些舊舊的紅木匣子。「聽妳弟弟說，妳想入選青衣？」

「嗯。」子好點點頭，不知止卿為何有此一問。

「那妳過來，我替妳上點兒妝，如此素顏，可得不了大師父的青眼。」止卿打開紅木匣子，裡面竟是一盒紫米粉，一碟子粗粒胭脂，和一支黛青。

章三　重陽初選

九月初九已是深秋，京城又地處偏北方向，寒風一起，比之江南地區的冬天都還要冷上三分。

因夾棉襖裳會顯得身子太臃腫，子好只得咬著牙忍住冷意，僅穿了這件二十文錢買來的布衫。自己本就只是個十歲的小姑娘，身量雖然高䠷，卻還沒什麼腰身，若穿得厚了，如同個小包子般，哪裡還能得了師父的青眼入選青衣角兒。

虧得止卿有些胭脂水粉，雖然劣質了一些，但好歹讓子好有些發白的臉色多了兩分紅潤之感，清秀的黛眉也襯托得小臉更加嬌俏，加上唇上淡淡一掃也是嬌豔欲滴，比之先前看起來要順眼得多。

止卿也用淡粉微微敷了兩頰，先前的粗布衣袍換作了一套簇新的天青色衫子，越發顯得清秀飄逸，美顏如玉。

出得屋來，見子好子紓兩姊弟已經候著了，止卿朝他們一笑。「走吧，去晚了免不了被罵。」

花子紓眨眨眼，只覺眼前一亮。本來就知道這師兄生得甚有女相，卻沒想到稍作裝扮，竟比姊姊還要美上三分，不禁脫口道：「止卿師兄本來就好相貌，如此打扮，倒更加讓人過目難忘了。」

「子紓，」打斷了弟弟的話，子妤略帶抱歉地道：「既然止卿是對青衣志在必得，大師父定會慧眼識才的。」

別人對於自己相貌的各種態度止卿都已經領教過，見子妤和其他人不同，對自己的長相裝扮並不介意，心中不免多了兩分好感。「咱們走吧，去晚了就不好了。」

花家班是京城裡最大，也是最老的一家官制戲班。前門大街上有間十二門闊開的花廳，偌大一方挑高的三層觀樓。一樓平座可容納上百人在此觀戲喝茶，二樓則是雅間十二，環繞戲臺，觀戲更為方便。三樓是六間包廂，可以將整個戲廳一覽無遺，也是京城達官顯貴喜歡宴請賓客的好去處，因為只有在三樓包廂才能請出三等以上的戲伶演獨戲，只是每間包廂的分銀就得十兩，加上酒菜和打賞，沒個一百兩的花銷絕對辦不到，但正因如此，更得京城權貴追捧。

前門是花家班的戲廳，後面則連著一座三進的院子，和前門戲院由一個遍植梨花的花庭隔開。

一進是十二間講堂，分別依角色區隔開來，緊鄰花庭有一片空地，是武生的練武場，從早到晚都有人在此練功和吊嗓，和前廳一樣都是極熱鬧的。二進則是師父們的住所，一共十八間房，大小不同，尊卑有別。緊鄰二進的院子有一個偌大的偏院，住著十個一等戲伶。

三進則是五等以上弟子的住所，一共十二間房，分了東西兩廂，供戲娘和戲郎每人一間單獨居住，當中有小花園隔開，兩個婆子守夜。畢竟這些三等以上弟子都是已經成年的年輕男女，得防著亂了規矩。

最末的則是後院，左右分了兩個跨院。左院是六、七等弟子的住所，十來人分住在四間廂房中，並不顯得擁擠。右院是八、九等弟子所居，還連著一個雜院。

這些低階弟子們分在八間大炕屋裡住著，剩一間大屋做灶房。只因八、九等弟子都是十來歲的孩童，此處便沒有分東西兩廂。五等以下的弟子形同奴僕，無論男女皆要承擔整個戲班的活計，加上大家住在通鋪上，又都是十歲上下的孩童，免不了吵吵鬧鬧有些小矛盾。

只是臨到選角分課的要緊時候，在無棠院中候著的九等弟子們齊聚，氣氛顯得有些緊張。等子妤三人到了，剩餘的師兄弟們也陸續到了，大家隨意聊著，一邊等班主親臨挑選。

「聽說今兒個是唐師父和班主一起過來選角呢。」一個小姑娘怯怯地望著門外，神色擔憂。

「唐虞？」另一個稍大些的女孩子倒是有些興奮的樣子。「聽說唐師父雖然嚴厲了些，可是貌比潘安呢。我進來快一年，好幾次都是遠遠的看了看他的樣貌，這次能靠近些，真得好好瞧瞧。」

「唐師父來了！」一個清瘦的小男孩兒輕聲叫喚，打破了無棠院中原本有些躁動的氣氛，大家都趕緊按平時練功的列隊排好，等唐虞一到，齊齊俯身鞠躬行禮。

唐虞是八位花家班的大師父之一，也是裡面年紀最小的一個。扮的是小生中的扇子生。當年他以一齣【西廂記】中張君瑞一角，引來京城權貴追捧，不過十五歲就升到了三等弟子。

因他所飾的角色是位年輕俊秀的翩翩公子，加上唱戲時手拿竹摺扇，頭戴文生巾，身穿褶子長衫，風流如玉的模樣一時間不知多少京城閨秀爭相給花家班下帖子，要一睹唐虞的風采。只可惜有次堂會（注1），招來一個偏好男色的四品官吏所擾。不堪其辱下，唐虞竟一把摔碎了那官吏遞上來的琉璃酒盅，當場在眾多京城權貴前拂了那官吏的面子。自此，便沒人再請他唱戲，終於在十六歲那年被迫退下戲臺，專職教導男弟子的小生戲課。

不過唐虞生性淡泊，倒也看得極開。本來就對那些達官貴人有些厭煩了，加上唱那兩年也得了不少的打賞，退下來後教導年輕弟子也輕鬆有趣，便沒再介懷於此事，安心做起了大師父。

他今年也不過才十七歲，正當風華。

這是子妤第一次見到唐虞，暗自打量，不禁心中叫了聲大大的「好」字。劍眉入鬢，清眸有神，修長的身板被一襲青葛布衫襯得瀟灑清然，如此相貌，也難怪會被那好男色的官吏糾纏。

但讓子妤想不通的是，這個朝代雖好男風，可都是旦角扮相的男子被褻玩，這唐虞明明扮的就是小生，又怎會讓那官吏起了興致？莫非那四品官吏是個真正的斷袖？想到此，子妤搖搖頭，幾欲作嘔，已不願再多想，只是看向唐虞的眼神略帶了兩分憐意。

唐虞正清點人數，卻一眼瞥見後排一個清瘦小姑娘正細細打量自己，薄唇抿起，似有憐意浮在面上。頓時心下有些不悅，沈下聲來道：「今日選角，非你們意願可隨意挑選角色。各人資質不同，等會兒班主到了，自會依照你們的條件定角，切莫爭執，否則就會被逐出花家班，所以大家好自為之。」

冰冷的言語，倒讓子好先前因為同情，而對這唐虞生出的兩分好感打消了不少，隨著大家一齊答了聲「是」，便沒再看他。

「唐師父！」一個在前頭迎客的小廝打破了無棠院的沈默，上前福禮道：「班主今兒個被尚書大人的公子請去九陽樓吃酒，這會兒班主身邊的陳哥兒回來了，說是讓您今兒個看著資質好的就挑挑，等他回來再定奪便可。」

「嗯，知道了。」唐虞也沒當回事，只因這些年班主年事已高，除了在外應酬和打理與宮中的關係，已漸漸不太管班裡的瑣事。但選拔弟子入各行當（注2）學習並非小事，不免覺得有些不妥，又問：「班主可有說什麼時候回來定奪？」

「陳哥兒說是明日下午班主會親自來無棠院看看，請唐師父先行挑選。」小廝一一回答，又福個禮便退下了。

注1：也叫堂會戲，一種演劇形式。凡是私人或臨時的團體，召喚或邀請戲班子（有的是約幾個戲班子的名角聯合演出）在商業劇場之外的地方（如府邸、會館等）包場唱戲，都叫堂會。

注2：傳統戲曲演員的專業類別。如崑曲有：生、旦、淨、末、丑、外、貼七個基本行當。

「你們也聽見了，班主今日有事不能親臨，但今日的選拔也不能耽擱。」唐虞面無表情地走近了諸位弟子。「先抬起頭，從顏選開始。」

章四　但非所願

進了花家班、做了弟子，並不意味著就能真正學戲。

每年的重陽節，九等弟子可以有一次機會參加行當的選拔。若入選，不但能升為八等弟子，還可以跟著師父到前院的講堂聽課。若落選，則最多有兩年時間可複選。再沒有師父要就只得被人牙子領走。之後的去處除了青樓窯子，就是低階戲班子，比之花家班的日子可就清苦骯髒了許多，這輩子也再沒什麼指望。

所以今日的選角對這十八個九等弟子異常重要，人生中有時決定命運的那一刻會悄然而來，只是當事人還不曾發現罷了。

「第一步是顏選，你們都把頭抬起來吧。」

站在一眾低階弟子前，唐虞冰冷的話音幾乎沒什麼溫度，淡淡的，卻讓人無法抗拒。

第一排是男弟子，單看相貌，就先挑中了子紓，讓花子妤舒了口氣，想著即便自己落選，至少弟弟已經是有了眉目。

待唐虞走到止卿面前時，腳步停住了，從懷中掏出一張布帕。「擦掉臉上的脂粉。」

止卿有些意外，卻沒問什麼，照做了。布帕上有淡淡的胭脂痕跡，對比他的臉，就顯得太過白皙單薄了些。

「你可有中意的行當？小生，還是旦角？」唐虞盯住止卿的五官看得極為仔細，瞥見他眼中在聽見「旦角」二字時微微顫了顫，不由得揚了揚眉，問：「想唱旦角？」

「還望唐師父成全。」肯定地點了點頭，止卿略顯得有些緊張。

「去吧，到那邊站好，等會兒聽一下你的嗓子，倒是個適合演青衣的。」唐虞肯定地頷首，便又挑了個男弟子，這才走到了第二排去看女弟子。

輪到挑選女弟子時，唐虞看得更加仔細，從身段到相貌，從眉眼到手腳，很是認真的端詳著，才陸續選出六個來。因為子妤的位置是第二排的倒數第二個，等唐虞來到跟前時，子妤已經站得有些累了，僅穿著薄衣也冷得發抖，無奈此時只得挺直了背脊，打起精神，不然可就落選了。

看著眼前的花子妤，唐虞問：「今年多大？」

「到十一月初七就滿十一了。」子妤沒耽擱地答了，因為靠得近，藉著深秋微薄的日光，清晰地從唐虞的黑眸中看到自己的影子。

「都十一了，身材怎麼如此單薄？」唐虞蹙了蹙眉，看著她薄衫之下有些發抖的手，才發現她只穿了件單衣，瑟瑟秋風一過，柳葉似的小腰肢禁不住微微一顫，惹人生憐。

子妤見唐虞蹙眉不語，一著急，不由得挺了挺胸，儘量把腰身突顯出來。「可我身量高，將來……若養養，會好些的……」話沒說完，臉已經紅得發燙了，見唐虞眼中閃過一絲意外，知道自己不該說得這樣明顯，便抿緊了薄唇。

其實子妤早前就有些擔心。這些古人，因為壽命不長，女子一般都發育得很早，有的十一、二歲就會來癸水，自然到了這個歲數就會開始變得圓潤，有前凸後翹的趨勢。但子妤今年馬上就十一歲了，看著自己平平的胸部和扁扁的屁股，看來除了平日裡多做鍛鍊，也別無他法。

而現在唐虞明顯是覺著自己身段不夠豐腴，子妤咬緊一口玉牙，好半晌才又憋了一句話出來。「大不了我多吃些飯，總能長胖些的。」

看著子妤緊張的樣子，唐虞眼底閃過一抹不易察覺的笑意，臉色卻仍舊板著，顯得很是淡漠，又略想了想，問：「妳可是姓花，和花子紓是姊弟？」

「嗯，弟子姓花，名子妤。」花子妤見有得商量，趕緊答道。

「班主說過，花家遠親在這次的九等弟子中，讓我好生看看有沒有資質。畢竟花家一脈業已蕭條。也罷，妳過去那邊站好吧，等班主定奪。」唐虞嘆了嘆，似乎有些不願意選花子妤，畢竟她雖然生得有幾分清秀溫婉，比之其餘幾個女弟子相貌卻差了一大截，而且身姿明顯單薄了些，就算入選也不過只能唱些小角色，平白浪費師父的時間。但她既然姓花，班主又特別交代過，只好通融了這一回。

落選的幾個女弟子見花子妤如此相貌身段也能通過顏選，還不如自己長得好看，頓時面色都有些不悅，怎麼看那瘦丫頭也不夠資格，奈何人家是花家的掛名親戚，便也不能說什麼，只暗暗將不滿記在心頭。

來到入選弟子一邊，止卿和子紓都對著自己笑了笑，子妤也長長地吁了口氣，發現手心潮潮的都是汗，沒想來前世活了二十四年，穿越又活了十年的她竟會為此等小事緊張如此，不由得暗自鄙視了下自己。

顏選完畢，唐虞對著剩下的兩排弟子道：「落選的都回去，三日之後還有樂師的選拔，到時候若還是不行，就等下一年。總歸還有兩年的時間能讓你們爭取，好自為之吧。」

落選的弟子只得接受現實，灰心喪氣地結伴回去了，看向止卿他們的時候，眼中有著掩不住的羨慕。

待落選弟子離開，無棠院顯得空曠了不少，只剩下三名男弟子和七名女弟子，一共十人立在一株大梨樹下，站得筆直，不敢發聲。

「顏選過後是聲選，你們各自選得意的曲子唱唱，段子也可，小調亦行。另外，武生和刀馬旦要考量功夫，都先準備準備吧，一炷香之後就開始。」唐虞說完，踱步到上首的廣椅上坐下，喝了口小廝遞上來的熱茶。

被晾在院子裡的十名弟子當即就開始竊竊私語起來，互相商量著該怎麼露一手才能讓唐虞留下深刻的印象，同時又抱怨這個唐師父果然一如傳言般很不近人情，忍不住小聲埋怨了兩句。

子妤見子紓似乎胸有成竹的樣子，拉了他的手悄悄問：「你隨鍾師父練了那麼久的武生，這次你入選機率極大。」

誰知子紓卻皺著眉搖搖頭，憋了好半晌，說出一句。「姊，我要入青衣行當。」

「你不是極喜歡學武嗎，武生正好適合你啊。」子好有些急了，從未想過沈迷武術的弟弟竟想著要學青衣，想起花無鳶留給他們姊弟的遺書，頓時明白了他是為完成母親的遺願，無可厚非。但子紓的相貌實在是個禍水，做姊姊的只好把臉一沈。「一切有我，你好好學你的武生，給我斷了做青衣的念頭。」

「可姊姊不一定能入選，我卻可以！」子紓揚了揚頭，雖然個子沒有姊姊高，卻顯出了兩分男兒氣勢。

「我說不准就不准，你若不聽話，我立即給師父說我們離開花家班。」子好柳眉蹙起，撂下了這句狠話。只因為古婆婆的緣故，他們姊弟倆是以花家遠親的身分才能做學徒，賣身契倒是免了，所以可以隨時離開。花家班的班主看在都是一脈之親的分上，勉強答應了讓兩人留下，只說等成了三等以上的戲伶就必須簽下死契才行。這也是那班主不太相信兩個瘦巴巴的小孩子真能一直唱到三等的緣故。

也正是因為兩人沒有簽下賣身契，讓九等弟子的師兄弟們好生羨慕了一陣子。

轉頭看了看立在無棠院一角的香爐，發現離一炷香的時間已經不多了，花子好一把拉住弟弟到一邊，繼續勸道：「你相信姊姊，姊姊一定能入選青衣。你只要好好考武生就行了。」

「姊……」子紓還想說什麼，眼底卻閃過一絲隱隱的猶豫，終究還是緩緩的點了點頭。

看到子紓妥協，子妤終於鬆了口氣，將他抱在懷中。「放心，姊姊一定不會辜負了母親的遺願。一定不會……」

止卿在不遠處看著兩姊弟，雖然沒能聽清楚兩人的對話，但看神色總也明白了幾分。看來這姊弟倆似乎留存著什麼秘密。平素裡那花子妤性子淡薄，院子裡同門私下會暗自較勁兒，她也是不放在心上的。本以為她並不看重選什麼角兒，卻沒想到竟如此執著於這青衣的行當。

雖然想不明白其中因由，但這畢竟是她的私事，止卿也沒有過問什麼，只在心中將要唱的段子又反覆地哼了幾遍。

章五　半個月亮

初冬的寒風甚是凜冽，九等弟子們得空都三三兩兩地關在房間裡，吃著茶一起聊天，內容無非是昨日的選拔，和那個運氣好到家的花子好。

「真沒想到，她竟能唱新曲兒，而且是咱們聽都未曾聽過的。」說話的是入選的七個女弟子中年紀最大的一個，名喚桃香，今年正好十二歲，生得一副嬌嬌小美人模樣，唇邊一點朱砂痣，憑添了兩分媚態，此時她正嗑著瓜子兒，和幾個圍攏在炕上的小姑娘說著話。

「桃香姊，妳別說，真沒想到唐師父竟買了她的帳，還說什麼此等音律頗為清新。」一個稍苗條些的小姑娘不樂意地癟癟嘴。「不過唐師父問她那山曲兒可是她自己作的，她卻說是在鄉下無意中聽到的。偷聽來唱的曲兒，有什麼好得意？前些日子還聽她做活兒的時候哼哼唧唧的唱呢，估計就是在偷偷練習，一點兒口風都不露，那小妮子真是個心機深的。倒是桃香姊，妳那一曲〈玉堂春〉，我們看到唐師父眼睛都亮了呢，直道什麼『未曾想過九等弟子中也會有如此嗓音的，妙之。』」

「就是就是，能得了唐師父的誇獎，姊姊一定能被選上正旦的。」一旁幾個小姑娘也隨著附和了起來，神情很有些羨慕。

「蓮秀，唐師父說行可不一定呢，要班主喜歡才是真。」桃香得意地朝先前吹捧自己的女孩兒眨眨眼，卻也掩飾不住唇角泛起的笑意。

「唐師父不是說那花子妤模樣差些，嗓子倒是有些出人意表地清新婉轉嗎？她是花家遠親，應該還是有幾分真功夫的吧。」一個藍衣小姑娘插了話，表情憨厚淳樸，看不出心機。

「茗月，妳意思是咱們桃香姊還不如那花子妤？」蓮秀有些不樂意了。

「就是，也不曉得唐師父看上她哪點。」小姑娘們又嘰嘰喳喳地附和了起來。

桃香見氣氛有些不好，揚起聲音道：「行了，大家都是過了初選的，和氣些。雖然正好我們三人住在一起，和那個花子妤隔開了，但將來說不一定要一起上戲課，還是小心些。況且班主雖然沒有明著照顧他們姊弟，但暗地裡總歸是姓花的，也別輕易得罪了她。」話雖如此，眼底卻明顯飄過一絲不滿，心下暗道有機會一定讓那花子妤把得的便宜全吐出來。

止卿烹了茶，想起前日裡花子妤捧起茶盞時的享受樣兒，瞧著離練功還有一會兒，便取了外袍親自去邀了花家姊弟到屋裡一敘。

在九等弟子眼裡，止卿這人其實是有些怪的。

他生得貌比潘安，俊似神仙，一把嗓音更是猶如玉珠落盤，如此人物若得班主細心調教，將來定是花家班中的頂樑台柱。只可惜他的眼神裡總是透出一股疏離感，讓人覺得難以接近，久而久之，九等弟子中連和他說話的人都少了起來。

止卿卻也懶得與這些小了自己一、兩歲的師兄弟們打交道，每日認真練功，偶爾得閒便勻些錢出來賣碎茶烹煮，自得其樂。但自從有一次無意中看到花子妤牽著哭紅鼻子的弟弟，半蹲下來，滿臉溫柔的幫他擦去眼淚時，心中的某一個柔軟之處彷彿被觸碰了，漸漸和花家姊弟熟稔了起來。

花子妤自然不曉得為何止卿對他們姊弟倆有些不一樣，只道他或許平日裡還是覺得寂寞，希望有朋友陪伴吧，畢竟他再早熟也只是個十二歲的孩子。

得了邀請，花子妤暗想這止卿家中應該是富戶出身，不得已才被賣到這花家班來的吧。至少每月二十文錢的月餉是很難日日都吃到真正的茉莉香茶。雖然碎了些，可總比有股糊味兒的麥殼茶好太多。所以一聽是吃茶，想也沒想便答應了。

披上半舊的夾襖，將長髮勾起一縷在後腦束了一下，餘下的編成辮子搭在胸前，垂著兩根淺碧色的帶子，與油綠色的素袍倒是相映。雖然樸素無趣了些，好歹清爽精神乾淨俐落。打扮好了自己，子妤又給弟弟換上絳色棉衫，緊緊地繫住腰帶怕他胸口灌風，又找來一頂小毯帽扣在他腦袋上，問了冷不冷，這才一同去了止卿的屋子。

炕燒得很暖，門窗緊閉，當中一個炭火小爐上坐著一把銅壺，「咕嘟咕嘟」沸騰聲不斷響起。止卿拿了手巾墊著提起來，「呼呼」的開水滾著白氣灌入個大茶壺裡，頓時一股茉莉茶香騰出水面，把炭爐中的桔香味兒也立馬掩蓋了下去。

「止卿哥，明兒個就要見班主了，你可知道班主的脾氣？」相處久了，子紓也去了師兄的稱呼。惹得子妤有些不樂意，心想自己這個正牌姊姊還在呢，這麼快就找了個「哥」。

「聽說班主很是嚴厲，卻極為愛才，相信不會埋沒我們的。」止卿一身雨過天青色的葛布衫子，因為炭火燻烤顯得臉色紅潤了不少，此時對著子紓淡淡一笑，眼波流轉，看得一旁捧茶不語的花子妤有些愣住了，暗嘆這少年真是不得了，和唐虞是完全不同的兩種風采，若扮起青衣來，應該是那種嫵媚入骨的絕代佳人吧。

偶然抬眼間看到花子妤正毫無顧忌地盯著自己看，止卿將銅壺放回炭爐，坦然笑道：「怎麼，我臉上有什麼東西不成？」

子妤這才回神過來，自己雖然將對方看作小娃，可這是在古代，畢竟男女有別，埋下臉頓覺尷尬。「對不起，只是想起明日複選心中忐忑，一時間有些發呆。」

淡淡地揚起唇角，止卿只當她真是在擔心明日複選，遂出言安慰。「對了，妳昨日唱的那兩句小曲兒甚為清新，合著妳的嗓音，別具一格，我記得當時唐師父眼中閃過一絲驚豔，應該會在班主面前極力推薦的。」

「姊，妳說那是老家那邊的山曲，可為何我沒聽過呢？」子紓捧著茶盞，眨了眨被火光映得有些晶亮的眸子。

「我也只聽過一次罷了，記得當年古婆婆有個遠親來串門，她把我擁在懷中哄我睡覺，那種柔軟的曲調讓人很容易就放鬆了心境，安心睡去呢。偶爾記起，哼唱著便記下來了。」子妤隨口將想好的說辭說了出來，眼神卻黯淡了下去。

前世的印象對於子妤來說已經朦朧不堪，恍若夢境。

雖然自己是天生的啞女，但聽力卻和正常人無異。特別是外婆時常會唱著一些小曲小調哄著幼時的自己入睡，而她印象最深的，便是那首在現代人人都會唱的西北民歌〈半個月亮爬上來〉。

之前花子妤想了很久，覺著用現代的歌曲一定能夠另闢蹊徑，讓這些古人驚豔，也好彌補一些外貌的不足。思來想去，只有外婆常唱的這些個民歌小調還記憶猶新。加上此曲歌詞簡單，琅琅上口，調子也悠揚明媚，和自己柔軟的嗓音極為合稱，這才拿來用用。沒想來果真讓唐虞另眼相看，至少過了初選。

「其實妳不用妄自菲薄，就憑如此清麗婉轉的音色，稍加打磨，在低階師姊妹中也絕對能突顯出來的。」止卿飲著茶，淡淡地安慰了花子妤兩句。

「對了，師兄可知道明日的複選是怎樣的情況？」子紓睜著晶亮的大眼睛眨了眨，對於未來的不確定，還真有些忐忑。

「這也是我第一次參加，不過聽八等師兄們提過，是由班主親自看各人的資質。」止卿點點頭，話音緩緩。「班主的眼力，在整個皇朝中都是極負盛名的。經他挑選的弟子，無一不是一等一的錦繡前途。」

「止卿大哥說的是咱們戲班的四大名伶吧。」子紓收起了忐忑的心情，對這個話題可是興致勃勃。

「嗯，咱們花家班也正是憑藉四大戲伶重振了聲勢，一舉在十年後再次成為了京城一等一的戲班。」止卿不置可否的點了點頭，眼底卻閃過一絲莫名的悲意，只是不易察覺罷了。

章六　四大戲伶

花子妤和弟弟待在花家班近一年，也對止卿口中這四大戲伶有些許的瞭解。

這四個人兩男兩女，均是跟隨班主花夷可以入宮唱戲的一等戲伶。大師姊名喚金盞兒，唱青衣，善長袖舞；二師兄步蟾，唱小生，善扇子文戲；三師兄朝元，唱武生，一手長槍耍得銀練白虹般，絲毫不輸於武林中人；最後是四師姊塞雁兒，唱的是花旦，最善小調小曲兒，和京城的戲伶們不同，頗有些江南風味，深受太后喜歡。

當初花子妤聽見這四大戲伶名諱時，就知道這四人對於戲班的重要，也是花夷的愛徒無疑了。因為這金盞兒、步蟾、朝元、塞雁兒，都是由曲牌名中異化而來。若不是入班那會兒就資質出眾，班主花夷也不會賜名如此。

只是這四個師兄師姊都是近乎傳聞般的存在，對於他們這些八、九等的小戲伶來說，平常連衣角邊兒都沒有沾到過，只有止卿曾遠遠瞧見過大師姊金盞兒。

「大師姊到底是什麼樣兒，止卿哥您給講講啊。」子紓雖然只是個小孩子，但總也是男孩兒，對於師兄們口中天仙似的大師姊早就仰慕多時，心中一股子熱流湧上喉頭，整個臉也變得通紅通紅，煞是可愛。

「其實，大師姊身上最妙的並非長相，而是一把宛如高山流水般的嗓音。」止卿遙遙抬眼看了子妤一眼，見她只捧著茶杯仔細地品茶，好像對四大戲伶之事並不是太過熱心，倒覺得她有種大戶人家小姐的那種矜持，不由得心裡又對其多了兩分好感，這才又對子紓這頑皮的小子道：「那種縹緲似雲、冉冉似霧的感覺，只要是聽過大師姊唱戲的人都能深有感觸。」

聽到止卿如此誇讚，子妤倒也來了兩分興致，含笑打趣道：「能被止卿如此稱讚，是不是也一直將大師姊的聲音記在腦中不曾忘記呀。」

止卿笑笑，並未否認。「當日我們一同進入戲班，我卻偶然闖入了無棠院二進旁的抄手遊廊（注1）。若不是如此，也不可能聽見大師姊吊嗓子了。」似是回味了一番，又道：「其實四師姊的奇緣要比大師姊有趣兒多了，不知你們可曾聽說過？」

「當然當然！」這下輪到子紓插嘴了，只見他猛灌了一口茶，一擼袖子擦嘴，才大聲道：「四師姊塞雁兒可是咱們戲班裡的一個奇蹟呢。聽說她並不太擅長戲曲，所以只是在班主的指點下專修花旦而已。但唱起小曲小調兒來卻比正宗的江南畫舫上的姐兒還要軟糯如酥，生得也是嬌弱如花兒，風一吹就要倒似的。當年她配合大師姊，在宮裡一登臺就被太后看上了，幾乎每個月都要單獨召了她進去唱曲兒。聽說這兩年下來，單是賞賜就不下三、五百兩銀子。所以說，她可算是最受師父喜歡的弟子呢。」

聽子紓小小年紀就張口說出「畫舫」、「姐兒」等詞語，子妤臉一板，瞪住他。「你哪兒聽來的這些渾話，也不看看自己多大年紀，張口就來，別人不知道還以為你是哪個沒家教的小流氓呢！」

看到姊姊生氣，子紓才一捂嘴，知道自己太得意忘形，不小心把師兄弟之間的下作話都給說了出來，知道回去少不了挨姊姊打，趕緊求救似的望著止卿。

止卿看著兩姊弟，一個假意惱怒，一個故作可憐，抑鬱了許久的心情此時算徹底舒暢了起來，仰頭哈哈笑了兩聲，才把話題岔開。「你們可知道，為什麼太后會喜歡四師姊？」

子妤真有些疑惑，也懶得理會那古靈精怪的弟弟，轉而反問：「要說小曲小調兒，江南的瘦馬（注2）們唱得難道不好嗎？為什麼偏挑了四師姊？」

「這個嘛……」止卿喝了口茶，故意頓了頓，才緩緩道：「聽說本朝皇后是個心眼兒小的，根本不准那些個亂七八糟的人進宮唱曲兒，怕污了宮闈的清靜，但太后偏生喜歡這些，所以一聽四師姊的小曲小調兒，自然就成了那些瘦馬最好的代替。而花家班宮制戲班的身分，皇后也不會阻攔的。」

一聽竟是如此原因，子妤和弟弟都面面相覷，跟著一齊哄笑了起來。畢竟在老百姓耳朵裡，這些宮闈秘聞既有趣又好笑，自然是閒談時最好的「佐料」，並不會當真，但兩人心裡

注1：中國古代建築中，以廊連接庭院、廂房，構成廊院，抄手遊廊指左右環抱的走廊，因其如兩手作抄手狀，故名。

注2：古代江南揚州一帶，鴇母之流先出資把貧苦家庭中面貌姣好的女孩買回後調教，教她們歌舞、琴棋書畫，長成後賣與富人做妾或入煙花柳巷為妓，以此從中牟利。因貧女多瘦弱，「瘦馬」之名由此而來。

都對這個四師姊不免多了兩分好奇，如此「不務正業」的戲伶竟能在花家班成為頂樑台柱。還真是個值得深究的奇緣。

四大戲伶，除了大師姊和四師姊，自然還有二師兄和三師兄，花子紓又開口問道：「另外兩位師兄呢？」

「兩位師兄的事我知道的並不比你們多，便沒什麼好說的了。」止卿笑意清淺，看樣子也是真的不知。

子紓也半羨慕半黯然地接話。「步蟾師兄和朝元師兄都是一等一的人物，我們這些低階弟子自然無法接近，真是可惜了。不然讓我能親眼看一看朝元師兄耍耍長槍，那也是極為過癮的事兒啊。」

「我倒是對那位接替唐師父唱小生的步蟾師兄感興趣一些，想來也一定是個如玉般的人物。」

花子妤隨意接了一句，看看天色不早，差不多該回去了，便帶著依依不捨的子紓離開了止卿的寢屋。

做完雜務，已是黃昏時分了，子妤帶著弟弟去了飯堂一起用膳，看著子紓沒怎麼吃飽的樣子，便悄悄塞了個黃麵窩窩頭在袖口，等兩人回了院子才拿給他。子紓見還有吃的，捧起來就啃，差些噎著，子妤只好就這院角的井口取了一小瓢涼水給他。「小心吃，沒人和你搶。這次喝了一瓢冷水，回去還得好好熱一碗薑湯給你吃，免得寒了肚子半夜起來找茅房。」

「姊妳不知道。」子紓吞下一口涼水，這才順了氣，將小半個窩窩頭吃下去，「每天跟著鍾師父練武，我餓得比師兄弟們要快得多呢。他們兩大碗飯就能吃飽，我卻還差了那麼幾分。但每日咱們低階弟子的口糧就只有這麼多，要不是姊姊妳斯文吃得少，常勻著些給我，恐怕弟弟晚上都得餓醒。」

看著弟弟逐漸長大，子妤有些心疼的蹙起了眉。知道若不是憑藉古婆婆和花家班還有些情分，自己姊弟兩個在她過世之後根本就沒有地方可去。自己雖是現代的一縷冤魂穿越而來，但也只是個半大的小娃罷了，帶著一個弟弟，就是落魄為乞兒也是有可能的。如今進入花家班至少有口熱飯吃，算是不幸中的萬幸吧！

章七　班主花夷

複選的時間定在了九月十五，由班主花夷親自過目通過初選的弟子。

無棠院中此時的氣氛安靜無比，花廳之上的首座，一位四十來歲的白面男子端坐當中，雖然上了年紀，容貌卻是俊秀不凡，依稀可辨當年之色。只見他目光沈吟地掃了下首眾弟子一眼，並未多加理會，只是側眼朝身邊同樣垂首而立的唐虞開口問道：「你先大致介紹一下這些低階弟子的資質如何，為師再親自挑選。」

唐虞上前一步，略清了清嗓，緩緩道：「稟班主，這次通過初選的九等弟子一共有十人，三男七女。另外八等弟子中有三位是上次複選落榜的，也按照班主的要求一併帶來再次考察。」

花夷點點頭，又道：「可有你覺得資質出眾者？」

唐虞抬眼看了一下十三個待選的弟子，略思考了一番，答道：「弟子前日裡挑選的時候，確實有幾人不錯，這次九等弟子的資質算是比以往要好很多。」說罷走到廳堂中央，指了止卿和桃香出來，領著他們一起上前一步。「這兩人算是其中的翹楚，您可親自考察一二。」

「弟子止卿……」

「弟子桃香……」

「參見班主！」

兩人一個青衣、一個紅衣，立在當中姿容出眾，出聲參拜時也能聽出嗓音圓潤有度，讓花夷滿意地點了點頭，直接一揮袖。「不錯，兩個都是唱青衣旦的好料子，都收了吧。」

出乎意料，止卿和桃香竟如此容易就通過了複選，連讓他們開口考察唱功都免了，讓剩下的十一個弟子心中的緊張褪去了三分，看來傳聞中如此艱難的複選也不是太難。而班主也並非那樣挑剔之人，殿中氣氛不禁大好，膽大的弟子甚至悄悄抬眼看了一眼班主。

子好也謹小慎微地抬眼往上輕輕一望，瞧見了花夷的面容之後心下一沈：咦，此人莫非是閹人不成，已經四旬左右的年紀還面無鬍鬚，白淨如斯。而且剛才聽他說話，雖然壓低了嗓音，卻仍舊掩不住一絲尖細。

「好了，剩下的若有長處之人，你也一併介紹介紹。」花夷沒有怎麼理會下首眾小娃的躁動，只是提高了聲量，又吩咐了唐虞一聲。

唐虞領命，又指了幾人出來，只是目光掠過一個纖細身影之時，略微一滯，最後還是點了花子好出來，這才回話道：「稟班主，這幾人身上確有過人長處，班主可親自考察，看是否有資格入選。」

花夷仔細看了看，對唐虞點出的這幾個人好像也挺滿意似的。「好吧，一個個上前，都把自己的本事亮出來。」

花子妤看了一眼前面的幾個人，都是相貌俊美嬌媚之人，只有自己稍顯得有些平淡了，不由得捏緊了手心，好生想著待會兒該怎麼應對，是唱小曲小調兒，還是乾脆唱出自己練習了快半個月的一個戲曲段子。

不容她多想，前面已經有三個師兄弟唱畢退了下去，其中兩人都沒有意外的被點名通過了複選，此時面露喜色地站到了止卿和桃香的身邊。

止卿倒是沒什麼，小聲地對兩位道了「恭喜」，便繼續看場中其餘人的表現，而桃香略顯得有些傲色地看了那幾個人一眼，並沒說話。

接下來這人正是花子紓，只見他面色微紅地上前一步。「稟班主，弟子所學乃是武生，需要開闊一些的地方才能施展。」

「也好，花家班的武生除了朝元之外，後繼之才卻是極少，就試試吧。」說著花夷起身來，一招手，示意花子紓到無棠院的庭院裡去練上一招，好讓他仔細觀看。而其餘弟子都由唐虞守著，並未能跟出去一併觀看。

無法看到弟弟的情況，子妤心中有些著急，卻並不好表現出來，只是看了一眼站在首座高階旁的唐虞，知道以他所處的位置定能看到庭院中的子紓，便仔細瞧著他的表情。不一會兒，就發現他漠然的神色之下略閃過一絲喜色，隨即又恢復了平靜如許的面色，也讓花子妤心中一動，知道弟弟定然能安然通過複選，神色一鬆，隨即笑意浮現。

誰知唐虞剛一收回眼神，就發覺了花子妤在觀察自己，目色一沈，她卻早已埋頭下去不語，只看到半片玉頷和唇角的一絲淡淡笑意。心道這女娃心思頗深，竟曉得通過察看自己的神情來知道庭院外的情況，不由得又多看了她兩眼。

若不是她姓花，而班主又交代過要照顧一二，恐怕以她的資質根本就無法通過初選。雖然先前花子妤所唱的小曲兒確實有些意思，嗓音明顯也有著兩分清麗，卻輕飄飄的不太經得起打磨。而花夷向來對資質高的弟子放寬限制，而對資質普通的弟子更加嚴格，恐怕親自查看之後，只會放棄罷了，根本不會顧及什麼花家遠親的情分。

如此，唐虞看向花子妤的冷漠眼神中便有了半分同情。說來可笑，兩人均是互不熟悉，但一見之下堪堪皆有憐意，也不知是緣還是孽。

「好了，你也去那邊吧。」

花夷滿意的聲音出現在花廳門口，大家也知道花子紓一定是通過了複選，看向他的時候都有些羨慕。止卿看到子紓站到身邊，眼中也是隱有笑意，但隨即想著該輪到花子妤了，心境仍無法放鬆下來。

接下來的兩個女弟子中只有一個通過，竟是那個名喚茗月的小姑娘，一張憨厚如滿月般的稚氣臉龐上掩不住的驚異之色。雖然先前她唱起段子時因為太過緊張而有些顫巍巍的，但好歹音色不俗，花夷略思考了片刻，也讓她通過了複選。

這下，就輪到花子妤上場了。

只看了看這張比起普通女子稍微清秀些的容貌，花夷就蹙了蹙眉。「唐虞，這個弟子……」

「稟班主，她便是弟子提起的花子妤，剛才那個就是她的雙生弟弟。」唐虞上前一步，主動釋疑。

花夷聽了恍然大悟般地點點頭。「也罷，妳雖然生得不是太過出眾，但氣質沈穩，倒和那些個小丫頭有些不一樣。再加上古婆子臨終託孤，本人就給妳一個機會好了。」

「多謝班主成全。」子妤舒了口氣，知道自己姿色不過中等，花夷還真看不上眼。如今藉著古婆婆的一分薄面，和同為花姓的淵源，她的機會也多了幾分。

「準備唱什麼？」花夷白面之上浮起一抹淺淺的笑意，雖然掩不住的敷衍之色，卻還是壓住了心頭的輕視。

「弟子就唱【孽海記】中〈思凡〉的一小段吧。」花子妤思慮了好半晌，才下了決定。

先前雖然也想用小曲小調兒來過關，可花夷顯然不像唐虞那般好唬弄的，要進入正規的行當學習，師父不可能不聽一聽你唱戲的功法如何。所以左挑右選，才看中了這〈思凡〉。此段子輕唱功重表演，主角兒是個十六歲的女道姑，雖然性格是個鬼機靈，但扮演起來比那些正旦要輕鬆了許多，至少沒那麼多講究，倒也適合自己來演繹。

章八　化險為夷

「夜深沈，獨自臥，起來時，獨自坐。有誰人，孤淒似我？」

「似這等，削髮緣何？恨只恨，說謊的僧和俗，哪裡有天下園林樹木佛？哪裡有枝枝葉葉光明佛？哪裡有江湖兩岸流沙佛？哪裡有八千四萬彌陀佛！」

花子好所唱，正好是小尼姑色空下定決心逃出庵寺的那一段。

只見她一眉一眼，一舉一動間都透著股子靈氣，把小尼姑正值青春年少，卻長伴青燈古佛的那種不甘和蠢蠢欲動演繹得活靈活現。雖然嗓音偏單薄，輕飄飄地止不住往上跑，但小小年紀的子妤卻把二八年華小尼姑的天真率性琢磨個了透，殿中的舞臺上只她一人連唱帶作，反而令人感到滿場生輝！

如此一來，開始覺得她唱功略有些瑕疵的唐虞都呆住了，只專注看著她在場中認真表演，對她能否通過複選竟也有了一絲期待，冷漠慣了的眼神中也散發出一絲異彩。

「……從今去把鐘鼓樓佛殿遠離卻，下山去尋一個少哥哥，憑他打我，罵我，說我，笑我，一心不願成佛，不念彌陀般若波羅！」

唱到此，花子好的聲音戛然而止，側身挽手做了個推門的動作，一雙清眸左顧右盼著，似乎那色空小尼姑真踏出了半隻金蓮往庵寺大門外跑一般。

看到這兒，場中的師兄師姊們屏住的呼吸終於一鬆，紛紛忍不住拍起了手來，交頭接耳地小聲稱讚她剛才的表演真放得開。在班主面前揮灑自如，沒有絲毫慌亂，聲音雖然有些瑕疵卻顯得不值得一提似的。看來，單憑這點臨場發揮如此穩妥的長處，她也能順利過了這複選才是。

收起了氣息，花子好面上略有紅暈，不用看周圍人的反應，也知道自己的表演定是不錯的，趕緊上前拜向花夷。「請班主指點弟子一二。」

花夷卻從適才到現在一直都未曾露出什麼表情，一副思慮深刻的樣子，好半晌才抬手壓了壓，示意大家都安靜，緩緩道：「妳剛才氣息外露，高音處的破音頗多。另外，嗓子單薄，到低音時竟有些變音了！這些錯誤，不可謂不致命的。」

聽到花夷絲毫不注意自己的表演，就如此犀利而簡單地指出了唱功上的不足，子好原本有些激動的情緒也驟然冷卻了下來，知道自己要進入複選也就在花夷片刻之間的決定罷了，可不能耽擱，乾脆又上前一步，恭敬地福禮央求道：「班主，剛才又唱又跳，氣息確實難以穩定，弟子也承認這些錯誤是極為不妥的。但求班主給弟子一個機會，讓弟子再唱一段小調，您可以聽聽弟子真正的嗓音資質如何。」

板著臉考慮了片刻，花夷終於還是點頭。「好吧，再給妳一個機會。畢竟咱們花家班可是京城天字第一號的宮制戲班子，光演得好是不夠的，怎麼也要有真功夫和好嗓子才行。」

咬咬牙，花子好深呼吸了兩口清氣，再將濁氣吐出，腦子裡把將前世熟悉的那首民歌

〈崖畔上開花〉又快速想過了一遍，這才整了整面上的表情，調勻氣息，開口清唱起來——

「那天的雲是否都已料到，所以腳步才輕巧。以免打擾到我們的時光，因為注定那麼少。風吹著白雲飄，你到哪裡去了。」

「想你的時候，喔抬頭微笑，知道不知道……」

不錯，這首歌正是當初花子好前世所熟悉的一首電影插曲。電影的名字她早已忘卻，只記得內容好像是關於「賊」的。但影片中出現的這一首歌讓花子好很是喜歡。當初俗氣如山野般的歌詞已經被電影給徹底改過，配上那個輕盈縹緲的女聲，即便是身為啞女的她也被感動地想要開口吟唱。

穿越過來這麼久，花子好從古婆婆死後就開始努力搜尋腦子裡關於前世的音樂記憶，知道憑藉著一些這個時代人從未聽過的歌曲，自己應該能夠在花家班立足。奈何身為啞女，現代的流行歌曲聽得雖是多，卻一句也記不太清楚了。只有外婆從兒時開始不斷在耳邊哼唱的那些個民歌小調兒。

而這首電影的插曲，完全是因為當初隔壁鋪子那家賣盜版光碟的老闆總是不停地反覆播放，這才留下了深刻的記憶。

而她也確信，自己的嗓音雖然不是頂好的資質，駕馭此等琅琅上口的小調卻是輕而易舉的。況且唐虞不是也說過嗎，自己唱小調時有種別具一格的清新感覺，很是不俗。如果花夷也和唐虞能有同樣的看法，那麼加上先前自己的表演，應該能安然通過複選吧。

安靜的花廳內，大家都面面相覷，最後都盯住花夷，等他作出最後的決定。

「唐虞，人是你選的，你看如何？」花夷抿著唇想了想，側眼看了看身旁的唐虞，詢問起了他的意見。

「這……」唐虞顯得有些猶豫，看了一眼立在下首忐忑不安的花子好，眼底似有不忍。

花夷卻擺擺手。「她雖然姓花，本班主卻不會因此而徇私，你不用顧忌，有話直說便好。」

瞧著殿中身形單薄的花子好，唐虞心下略微一嘆，這才緩緩開口道：「稟班主，依弟子之見，雖然花子好在小曲小調兒上有些造詣，但花家班是戲班，將來培養的弟子無一不是正式登臺演出的戲伶。雖然她能唱些清新的小曲兒，對於戲班來說，卻是雞肋的存在。」

花夷聽了唐虞的話很是贊同，微微頷首。但好像不收花子好為弟子有些可惜了，於是有些猶豫和搖擺不定了起來。「可她唱的曲子卻是有些不俗，剛才的表演也很是大氣……」

而子好聽了唐虞對自己的評價，臉上表情尷尬間又有些羞愧。

說實話，若唐虞能為自己說兩句好話，多半花夷會直接讓自己通過複選，雖然有些勉強，卻至少不會如此為難。奈何人家想說什麼又沒法子左右，聽了唐虞的話連她都覺得自己對於花家班彷彿是個雞肋般的存在，一時間心灰意冷，半垂首悄然地立在那兒，也只有等著花夷親自拿主意了。

班主不開口，唐虞又板著臉站在一旁凝神不動，下首的低階弟子們也只有靜靜地等著，不敢開口再議論什麼，但明顯看向花子好的神情有些同情和可憐，知道她多半過不了這複選了。

「師父，不如把這小師妹讓給弟子做婢女如何？」

正當花廳裡氣氛沈悶，一個婉轉柔潤的女聲從側房的歲寒三友雕花巨屏後傳來，下一刻，一陣環珮叮噹之聲也隨之響起，竟徐徐走出來一個年輕女子，其貌若玉，其姿如柳，看得在場一眾十來歲的弟子們俱是眼前一花，倒吸了口涼氣。

花子好也順著抬眼望了過去，只稍作打量就被這女子的容貌氣質給震住了，腦中飛快一轉，當下就猜出了幾分她的身分，料想定是花家班頂樑台柱的四大戲伶之一無疑。只是不知道她是大師姊金盞兒呢，還是四師姊塞雁兒？

章九　名伶塞雁

這個剛從屏風後繞出來的女子約莫二八年華，一襲繡著大朵牡丹的翠色煙紗罩身，裙角飛揚露出逶迤袘地的水紅色散花百褶裙及一雙窄窄金蓮。低垂的鬟髮斜插鑲嵌綠鈿子的碧玉步搖，一縷青絲順而垂落胸前，雖是薄施粉黛，卻只增顏色不減風致。

此時她蓮步輕移，身邊還跟著個和她年紀差不多的清秀女子，離著半步的距離輕輕托著她的柔臂，一副恭敬的樣子，看來只是個婢女。

「塞雁兒乖徒，妳怎麼來無棠院了！」

花夷一見這女子，緊繃的白面突然就此一鬆，目中透出幾分疼愛，手一招。「過來為師身邊坐著，喝盞茶再說吧。」

「弟子遵命。」塞雁兒檀口微張的答了話，領了吩咐便在身邊婢女的攙扶下緩步上了首座高臺，挨著花夷在一張海棠福壽小椅上坐了下來。只是她有意無意地將美目在唐虞面上一掃，似與其有什麼淵源。

下場的低階弟子們一聽花夷喚這女子為塞雁兒，頓時面面相覷，傻了眼一般，也不顧守禮了，均把目光投向端坐在上首的她，欣喜地打量了起來。膽小的甚至一看之下已經滿面羞紅，不敢再看；膽大的也在躲閃地觀察後流露出癡迷的神色，彷彿眼前坐的是一位仙女下凡一般。

塞雁兒也不理會小弟子們，只是轉而向著花夷柔聲道：「師父莫怪，剛才弟子正好經過無棠院，聽見這小丫頭唱了那首曲子，雖然嗓音稍有些欠缺，但曲子卻婉轉上口，極為清新。正好手邊缺個使喚的丫鬟，就想著若師父看不上她，不如勻給弟子也好。」

花夷一聽，雖然覺得有些意外，但想起前兩天這個寶貝徒弟就曾經說過手邊還缺一個粗使的丫鬟來用，如果低階弟子裡有合適的就讓她來挑選挑選。如今她竟看上了花子好，倒也是意料之中的事兒。畢竟塞雁兒就憑藉著小曲小調兒唱得好而討了太后的喜歡，連自己也不會輕易得罪，算是身邊最喜歡的女弟子了，這點小要求還是能滿足的。

本來分派給她一個低階女弟子為奴婢並非難事，但也要問過當事人的意見才行。要知道，若跟了上頭的師姊後，就不能再進入無棠院的各行當跟著師父學習，損失了一步步往高階弟子爬升的機會。

但跟著師姊又有不言而喻的好處。一來可以跟著師姊直接參加堂會和宮裡的表演，幾年下來積累的經驗至少比老老實實跟著師父學習要多得多。二來，成為師姊身邊伺候的人，儼然身分就要超出那些個低階弟子高很多，直接可以脫離所謂的等級制度。只要是五等以下的弟子，見了也要執禮問安。

這些好處和缺失早在各個弟子進入花家班之日就明白了的，花子好自然也清楚其中利害關係。畢竟來到花家班學戲的弟子眾多，並非每一個人都有機會慢慢往上爬到五等弟子以上。這樣一來，三年內無法進入各行當學戲的弟子只有一條路可走，就是被班主召來的人牙子轉賣出去。有些天賦差些的弟子便巴望著能被師兄師姊們收為奴婢或小廝長隨一類。雖然不能再拜師學戲，卻可以一直待在花家班，不愁落得個被轉賣的下場。

當然，若是這些弟子今後能有機緣造化，說不定也能登臺唱戲，直接成為五等以上的弟子。但這樣的畢竟是少數，資質所限，並非是刻苦就能熬出頭的。但他們在花家班待的日子一長久，將來的門路也會多很多，不然直接跟著師姊們嫁出去繼續為奴為婢的也不在少數。

想到此，不等花夷開口詢問，花子妤已經直接上前兩步，來到塞雁兒的下首處恭敬地福禮道：「弟子花子妤，願伺候四師姊左右。」

一邊站立的唐虞聽見花子妤竟自願為奴婢，眉頭微蹙，似乎覺得有些可惜了，但轉念一想，她資質平凡，雖然能唱幾首小曲兒，卻難以在眾多女弟子中脫穎而出，如今能拜在塞雁兒身邊為婢，或許會另有一番機緣也說不定，便沒有開口阻攔什麼。

塞雁兒聽見花子妤主動上前，面上嬌然一笑。「不錯，很是乖巧。不過我還沒仔細看過妳，抬起頭來吧。」

花子妤順從地緩緩抬首，但眼神仍舊半垂著，不敢與其對視。

認真一打量，塞雁兒見這小姑娘約莫十歲左右，雖然略顯單薄，卻身量頗高。再加上她一副眉清目秀的樣子，看起來挺聰慧，不是呆笨之人，心下就有了三分滿意。而先前聽見她唱的小曲兒很是別致不俗，收為婢子的心就更加甚了，塞雁兒一邊滿意地點點頭，一邊道：

「不錯，雖然不是樣貌出眾，卻也難得清秀蕙質。妳既然願意，現在就回去收拾包袱，等下跟著阿滿過來我的院子，再安排合適的雜務給妳做。」

阿滿就是一直陪侍在塞雁兒身邊的清秀女子，瓜子臉，柳葉眉，眼神清澈，穿著一件半舊的紺青色襦裙，裙角繡著細碎的櫻花瓣，頭上斜簪著一支碧色玲瓏玉簪，看起來也體面乾淨，果然不是其他普通女弟子可比的，也顯出跟在四大戲伶身邊獨有的倨傲感覺來。

「咱們走吧，不用再待在無棠院了。」領了吩咐，阿滿對其他低階弟子都是視若無睹，走到花子妤面前說話的時候卻顯得很是溫和。心裡知道她是塞雁兒親自看上的人，自然不會為難刻薄。

轉頭望了一眼弟弟和止卿，子妤知道當下並不是和他們告別的好時機，隨著阿滿向著上首的塞雁兒和花夷俱是一拜，這才跟著退出了無棠院的花廳。

看到花子妤如此好運的突然就成為了四大戲伶身邊的婢女，桃香看向她的眼神很是不服氣。而其他沒能進入複選，又沒有此等機緣的弟子則只有羨慕和嫉妒的分兒，眼睜睜地看著她離開，心中腹誹一番自己沒那麼好的運氣罷了。

只有止卿的眼神略有些複雜，好像還夾雜了一絲不捨在裡面。側首看著身邊的子紓有些激動，趕緊悄悄扯住他的衣袖，怕他就此衝過去，低聲道：「放心，又不是離開多遠。你姊姊定會抽空回來和你告別一聲的，到時候可別哭，平白讓她擔心，也沒法安安心心地在四師姊身邊做事。」

看著姊姊早一步離開大殿，子紓想開口說些什麼，卻始終憋住了，小小的拳頭握得緊緊地，咬牙止住了心中那股想哭的衝動。

章十　前路茫茫

無棠院的複選還在進行之中，卻已經不關花子妤什麼事兒了。

退了半步跟在阿滿身邊，子妤顯得小心翼翼，也不敢說什麼話，讓阿滿越發覺得這小姑娘挺守規矩，不苟言行倒也很對胃口，便想著開解她兩句。「妳也別緊張，咱們四師姊雖然挑剔了些，卻不會輕易對咱們這些伺候她的師妹打罵。只要做好了分內的事兒，逢年過節的賞賜也不少。妳看我這身衣裳和頭面，還不是四師姊賞下來的。若是普通弟子，哪裡能穿得這麼體面……」

隨著阿滿的一路叨唸，子妤這才明白，怪不得其身為婢女也能穿得這樣體面，一套行頭置下來恐怕要好幾百文錢，低階弟子中到五等都只有二十文錢一個月，不吃不喝存上一年也買不起的。不過她心裡才不緊張呢，只是想著要和弟弟分開，有些不捨罷了。而且就此過去做婢女，將來還能不能唱戲都成了個問題，這才閉口不言的。但既然阿滿如此主動勸自己，子妤也乖巧地開口應答了一聲「知道」。

看著她身量瘦小單薄，又柔順乖巧，阿滿先前心中對塞雁兒主動收她為婢女的那一分嫉妒之心也消了去了，暗暗甩甩頭。「妳若害怕以後沒機會登臺，也不盡然。四師姊每日唱唸做打的練功要花費兩、三個時辰有餘，咱們做婢女的在一旁伺候，妳留意看著，好生學習，不比跟著師父學的少。再說了，咱們做四大戲伶的婢女，每個月可以領到五十文銅錢的薪餉，吃穿用度都不花錢，只要不輕易生病，一年下來還能存上些做家底。將來跑堂會和入宮伺候太后，妳若能有幸一併跟去，眼界也比老實地待在花家班開闊些。多想想這些，也就沒什麼好可惜的了。」

聽阿滿對自己好言相勸，子妤也大膽了些，諾諾地連聲應了，終歸忍不住開口問：「阿滿姊，我的親弟弟也在戲班裡，如今我做了婢女，平時能時常回後院看他嗎？」

「噗哧」一笑，阿滿才知其埋頭不說話老半天原是擔心這些。「整個花家班，妳若是低階弟子，倒真不能隨便跑。但如今跟了四師姊，想去後院看望弟弟難道還是個難事兒？且不說那些守關的婆子、小廝不會攔妳，還會主動幫妳捎帶吃食和信件呢。雖不能說去就去，但四師姊一點頭，那還不是兩步路的事兒？妳瞎擔心什麼呢！」說完又是一陣笑，兩人已經邁步進了八、九等弟子所住的小院。

眼下做完活計，弟子們正在院中練功的練功，耍鬧的耍鬧，遠遠聽見一陣笑聲，都朝著院門邊望了過去。只是大家都沒見過四大戲伶，更別說這塞雁兒身邊的婢女了，都疑惑著望向這邊。

守門的婆子姓劉，在花家班待了有些年了，也是從小看著塞雁兒從低階弟子步步向上，最終成為四大戲伶的，自然要熟悉些。一見來人竟是塞雁兒身邊的婢女，態度恭敬得不得了，上前頷首道：「阿滿姑娘怎麼有空來咱們這地方，趕緊坐，趕緊坐。」

進了後院，阿滿收住笑意，又恢復了那股子倨傲的態度。「不用了，四師姊看中了這花子好，我陪她來收拾一下就離開。」

劉婆子一聽，綠豆大的眼珠子滴溜溜地就朝花子好身上望去，口中「嘖嘖」直嘆。「我就說妳這丫頭面相好，福緣深厚，才來戲班子不到一年就謀到個如此好的差事。去吧，好好伺候四師姊，也別忘了多回來看望下這院子裡的師兄師姊們，還有我這個老婆子。」

院中的低階弟子們一聽是「四師姊」，又聽說看中了花子好，各人臉色俱是又驚訝又疑惑，但當著阿滿在又不好問花子好和劉婆子，只好都瞪大了眼睛瞧著她們。

花子好可顧不得其他人的眼神都朝自己身上掃，上前給劉婆子福了福。「婆婆平時待我們姊弟一如親人，今後我不住這兒了，還請婆婆多幫著看管子紓，不能讓他偷懶。」

劉婆子素來瞧著這花子好順眼，現下看她尋了個好去處還如此恭敬地和自己說話，連連點頭。「妳放心去伺候四師姊，子紓平時雖然鬧騰了些，有老婆子在，一定管教好他，也不讓人欺負他的。」

「好了，別多說了，快去收拾東西吧。」阿滿打斷了劉婆子的話，臉色有幾分不耐。也難怪，像劉婆子這樣的粗使雜僕實在沒什麼可打交道的。

「阿滿姊請稍等，我東西少，一盞茶的時間就好。」子好也不耽擱了，趕緊往自己住的小屋跑去。

幾個和花子好住在一起的女弟子見狀，也跟著回了屋子，想順便問問到底怎麼回事。畢竟今日她是去無棠院參加複選的，也不知過了沒，怎麼就和四大戲伶中塞雁兒的婢女一起回來了？看樣子，還要收拾東西離開，難道也是要過去伺候人的？

關上屋門，幾個小姑娘就圍攏了過來。

平時子妤為人溫和，沈默少言，再加上姿色並非絕妙，唱功也並無過人之處，所以在屋子裡屬於被忽略的一類人。若不是她過了初選，如今又被塞雁兒收為婢女，這些同屋的小姑娘恐怕根本不會把她給放在眼裡。

「子妤，妳果真要走？」

說話的名喚杏兒，生得很是俊俏，平日裡鍾師父常讓她多練習花旦的唱段，還挺看好她。卻沒想她始終沒能過了唐虞的眼，所以對於花子妤都過了初選很是有些不滿，口氣頗衝的。

花子妤打開屬於她的那口半大的木箱子，取出裡面的兩、三件粗布夏裳，一件半舊給洗得發白的厚棉衣，還有些內衫肚兜什麼的，用了一塊鋪在箱底的大藍布包好，挽在手上，轉身看了一眼杏兒和她身邊幾個小姑娘，點點頭。「杏兒姊，我這就收拾東西要搬出去。」

「真是給四師姊做婢女？」杏兒不死心，鳳眼直勾勾地盯著她。

知道不說清楚，這些小姑娘心裡一定會懷著嫉妒的心思，以後也不好相處，花子妤只得露出小女孩兒特有的茫然表情，怯怯地解釋道：「剛才在無棠院複選的時候，四師姊無意中路過，聽見我唱的小曲兒，正好手邊缺個粗使丫頭，所以才找班主把我要了過去。」

「原來只是個粗使丫頭！」杏兒嘟囔了一句，心情才好了些。「不過憑妳的資質，複選是肯定過不了的。三年之內若沒能通過複選，下場只有被賣去青樓妓館。如今能跟著四師姊也是妳走了大運，好好去吧。」

花子妤眨眨眼，水眸中故意浮起一抹不捨。「和各位姊姊一起住了快一年，子妤這就走了，也沒什麼好東西留下做紀念，這是我平時閒來無事和劉婆婆學著做的香囊，雖然粗了些，好歹裡面放了些細碎的乾桂花和乾臘梅，還是有點兒香味兒的，就送給姊姊們吧。」說著從腰間的一個小布袋子裡掏出了四個藍底白花粗布做的香囊，上面繡了幾枚散落的五瓣花朵兒，很是清新。

「裡面有乾桂花和乾臘梅？」見她用雙手捧著送到了自己面前，杏兒一把抓過來，放到鼻端嗅了嗅，果然有股淡淡香氣，面上一喜，立馬分給了另外幾個小姑娘。

看到這些所謂的姊姊們如此好打發，花子妤面上也柔柔一笑。「若喜歡，等我去了四師姊那兒尋到好些的料子，再做得精細些給妳們送過來。」

杏兒等人收了禮，面色緩和了不少，也沒再攔著門口了。「去吧，同屋的情分大家都記在心裡，將來有什麼難處說一聲，姊妹們能幫的都儘量。」

走到門邊，花子妤又說了些好話，讓她們幫忙照看著弟弟，這才把包袱往肩上一扛，出了這方窄窄的小屋。

章十一　陋室安居

環顧四周，花子妤終於體會到了做塞雁兒婢女的第一個好處。

屋內有一張三尺木床，僅容單人睡下。上面鋪著厚厚的被蓋，青花白底，散發出淡淡的皂角味兒，雖然舊了些，卻洗得很乾淨。床頭有個半人高的妝檯，一面銅鏡有兩尺見方，邊緣隱隱有些鏽跡，是流雲做的紋飾。旁邊有個梳洗架，搭著一張乾淨的布巾，還有一個扁圓的銅盆放在上面。角落立了個對開的衣櫥，門板上雕刻了兩朵巴掌大的水玉蘭花，孤零零地樣子顯得古著有趣。

單人一間且不說，還各樣家具俱全。雖然舊了些，卻好過低階弟子屋裡的幾口破爛大箱子。若是被那些個小丫頭看到了，一定會羨慕到雙眼發光，爭著過來做四大戲伶的婢女吧。

不過對於花子妤來說，能獨自居住就是最好的條件了，家具擺設並不重要。

將手中的藍布包放在衣櫥裡，瞧了一眼，裡面除了自己這個包袱，就是兩床夏天用的薄被還有兩張床單，孤零零的顯得很是空蕩，花子妤澀澀地笑了笑，也不知道擺個大櫃子在屋裡有什麼用，恐怕一時半會兒根本就填不滿。

換下了參加複選的這身細布衣裳，這可是花子妤壓箱底的一套，結果卻沒能通過複選，心疼了那二十文錢一下，便也沒太在意。

花子妤匆匆換上一襲半舊的青布衣裳，還沒來得及繫上腰帶，就聽得門響，原是阿滿自己推門進來了，手裡還托著兩個大包袱。

「阿滿姊，這是？」花子妤也懶得關上櫃門，迎了過去。

放下兩個包袱在床上，阿滿把結解開，頓時散落出好幾件看起來有些舊的裙衫外罩。有紺青色、藕荷色，還有翠色和鵝黃的，甚至還有兩件是淡淡的水紅顏色，很是鮮亮。

「這是四師姊以前穿過的衣裳，雖然式樣不新鮮了，可料子都是頂好的。如今全給妳了，妳現在身分不比以前，這身粗布衣裳不合適。」說著，阿滿竟開始動手幫花子妤解衫，羞得子妤趕緊轉過身去。

阿滿笑笑，也不動手了。「瞧妳，小姑娘家的還害羞。妳先換上那件衣服，等會兒灶房的人把熱水送來，妳去沐浴一番，收拾得乾乾淨淨，晚膳的時候過去伺候四師姊，聽她訓話。」說罷從包袱裡散落出來的衣裳中丟給她一件夾棉布袍，好像是專門用來沐浴前穿的便服。

二話不說的脫下衣裳把這布袍罩起，緊緊繫上腰帶，花子妤暗自腹誹了一下，畢竟她骨子裡還是認為自己是個成年人，雖然頂著個十歲女童的身子，但對於剛才被人強行脫衣的不適感還沒能消化過來。

「罷了，我去看看灶房的水送來沒有。沐浴的地方就在隔壁小屋，妳趕緊吶！」搖頭笑笑，阿滿總覺得這個花子妤像個大家閨秀似的，定然不是出身鄉野的黃毛丫頭，對於她是花家遠親這件事兒也有所耳聞，不過並未放在心上，轉身出了那間小屋子。

將頭髮高高地綰在頭頂，用一支木簪別住，略厚的夾棉衣袍顯得花子好更加清瘦無骨。推開門，看著這方小小的四合院，她知道，今後恐怕很長一段時間都要消磨在此處了。

這四合院正是四大戲伶中塞雁兒所居之地，出了院門是一個小花園，四方分別有四個月洞拱門，一條小廊連接四個四合院，正東的方向又有一座小橋通往前面其餘一等戲伶所住的那個大院子。橋上分別由兩個力壯的婆子守著，只有金盞兒、步蟾、朝元以及塞雁兒可以入內。若是其他人要進入，必須要有個玉牌子作為憑證。當然，身為班主的花夷和四大戲伶的婢女皆可隨意進出，並不需要玉牌。

感到一陣冷風從空蕩的領口和袖口鑽進去，子好收回了神思，趕緊跑到隔壁的小屋裡一把關上屋門。

小屋當中放了一個和她個頭差不多高的木桶，上面氤氳著熱氣，並散發出淡淡的茉莉花香，看得花子好一喜。

要知道，在後院裡居住，她除了每日堅持用熱水擦擦身子，也只有隔兩天洗個頭。倒不是花家班苛刻低階弟子，實在是人太多，灶房那兒燒水根本燒不過來，一天能讓三個人洗就不錯了。所以後院八、九等的弟子共二十來個人，只有年紀最大的弟子可以每月洗上四、五回，像花子好這樣年紀小的，也就一個月能洗個一、兩次。

而在這兒，恐怕每天洗個澡都不會有人過問，讓她心中暗喜，三兩下脫了衣裳便順著木桶外的小凳子翻了進去。

湯面上飄的是乾桂花和乾茉莉，雖然不多，但香氣馥郁，讓子妤覺得異常放鬆。

仔細一想，如今成為了塞雁兒的婢女，要論機會，恐怕比一級一級地升上五等弟子要多許多，每日除了伺候她之外，也能抽不少時間來練功、練嗓。若得了塞雁兒的喜歡，到時候求她給個機會上臺，將來也不愁不能再唱戲，完成花無鳶的期望成為大青衣。

「大青衣……」子妤苦笑著唸了唸這三個字，心底頗有些沈重的感覺。

自己不能守在子紓的身邊，唯一放不下的就是怕他被師父們看上，讓他放棄武生轉而學旦角。到時候鞭長莫及不說，自己也沒權利讓他改學其他的行當。

泡泡澡，再長長地舒了口氣，子妤想來想去只有去求唐虞，才有可能讓弟弟不被看中唱旦角。心中打定主意安頓下來，這兩日就去求他。不管他會不會幫忙，試一下總是好的。

感覺水差不多要漸涼了，子妤起身來，嬌小的身子頗為艱難地爬出了這個深深的木桶，用布巾擦乾淨了，又裹上布袍，推門出去。

哪知剛一出門就一頭撞上個鐵板似的東西，差些讓子妤一個踉蹌摔倒在地，退了好幾步才穩住了步子，抬眼一看，竟是個樣貌極為陰柔的年輕男子擋住了去路，正一臉疑惑地看著自己。

子妤一驚，趕緊低頭察看衣裳，果然領口處被撞得扯開了大截，露出一片泛紅的肌膚，白晃晃得刺眼，羞得趕緊裹緊了布袍，警惕地看著眼前的男子。「你……是誰？為什麼會在這裡？」

「我怎麼會在這兒？」男子冷笑一聲，上下打量著花子好，漸漸瞇起了雙眼，閃過一絲懷疑。「倒是妳這個小丫頭，怎麼來了塞雁兒的院子裡？難不成，是當小偷來了？」話音未落，已是一手拎住了子好的領口，居高臨下地看著她。

被這男人陰柔嫵媚的丹鳳眼如此一瞅，聽著他對自己的誣衊，先前的尷尬也全散了，花子好掙扎著捂住胸前領口。「我是四師姊新收的婢女，名喚花子好，這位師兄不信可以去問阿滿。」

見眼前的小丫頭臉色一會兒紅、一會兒白，明顯柔若無骨的身材還不停地護住胸前，好像生怕自己會吃了她，男子又是一聲冷哼，終於還是放開了她，抬起手來嫌惡地在衣袍上擦擦。「塞雁兒的脾性我還不知道？怎可能收個半大的丫頭做婢女，什麼活兒也幹不了。」

「如錦公子，您怎麼來了？」

一聲驚呼從院門傳來，正是阿滿從外面回來了，見花子好被那個男子給逼到一角，趕緊過去解圍。

如錦公子？花子好一聽這從曲牌裡脫胎出來的名字，便知道了這男子的身分，竟是一等戲伶裡最負盛名的青衣旦，雖然不是戲班裡的四大戲伶，但本事並不比金盞兒幾人低多少。好奇再加上阿滿正恭敬地在那兒回話，子好不禁鬆了口氣，再次仔細地打量起他來。

章一十二　青衣如錦

水眸含情，柳眉帶俏，唇綻如櫻，榴齒含香，再配上個盈弱楚楚的瓜子臉，若不是這如錦公子脖子上那個明顯喉結和一身俐落的男裝長衫，花子妤怎麼也不相信此人竟是個男子。

也難怪，在花家班裡，一等戲伶裡就數這位如錦公子最為了得。聽說他的青衣扮相，出堂會的打賞起價就是五十兩，還只唱三場戲，若是聽不夠要加，每一齣就得多給十兩銀子，非達官貴人是請不起的。

花子妤也曾聽說過關於這如錦公子的傳聞，好像他和朝元，也就是三師兄有些嫌隙。當初差些就奪了朝元四大戲伶的位置。畢竟實力在那兒擺著，青衣又比武生受追捧得多。要不是四大戲伶裡的大師姊金盞兒也是唱青衣的，恐怕也擋不住他晉升為四大戲伶。

不過再了不起，子妤也對男扮的旦角提不起一絲好感，更何況先前他還那樣無禮的對待自己，越發讓其心裡有些抗拒，便也不吭聲，悶悶地收起打量的眼神，埋頭在一邊，等著阿滿和他說完話。

「也不知塞雁兒的眼光怎麼淪落到如此地步，竟看上個瘦弱無骨的小丫頭。」那如錦也上下打量了一番花子妤，眼神陰冷莫名，這才對阿滿吩咐道：「等妳四師姊回來告訴她，師父那兒在催了，說是太后的壽辰要到了，得選個拿得出手的曲兒好生準備一番。」說罷，一拂袖，頭也不回地離開了。

這如錦一離開，阿滿也鬆了口氣，像是對此人有些顧忌。看著子好害怕地埋頭不語，輕輕拍了拍她的肩頭。「別害怕，如錦公子雖然凶一些，倒不會拿我們這些低階的師妹怎麼樣的。」

怯怯地抬眼，子好故意往阿滿身邊靠近了些，牽住她的衣袖。「這兒不是四師姊單獨住的院子嗎，外面又有婆子把守，如錦公子怎麼能隨意進出呢？」

阿滿嘆了嘆，似乎也是很無奈。「就憑他才是花家班的臺柱子，哪裡能攔得住。就是四大戲伶也要給足他面子，尊稱一聲如錦公子。哎，不說這些，四師姊讓妳到大師姊院子裡去，待會兒伺候著用膳。」意識到自己說漏了嘴，阿滿神色有些躲閃，幾句話帶過去就推了花子好回屋，讓她先換好衣裳，兩人再一併過去。

換身衣裳穿了，還真是讓子好大變樣了。

碧色翠煙布衫，精細的鵝黃挑花，雖然腰身不大合體，但阿滿找來一條三指寬的墨綠腰帶給子好繫上，墜下兩串銀絲絡子，使得她原本單薄的身子添了一分別樣的風情。阿滿又將其拉到鏡前，親自把一頭黑亮的長髮編成一股麻花辮子搭在胸前，裡面摻了兩縷翠色的絲帶，看起來既清爽又俐落，活脫脫變了一人似的。

滿意地看著手底下親自調弄出來的人兒，阿滿「嘖嘖」道：「看吧，人靠衣裝佛靠金裝，只要底子不太壞，稍作打扮一樣是個嬌俏的小美人兒呢。」

被阿滿說得粉腮飄紅，子妤站到鏡前瞄了瞄自己的模樣，雖然俐落清秀一如從前，好歹多了幾分女兒家的嫵媚柔和，腰上束了腰帶，也顯出幾分窈窕的身形來。

這般模樣，若是唐虞看到了，還會嫌棄自己模樣夠不上青衣的扮相嗎？

突然間，盯著昏黃的銅鏡，子妤腦子裡蹦出了這個想法。回神後暗暗笑話自個兒：被人打擊得太慘了，難道還想等自己長大了到唐虞面前露露臉，讓他悔死當初沒有在花夷耳邊幫忙說兩句好話，讓她也好通過複選嗎？

嘲諷的笑意在唇邊勾起，花子妤看著鏡中那個十歲的青澀丫頭模樣，真覺得自己是越活越回去了，竟然連如此幼稚的想法都能從腦子裡蹦出來。

見子妤對著銅鏡時而笑意嫣然，時而自嘲自惱，阿滿還以為她看到自己換了個模樣傻了眼，拍了拍她的肩頭。「走吧，一邊走我一邊告訴妳大師姊那兒需要在意的事項。畢竟妳第一次出來伺候用膳，可不能給咱們四師姊丟臉。」

其實四大戲伶所居的單獨小院每一個都有自己的名兒。

金盞兒的叫做落園，步蟾的叫做楓園，朝元的叫做琅園，而塞雁兒的則叫做沁園。四個小院分佈在東南西北角，中間連著一個大大的庭院，每日都有兩個婆子在月洞門邊負責值守，閒雜人等勿近。

一路沿著抄手遊廊往落園而去，阿滿細碎地揀了要緊的告訴子妤，不過是大師姊喜靜不喜鬧，沒問話千萬別多嘴，站的時候要離開三尺遠，因為大師姊從不用那些個脂粉兒，聞不得除了乾桂花之外的任何香味兒等等。

子妤認真地一一記下了，心中對即將見到金盞兒也是極為期待。畢竟她是本朝名聲響亮、且數一數二的青衣旦，若得了她的青眼能學個一招半式的，也足夠揣摩好些日子了。可惜的是，她身邊只跟了一個奶娘，從不收婢女，不然肯定要想盡辦法從落園往沁園鑽。反正都是伺候人，大師姊這邊總能挨了青衣的邊兒。

胡思亂想著，子妤已經被阿滿帶入了落園。

和塞雁兒的沁園遍植繁花有些不同，落園中只有兩棵偌大的桂樹植在院落兩旁。正是金秋時節，黃燦燦的桂花串兒幾乎鋪滿了樹下三尺見方的土地，油綠的樹冠又幾乎將這個院子的天空給遮蔽了，正應了那「落園」二字，頗有些盎然閒趣之意。

嗅著滿滿的桂香，子妤睜大了眼，仔細打量這落園內的景色。

要知道，前世裡子妤的小書店前面就種了這樣一棵高大的桂樹，每到秋季，外婆都會帶著她去收集掉落的花串子，鋪開在圓圓的簸箕上曬乾，用熱開水沖來喝，那種齒頰留香、馥郁悠長的味道實在難忘。

可惜自己穿越到這個時代，每每只能喝點兒焦糊味道的麥殼茶，偶爾從止卿處倒是能打點秋風，卻也僅僅是細碎的茶渣子。即便偶得了些乾桂花也是埋入香囊掛在身上，不敢奢侈地用於泡茶，所以那種馥郁香茶的味道，已經遠離自己的記憶好久好久了……

「子妤，妳發什麼呆，大師姊來了！」

衣袖被人猛的一扯，花子妤才回神過來，扭頭一看，果然一個錦衣如雪的女子端立在庭院當中，彷彿高掛樹梢的那一串清零桂花，臉上有著淡淡的笑意，仔細看卻又有些涼薄的感覺，讓人摸不清她到底是何性情。

但那眉眼，那風致，即使是端立在那兒沒有移動半分，卻猶如仙姿落境一般，讓人看著不由得眼中矇矓，無法得窺真顏。

「阿滿，這個小丫頭是小四兒新收的婢女吧。」不等花子妤主動上前行禮，金盞兒已經開了口，微微一打量，柔目中閃過一絲淡漠，輕移蓮步，也不理會兩人逕自回了花廳當中。

見金盞兒並沒說什麼，阿滿這才鬆了口氣，趕緊一手叩了叩花子妤的腦袋瓜子。「還發呆，趕緊進去伺候。等會兒咱們安靜地站在四師姊身後即可，班主對大師姊視如珠寶，要是開罪了，或是讓她不喜了，妳就等著捲鋪蓋走人吧。」

阿滿說得嚴重，卻是因為害怕子妤年紀小小不懂其中利害關係，這才半嚇半提醒。

子妤明白阿滿是為了自己著想，連忙點頭，半垂首跟在她身後，也不多言，顯得乖巧文靜。

章一十三　落園夜宴

挑燈如畫，熏香猶春。

這落園的花廳雖然不大，卻一俱是檀木雕做的各色桌凳，配合著鎏金銅獸香爐中燃的檀香片，一進屋就給人一種古樸雅致之感，甚為悠然放鬆，心境寬逸。

上首端坐的正是班主花夷，一襲靛藍衫子顯得有些單薄，更襯其面白猶如敷粉。下首左側便是大師姊金盞兒，唇角微微翹起顯出一絲笑意，卻也掩不住眼底一抹淡漠的神情。

四師姊塞雁兒與金盞兒共坐一桌，神色嬌憐，與金盞兒是兩種完全不同的美態，雙雙一比，讓人難辨高下，只覺養眼。

花夷下首右側端坐的兩個男子，其中一個子妤已經見過，正是那名頭響亮不輸四大戲伶的如錦公子，此時他星眸微睜，一副清淡的姿態捏著杯盞，即便是在班主的面前也顯得有兩分不拘。不過花夷看在眼裡卻是笑意溫和，根本沒有過問什麼，似乎對其有些顧忌。

如錦公子旁邊的男子，花子妤倒是不認識了。約莫十六、七歲的年紀，面色微紅，似是飲過一盞薄酒後露出了些許的醉態，劍眉微微挑向兩鬢，黑眸染起一絲霧氣，薄唇緊閉著卻是在思考著什麼，右手握著一個喝盡了的白玉杯盞，兩滴酒液順而淌在了桌面猶不自知。

花子妤正立在塞雁兒身後悄悄打量著眾人，冷不防花廳前門發出一聲響，又是一人進來了，一抬眼，卻是熟人。

一襲青衫的唐虞朝著上首的花夷一拜，便自顧踱步而上，坐在了首座的次席。金盞兒四人看到唐虞，也是頷首示意，對其頗為尊敬的樣子。而唐虞也是淺笑著掃過四人，算是打過招呼，只是當眼神停在花子妤身上時，見她煥然一新，猶如春芽初嫩，微微一愣，隨即才釋然。

「咳咳。」一見唐虞落坐，上首的花夷才輕咳了兩聲，打破花廳內有些沈悶的氣氛。左右看了看自己的愛徒們，露出一抹凝重的神色，緩緩啟唇，用那頗顯尖細的聲音道：「朝元不在，你們四人自然是花家班的依仗所在，此次右相發出名帖邀請，接還是不接，如何接？為師一人也難作主。就讓唐虞先把這次相邀內容詳細說與你們一聽，大家再商議吧。」

花子妤轉而一想，這如錦公子身邊的人既然並非朝元，那必定是步蟾莫屬了。沒想來這小生中的翹楚，竟毫無一絲文雅風度，反而俐落瀟灑猶如江湖俠客一般。

正自顧打量，花子妤冷不防被阿滿輕輕撞了撞手臂。「妳還愣著做什麼，快去給唐師父斟茶呀。」

想起自己跟來是伺候這些人的，花子妤忙收起神思，來到門邊將燒得滾燙的銅壺用布帕裹好把手處提了起來，走到唐虞面前小心翼翼地斟了一杯熱茶。

端起杯盞，唐虞輕抿了一口，也不理會花子妤，只朝花夷點頭，這才朗聲道：「十月初二乃是右相獨孫諸葛不遜的十歲生辰。除了花家班，陳家班和佘家班都接到了邀請。右相乃是皇上的外舅，算作皇室旁親，一等戲伶自然可以前往助演。」

「哼，就算陳家班和佘家班加在一起的一等戲伶也沒有咱們多，別說咱們四個，就是隨便讓其他師兄妹去也能壓住他們，師父您又何須如此苦惱呢？」

說話的是塞雁兒，一雙美目睜得大大的，紅唇微噘，嬌嗔模樣堪堪讓人對她提不起任何怒氣來。花夷也只得苦笑著擺擺手。「雁兒乖徒，遇事多用腦思考，切莫單看表面。妳且聽唐虞細細道來，莫要插話。」

花子妤也是聽得入神，心想這右相的十歲獨孫生辰怎地如此托大，讓花夷鄭重其事不說，還叫來這唐虞參與討論。看情形，唐虞在花家班的地位也是不低，面對一等戲伶絲毫沒有謙卑之感，反而隱隱透著一股傲色。花夷也是對他依仗有加的樣子，神色間很是欣賞。

想到此，子妤又忍不住看了唐虞一眼，卻發現他聽了塞雁兒的話，眼底閃過一絲不易察覺的輕蔑。

唐虞自然是不屑與塞雁兒一般計較的，不疾不徐地又道：「雖說諸葛不遜只是個十歲稚童，卻精通音律，被譽為當朝奇才。戲曲戲曲，戲和曲自然是不分家的。右相大人雖然並未掌管宮制戲班的事務，但其妹卻寵冠後宮，未必不能左右咱們這些宮制戲班的命運。是好是壞，只消那十歲的諸葛不遜一句話，咱們京城的三大戲班就要重新排名了！」

倒是金盞兒一直都神色凝重，聽了唐虞的話不禁點頭贊同，啟唇道：「如此，咱們就得投那十歲稚童所好，並不能以常理來對待此次堂會。」

紅潮稍退，步蟾一雙醉眸也恢復了清然，只見他緩緩坐起身子，冷冷瞥了一眼對面的金盞兒和上首的唐虞，開口道：「說實話，那諸葛不遜的喜好如何，咱們三大戲班都不得而知。但他確實只是十歲稚童，此點不容置疑。」說完，他竟抬眼瞧了瞧垂首立在塞雁兒身後的花子妤，又道：「咱們之中，只有塞雁兒的這個小婢看起來不過十歲年紀，不如讓她說說，十歲的小娃到底喜歡什麼，咱們才好投其所好。」

端立著的花子妤沒想來那步蟾竟將難題拋給了自己，頓時一愣，抬眼望了望上首的花夷，又忍不住望望唐虞，睜著眼，不知該如何是好。

花夷也是有些意外，不過一想也覺得步蟾所言極是，朝花子妤笑道：「妳別怕，且告訴咱們，妳和妳弟弟平素裡喜歡些什麼唱段？」

腦子裡飛快地轉著，子妤心中已經有了結論，整了整面色，心想不能在這些人面前輸了分兒，於是大大方方地上前一步，朝著花夷一拜，謙恭地答話道：「稟班主，弟子和弟弟子紓都是十歲足齡。按理，子紓所喜歡的更接近那諸葛小公子一些。」

「妳且細細說來！」花夷眼中閃過一絲讚賞。

揚起笑意，花子妤用著清亮的聲音答道：「那諸葛公子喜好音律卻是出人意表，不過十歲乃是天性好玩的年紀，放之天下孩童皆準的道理相信在其身上也不會偏差。弟子的胞弟最喜舞刀弄劍，文戲他總覺拖沓慵懶，聞之欲睡。武戲倒是看得津津有味，巴不得夢中都在耍弄長槍。依弟子之見，無論文戲、武戲，一定要有趣，節奏稍快的那種。另外，何不讓年紀與那諸葛公子相仿的止卿和子紓與在座的諸位師兄同台表演！一來可以讓諸葛公子有貼近感，二來，那陳家班和佘家班必不會輕易用低等戲伶演出，可以與他們有異，也算是別出心裁。」

花夷聞之頓悟，傾身問向旁邊的唐虞。「依你之見，那止卿和子紓可擔此重任乎？」

對花子妤的一番見解有些意外，唐虞微一思慮，當即道：「弟子認為，花子妤這主意倒是別出心裁。止卿自不必說，身段、樣貌、唱功都是新弟子中的翹楚，而那個花子紓，一身武藝倒也有些風範。若能讓他們兩個參與演出，說不定真能博得那諸葛不遜的一笑！」

得了唐虞的贊同，花夷終於心下一鬆。「如此，明日就讓那止卿和子紓來一趟，咱們看過之後就挑個戲來排排。」

步蟾卻挑了挑眉，掃了一眼花子妤。「若是武戲，朝元卻不在，由誰來擔綱演出卻是個難題。」

「無妨，」唐虞胸有成竹地啜了一口熱茶。「如若花子紓能擔大任，朝元就根本不用出面了。」

「是嗎？」一挑眉，步蟾乾脆從席上起身來，朝著花夷一拜。「如此，就用不上弟子了，先行告辭。」

如錦見此狀況，也緩緩起身福禮。「師父，弟子行當青衣，恐怕也幫不上什麼忙了，隨步蟾師兄告辭一步。」說完，兩人一前一後竟揚長而去，絲毫不顧及花夷的面子。

塞雁兒卻是看不過眼，狠狠瞪了兩人的背影，朝著花夷抱怨地一喊：「師父！他們好生無禮！」

「罷了，若是武戲，他們確實沒法幫上什麼忙。」揮揮手，花夷面露無奈之色，倒也不怎麼在意步蟾和如錦的無禮。「文戲，這兒有妳和金盞兒，也沒他們什麼事兒。」

眼瞅著步蟾和如錦拂袖而去，花子妤這才了然。看來這花家班裡花夷並非人人都能管住，至少這兩人恃才傲物，花夷卻也是不敢輕易得罪的。

章一十四　紅衫為名

清陋的小屋，只當中一盞銅魚孤燈散發著幽暗的光暈。

托腮看著燈芯，花子妤眸子中映出兩點華光，這時便能看出，其神態並非十歲女童所有，竟是成熟思慮至極。

對於自己先前在落園花廳中的提議，心中並不是很有把握。好在唐虞也贊成，想著能讓子紓在一眾年輕弟子中得了頭一個彩，也算不易。明日弟弟就會和止卿一起再聚落園，到時候不知道能不能和他們多說幾句話，即便沒法子靠近，能看看亦是好的。

如此想來，心下便也踏實了許多，子妤換下衫子，拉過棉被蓋住安穩的睡去了。

第二日，輕風淡雲。

到了午後，竟露出一絲暖陽，薄薄的光暈照在花庭的樹蔭之上，透出斑駁光點灑在黃泥綠草間。

子妤換上碧色翠煙的布衫子，兩條黑亮的髮辮用鵝黃緞帶繫好垂在胸口，看起來精神奕奕，氣色也紅潤光澤。今日可是要見弟弟子紓，如此打扮也好讓他放心，順帶告知他自己在四師姊這兒安好。

「子妤，收拾好了嗎？」阿滿說話間推門而進，手裡還提了個食籃，拿出兩個白麵窩頭和一碟乾鹹菜。「先填填肚子，晚飯的時候四師姊那兒有清燉乳鴿，咱們保准能喝上兩口湯的。」

揚起嫣然的笑意，子妤打心眼兒裡有些喜歡這個姑娘，朝其點點頭，給兩人各自斟了杯暖茶，也不介意窩頭和鹹菜太過清淡，張開小嘴就開始吃。

阿滿看在眼裡也歡喜，暗道這姑娘不驕縱，也識大體。昨兒個那番話自己想也未曾想過，她竟大大方方地在班主面前娓娓道來。要知道，班主在他們這些個弟子心目中可是神一般的存在，不敢輕易大聲說話，更別提講出心中所想了。看來這姑娘小瞧不得，雖然還不到十一歲，但難保將來也是會有大前程的。

「阿滿姊，我用好了，咱們快去落園伺候吧。」子妤掏出布帕擦掉唇角的一絲麵屑，又喝了口熱茶順氣，主動收好了食籃塞到阿滿手中，一副急不可耐想要見自家弟弟的模樣。

見她一副稚氣未脫，阿滿也釋然一笑。「走吧，就知道妳這兩日心心念念都是那個寶貝弟弟。其實妳也別著急，咱們戲班子裡有個好規矩，像妳弟弟這樣的，若被班主親自看中收做弟子，除了日日能在無棠院聽課，還能跟在一等戲伶身邊學戲，你們見面的次數定不會太少。偶爾遇上四師姊出堂會，說不定你們姊弟倆還能湊到一塊兒呢。」

知道阿滿是安慰自己，子妤也揚起甜甜的笑容，狠狠的點了點頭，表示自己懂了。「對了，阿滿姊，唐師父在咱們戲班裡位置很重要嗎？為何昨夜他能居於上位之席，不但大師姊、四師姊，還有步蟾師兄和如錦公子都很尊敬他的樣子，連班主也是對其很是倚仗呢？」

搖搖頭，阿滿性情簡單，倒是不怎麼注意這些小事兒，只道：「我只曉得那唐虞可不簡單，原本唱戲的時候可是咱們花家班當仁不讓的第一名角兒。後來因為諸多事由退而做了教習師父，卻得班主青眼，事事均讓其過問操心。對了，猶如那衙門中的師爺，那唐虞在咱們戲班應該就是這麼個身分了！」

「師爺。」子妤心中默唸了一下，想起腦中對那些個師爺的印象，無不是蓄著兩撇小鬍子的精瘦老頭，唐虞那般的英姿小生若裝扮成個師爺，那就有趣了，不禁莞爾。

因為有薄日暖陽，花夷和金盞兒都端坐在花庭中，意料之中的，步蟾和如錦都未曾露面。

跟著塞雁兒進了院子，子妤見弟弟還沒來，心中小小的失望了一下，乖乖上前幫著阿滿給幾人斟了茶，便垂首立在塞雁兒的身後靜心等待。

大師姊金盞兒見花子妤按捺住心情，覺得她年紀小小頗為有趣，不禁揚起唇角微微一笑，冷漠的臉色終於有了一絲緩和。

花夷也看著塞雁兒和她身後的小婢女滿意地點點頭，覺得花子妤沒有給花家丟臉，雖然年紀還小，卻識禮知事。暗想，若真的討了諸葛不遜那小傢伙的歡心，回來定要大大嘉獎她一番。

只半盞茶的時間，唐虞終於來了，身後跟著的正是止卿與子紓。等他們進了落園，才發現其身後還多了一人。

細長的笑眸，彎彎的柳眉，一身桃色衫子，雖是素布卻瑕不掩瑜，腰肢被一根三指寬的繫帶攏住，越發顯得婀娜娉婷。簡單的女童髻上斜插了一支水紋細雕的粗玉桃花釵，將不過十二歲的桃香顯得姿色更是不凡，稍一裝扮竟有了淑人之姿，讓人幾乎忘卻其仍為稚齡。

「嗯，桃香也一併來了，甚好！」

花夷自然滿意得很，笑著讓唐虞先過來落坐，又仔細打量了一番面前這三個小弟子。桃香嫵媚婉轉，止卿風流蘊藉，子紓颯爽精神，端的是各有千秋。不禁想到花家班後繼有人，心中寬慰非常。

塞雁兒看著桃香，眼中也有一絲驚異，吃吃地嬌笑，靠上了花夷。「師父，這姑娘真是水靈，看起來不過十二、三歲吧，等個兩、三年若長開了，定是個了不得的。」說罷還斜眼睨了一下身旁端坐規整的大師姊，似有挑釁之態。

金盞兒卻懶得理會，冷顏中浮起一抹笑意看了看那桃香。「妳上前來，喚作什麼名兒，年紀多大，善什麼段子，且都說說。」

桃香這才敢完全地抬起頭來，一眼瞧見花子好竟也在場，心中頓時不悅，先前的歡喜之情都給堵住了一般，胸口慌慌的有些難受。但沒想來四師姊塞雁兒如此稱讚自己，旁邊那個一如仙女般的大師姊竟又主動問詢，此時種種因為花子好的不快又消散地沒了蹤影，乖巧地甜笑著上前一步，答話道：「弟子名喚桃香，年底就滿十三了，平素多唱的青衣段子。」

雖然有些臉紅，但桃香的表現回答也算大方得體，金盞兒點點頭，對身旁的花夷道：「師父，您不如收了這姑娘做親傳弟子，再賜個名兒。」

花夷也對桃香的表現很欣慰。「桃香此名確實有些俗了，為師就賜妳一個新名兒。」略想了想，便道：「妳大師姊金盞兒是取自『仙呂宮』中的曲牌名兒，妳四師姊是取自『黃鐘宮』的曲牌名兒。且觀妳喜著桃色衫子，原本又名喚桃香，為師就賜妳一個『中呂宮』的曲牌名兒，喚作紅衫兒，如何？」

站在塞雁兒身後的花子妤心中悶悶一笑，心想這花夷取名兒還真偷懶，都用曲牌名兒來異化不說，如今還給那麼美端端的小娘子取個衣裳的稱呼，不知那桃香是否願意。

子妤的擔心還真是多餘，桃香喜不自禁地展開眉眼一笑，趕緊福了福禮。「多謝師父賜名，紅衫兒很喜歡！」

看來桃香是真的喜歡了，不但立馬改口叫了班主為「師父」，還自稱「紅衫兒」這個新名，逗得花夷白面無鬚的臉上笑意非常。「也罷，為師收了紅衫兒這個弟子，也算是有生之年的幸事一件了。至於止卿，你就跟著唐虞吧。我知道你心好青衣，但以你的資質，還是學小生吧，將來定是前途無量。」

止卿有些意外，白玉般的臉龐上掩不住的失神之色，但還是知禮地上前拜伏在了唐虞的身前，恭敬地磕下三個響頭。「弟子拜見師父！」

唐虞對止卿有幾分好感，此時見他跪拜於前，忙扶了起來。「今日並非正式的師禮，下來喝過三杯拜師茶才算，就不用行次大禮了。」

「那我呢？」

冷不防，花子紓那清脆稚嫩的聲音在花庭中響起，伴著怯懦嬌憨的可愛模樣，並不覺得失禮，反而讓花夷等人俱是一笑。

「你且不急！」唐虞也淺笑著安撫了花子紓一下，對著花夷詢問道：「不如讓其跟隨朝元師兄學武生，班主可覺得合適？」

「朝元？」花夷本無鬚，卻空手一捋，似是在認真考慮，半晌之後才勉強的點頭。「朝元此時還在江南侍母，三年孝期還得一年半載才了，就讓其暫時跟著你吧，等朝元回來讓他親自看過再作決定。」

對花夷的安排唐虞並無異議，點頭稱是，便不再多言。

而花子紓一聽自己有可能拜在朝元師兄門下為弟子，臉上的笑容就像春花綻放一般，晶亮的眸子閃著別樣的光彩，忙向花夷謝了禮，才按捺住心中的喜悅退在了唐虞的身後，又忍不住地朝著止卿和一邊的姊姊擠眉弄眼，可愛至極。

看著弟弟沒能被花夷收為親傳弟子，子妤心中開始還有些遺憾，但轉念一想，花夷多半是精於正旦青衣流的，子紓學武生甚好，倒是不必拜其為師，等著那朝元師兄回來親自教導子紓也能投其所好。如此，便也釋然一笑。

章一十五　登堂赴會

十月初，小雪，寒意乍起。

花子妤著了身淺棗色的細布薄棉襖子，腰肢用三指寬的繫帶勒住，穿上一雙厚底的牛皮小靴子，滿頭青絲綰就一個青鴨髻，一縷銀鬚流蘇側垂而下，走動間倒也有幾分跳脫輕盈之感。

立冬已過，呼出的白氣氤氳而升，子妤的小臉和鼻頭都被凍得有些通紅，卻掩不住眉眼之中濃濃的笑意。也是，今日能和弟弟還有止卿一併到右相府中，實在是不可多得的良機，一路上能共乘一輦，說上不少的體己話，自當高興。

正想著，輦子上門簾一動，正是子紓那張圓似明月的臉龐露了出來，朝著姊姊咧嘴一笑。若不是輦子裡還坐著阿滿，身後還跟著止卿，真恨不得當即就鑽入姊姊懷中撒嬌一番。

「咦，紅衫兒呢，怎麼沒來？」說話的是阿滿，一把將子紓和止卿都撈上輦子，瞧著身後沒了人，故而有此一問。

子紓忙著和姊姊敘舊，親熱勁兒還沒緩過去，自不會答話。止卿便朝著阿滿恭敬地頷首道：「紅衫兒師姊隨了大師姊的輦子，與班主和四師姊同乘。」

恍然大悟一般，阿滿拍拍自個兒的腦袋。「也對，班主收了那紅衫兒為徒，自然要帶在身邊。等到了右相府中好在陳家班和佘家班前露臉，溜溜這新收的小靈徒才是。」

聳聳鼻，子紓好像有些不喜那紅衫兒，也揚起頭。「她神氣什麼，早晚要嚐些苦頭的！」沒想話音剛落額頭就吃了個爆栗子，卻是姊姊板著臉道。「切莫妄語他人！」

「喲！」阿滿這是第一次看到子妤的姊姊樣，嘖嘖直嘆：「妳還是個小傢伙呢，教訓起弟弟來倒生像個大人了，真是刮目相看。」

子妤臉一紅，才想起自己不該在其他人面前拂了弟弟的男子漢之氣，畢竟對於男子來說面子重要，年歲幾何皆是如此。

一路沒歇地說這話，子妤除了問弟弟這些日子學了什麼，還問唐虞待他如何等等，惹得子紓顯得有些煩了，揮揮小手。「唐師父待我和止卿哥可好了，您別看他平時喜歡冷著臉不多言，可總能一語點出咱們練功時的錯處。連止卿哥都覺得跟著其改學小生甚好呢，是吧，止卿哥！」

止卿原本在閉目養神，此時一聽，睜眼點頭。「唐師父學貫各家行當，以小生最為擅長，同時頗通音律。看著他時時執簫輕吹的模樣，我也想跟著多學一些東西的。」

「唐師父還會吹簫撫琴不成？」子妤睜大眼，想像唐虞一身青衫素手執簫的樣子，不由得心中一動，彷彿覺得他天生就該是如此的。

「撫琴倒沒見過，不過班裡的樂師也常來向其討教，可見其功力不凡。」止卿見花子妤清眸有神，似乎對唐虞很是感興趣，不覺多說了一句便又不再開口了，只道等會兒要唱戲，得歇著嗓子。

子好沒發覺止卿異色，也不管他，繼續小聲的和弟弟隨意說話。阿滿也不時的插一句，笑言這個止卿倒有幾分唐虞年輕時的性子，不喜多言，愛閉目養喉。

約莫三炷香後，輦子停駐。掌車的老漢先行下來，搬出一個膝高的木凳做梯，一一接了阿滿和花子好他們下來。只有子紓不願被人接住，竟一縱而下，正好被前頭下輦的花夷看到，笑著道了聲「好身手」，更是讓他得意得不行，走路都是半昂著頭。

右相複姓諸葛，名長洪，今年已經六十三歲高齡卻仍舊指點朝堂江山，輔佐當今皇上。本朝皇貴妃乃是諸葛長洪的么妹，年不過三十有六，傳聞風韻猶存，姿態不輸二八少女。又因為早年誕下大皇子，如今身分隱隱已是逼近膝下只有一女的皇后。

而這諸葛不遜乃是諸葛長洪的獨孫，自然視若珠寶，寵溺非常。十月初二正好是其十歲生辰，便大辦宴席，招待十裡八親，三天三夜不絕息。

今日乃是三日宴席的最後一日，也是諸葛不遜的生辰，就在夜裡的亥時正。而三家京中戲班的戲伶也是在這個時候登臺亮相，助興筵席。

前來接引的是右相府上專管曲藝雜燴的副管事，同花夷也是相熟的。看他對待花夷和金盞兒等人的態度相當恭敬，花子好開始有些不解，隨即也明白了。像金盞兒和塞雁兒畢竟是名震京城的角兒，在皇太后面前能時常露臉的人，身為右相府的小小管事自然不敢輕易得罪。

隨著那管事，一行人從側門進入，路上倒是並無閒雜人等來往。畢竟是三大戲班的頂角兒要來唱堂會，普通人要想一窺其貌，卻也難上加難。

阿滿帶著花子妤，還有幾個樂師和化妝的師父，只到了晚宴的側廳後面一個抱廈（注1）便停下了。他們得要先收拾一下從戲班裡帶來的戲服道具之類，只有花夷帶著金盞兒和塞雁兒還有三個小弟子去走臺熟悉環境。

相府所在果然不同一般。這抱廈雖然只一層，卻堂屋花廳以及左右暖閣一應俱全。安頓花家班的則是最右邊的那間大暖閣。當中燃著小爐火炭，炕上也鋪了厚厚的絨毯，一旁博古架上還立了幾個花瓶擺件作為點綴，一角的邊几放了個白瓷梅瓶，一支綠楊雖不比花香，卻也添了些生機之氣。

據那副管事說陳家班和佘家班的人也來了，在晚宴大廳另一側的抱廈之中。三家戲班相互並不通聯，怕的是洩了各家秘訣，這也是大家都心知肚明的。

說實話，子妤並不太瞭解今晚戲班會唱一齣怎樣的戲。先前在輦上也問了，但子紓說班主嚴令不許洩漏，怕陳家班和佘家班的人悄悄打探消息，到時候走漏了風聲就不好了，只簡單提了他和止卿都有好戲分。特別是那個紅衫兒，竟要唱主角，反而是大師姊和四師姊單做陪襯而已。

子妤覺得奇怪，又多問了兩句。止卿才在一旁附和，說是唐師父的主意，讓三個小戲伶做主打，兩個名角做陪襯，這樣一來不輸氣勢，二來又能別出心裁，三來更是投其所好，讓那諸葛不遜有融入感，到時候定能拔得頭籌，一舉壓了陳家班和佘家班的氣焰。

對唐虞安排自是放心，不過子好卻還是著急弟弟的表現，臨走時又悄悄拉了他多囑咐了幾句。

整理著一箱子的戲服，阿滿動作異常的仔細，根本不讓其他人插手，只令花子好幫忙將另一箱道具拿出來擦拭即可。而樂師和化妝的師父各自有要準備的東西，道具等雜物就都交給阿滿兩人擺弄了。

做完手中的活兒，子好就跑到阿滿身邊看著她規整戲服，只一瞧就發現，這些戲服果真精貴異常，全是真絲織就不說，上面的花紋圖樣豔麗繁複，針腳細密，絕對是出自蘇杭一帶一等繡娘的手工。單件約莫估價就在百兩銀子上下，這還是往少裡算了的，並未包括那些珠釵繁複的頭飾。

吐吐舌頭，子好才明白戲班子裡的一等戲伶果真是不同於一般的存在，一身行頭打造下來恐怕沒個幾百兩根本上不了場。若是多唱幾個段子，林林總總豈不是要幾千兩才能置辦好？

「怎麼，知道當個一等戲伶不容易了吧。」阿滿總算將每件戲服都展開放好，正用半濕

注1：中國古代的建築形式，在原建築之前或之後加蓋建出來的小房子。

的細絨布絹帕子拭平褶縐，見花子妤跟在一旁眼睛瞪得大大的，笑道：「丫頭，妳是不是也想穿穿這些戲服？」

子妤搖頭，心裡卻是在點頭，瞧向那些錦繡非凡的戲服時眼神免不了有些黯淡。

阿滿也知道花子妤是想學戲唱戲的，但既然做了四師姊的婢女，就不能和紅衫兒她們那樣從基礎開始練習了。看著她，阿滿心中也酸酸的，暗想有機會得給四師姊進言，讓她撥冗指點其一二，將來也好有機會登臺。

章一十六　諸葛不遜

張燈結綵，樂音飄飄，酒香氤氳，杯盞觥籌。富貴人家無窮事兒，小小孩童諸葛不遜的十歲生辰宴席辦得是熱鬧無比，體面非常。

未到亥時，三家戲班的壓軸戲都沒有上場，只一些瘦馬在席間助興。

說也奇怪，這諸葛不遜小小年紀，雖說是男子，父母長輩也斷不會請了妓子為其壽宴助興。只因此子從小就對音律極為癡迷，既是生辰，長輩便投其所好。

說起來，這還是乃父之由。

其父諸葛孟未在朝中為官，卻最喜招妓入府，無論是吃飯還是喝茶，都有一、兩個清倌兒在跟前唱曲伺候。其母馬氏性格純良，加之這些妓子均是清倌兒，召來不過是圖個聽曲罷了，倒也不怎麼管自家相公。自此，諸葛不遜從小耳濡目染，不到五歲就能撥琴動弦，七歲竟就能吹短笛自娛，驚煞相府眾人。

這個朝代無論皇權貴族還是市井小民皆好音律戲曲，崇尚優雅之風。當年花無鳶名動京城，地位尊崇也是迎了民風所好。

見自家小娃似乎生而知之，對器樂的把玩甚為癡迷，其父也不阻攔，反而讓清倌兒瘦馬時常指點，又請來當朝有名的絲竹大家杜其恒為師。所以，年僅十歲的諸葛不遜已有高超技藝，無論是弦樂還是管器，均能彈唱吹奏不輸普通樂師。

且說班主花夷帶著弟子們看過臺面，便準備回到了抱廈暖閣之中等待上場。回來時正好碰見了陳家班和佘家班的班主也同樣領了弟子看場，一番寒暄之後就此別過，也沒有互相問及所唱是何曲目。畢竟大家都明白，同行相斥，即便是問了也沒法討得個準確答案，不如不問，以示尊重。但之前的曲目都是報給了相府的那名管事，只要各自曲目不同，就沒有問題。

只是另外兩家班主見了花夷身邊跟著的三個小弟子，心中疑惑，並驚異於三人單看相貌就有不俗資質，不免有些忐忑。而且金盞兒和塞雁兒這兩個頂樑台柱齊齊而來，也讓這兩家班主心頭打鼓，趕緊各自告辭回到暖閣，細細商議去了。

花家班所在的暖閣內，相府下人已送來吃食，與宴席之上菜餚相同，頗為精緻爽口。只是顧及他們即將要登臺，故而無酒罷了。

但金盞兒和塞雁兒都沒動筷子，花夷也令三個弟子只需稍啖兩口熱湯粥點即可，不然等會兒沒法開嗓子。這下便宜了阿滿和花子妤還有幾個樂師和化妝的師父，一席珍饈隨即掃個精光，只留了點殘羹剩湯。

知道自家弟弟嘴饞，又沒法放開來享用這珍饈美味，花子妤悄悄將手絹展開鋪在腿面上，吃著吃著從席間挑一塊雞腿肉或者是玫瑰香糕此等容易帶走的吃食，趁其他人都沒注意，包好了裹在袖口裡藏著，準備回去的路上捎帶給子紓和止卿，當作夜宵果腹。

塞雁兒喝了碗粥，阿滿趕緊起身來幫其漱口淨手。

揣摩了待會兒要表演的唱段，塞雁兒挪到花夷身邊坐好，用著軟糯嬌然的聲音問道：「師父，唐虞那傢伙怎麼沒來？」

花夷也用好了膳食，由子妤上前伺候漱口淨手，此時見乖徒上前，笑道：「他昨日就已經來了。今兒個諸葛小少爺的宴會來了不少達官貴人，他一一拜訪那些貴人的管事，替花家班拉攏一些關係。」

「他那副冷冰冰的樣子，難不成還能哄得人家高興？」塞雁兒不信了，癟癟嘴。

金盞兒聽了花夷的話，想想覺得有理，也不理塞雁兒。「師父，您可是想讓唐虞做咱們戲班的二當家？」

花夷白面微動，讚許地朝金盞兒一笑。「妳怎麼看？」

唇角微翹，金盞兒只輕點頭表示同意。「唐虞年紀不過十七，行事穩重有度，性格冷靜理性，有他輔助班主，也乃幸事一件。」

「我看不盡然。」塞雁兒頗有微詞，尖尖的下巴略揚了揚。「他當年得罪的那個四品大員雖然已經外調，可好多人還記得此事。若是讓他們都知道唐虞就是當年名動一時的古竹公子，又會不會給花家班面子呢？」

「雁兒！」花夷收起笑顏，板著臉狠狠瞪了愛徒一眼。「此事為師已嚴令班中上下不得私議。妳若再說一次，為師定當嚴懲不貸！」說完又掃了一眼暖閣中的眾人，冷聲道：「你們本不該知曉此事，如今既然曉得了，自己管好自己的嘴巴，若是半點風聲走漏出去，就不只是拖出去賣給人牙子那麼簡單了。」

花夷狠厲的臉色頗為有效，眾人都起身福禮，齊齊道：「弟子謹遵班主之言，絕不洩漏半句。」

「罷了，各自收拾好，亥時就要到了，花家班作為壓軸上場，不得輕視！」說完這句，花夷臉色才緩和了下來，安排要上臺的弟子趕緊換戲服，又讓負責化妝的師父把圖樣拿過來，細細改了些才交辦給他們。

單看金盞兒等人的裝扮，花子好倒是猜到了幾分今日自家戲班子唱的是哪一齣段子。

兩個師姊均是道姑裝扮，手拿拂塵，雖然白粉敷面，一副正襟危坐的樣子，卻掩不住妙齡嬌容和窈窕身段。而紅衫兒也是一副小道姑的打扮，卻把畫臉的顏色多用了些胭脂，顯得動人嫵媚，清靈無比。

再看止卿和子紓，兩人的裝扮也是有些意思的。

止卿自然是扮作瀟灑翩然的公子哥，雖然身量尚小，卻風度飄然絲毫不輸七尺男兒，端的是俊朗雅然，儀態美冉。

而子紓的扮相則顯得有些滑稽。且看他的臉被畫得黝黑老態，唇上貼了一圈灰白的髯鬚直墜胸前。衣裳打扮也是一副船家模樣，雖然臉龐上稚氣未脫，搖船的動作卻顯得老辣威風得很。

「怎樣，能猜出他們今兒個唱哪齣嗎？」阿滿見花子妤看得認真仔細，閒下來也過去和她悄悄說話。

花子妤笑笑，脫口便答：「阿滿姊考我，我自不能輸了眼色。看他們幾人的裝扮，定是要唱那一齣【萱草堂玉簪記】，而且還是當中最好看的〈秋江〉一段，我沒說錯吧！」

「那妳再猜，誰扮的陳妙常，誰扮的潘必正？」阿滿再問。

「潘必正定是止卿師兄無疑了，而陳妙常麼……」子妤本想猜大師姊金盞兒，可想想覺得不對。「應該是紅衫兒所扮的才對。」

阿滿意見相左。「大師姊應該才是正角兒吧，如若小紅衫兒扮了陳妙常，大師姊和四師姊又扮作什麼呢？」

「自然是陳妙常的兩個師長了。」花子妤笑著，想想花夷竟讓三個十來歲的小戲伶唱這一齣〈秋江〉，而兩個名震京師的名角卻只是配演來錦上添花，到時候一定會讓看官們眼前一亮，頗感新意吧。也不知唐虞是怎麼勸動了班主，這步棋可謂險中求勝，半分懈怠不得。

花夷手裡攬了一杯熱茶，隱隱聽得耳後傳來花子妤和阿滿的對話，忍不住白面微動，似笑非笑地將唇角微翹，心中暗暗思忖這花子妤年紀尚小就才思敏捷，只讓她做塞雁兒的婢女似乎有些浪費了，得和唐虞再商量商量，或許培養一下，將來成就不亞於自己的這幾個得意門生吧！

章一十七　草堂玉簪

這齣【玉簪記】從〈琴挑〉唱段開始，飄逸的道服襯得兩位妙齡師太一如仙人下境，而小妙常清婉的嗓音配上絕美嬌豔的姿容，甫一亮相，花家班的這三個女戲伶就贏得了滿堂的喝采。

不僅如此，當身著月白長衫的止卿緩緩唱著：「雉朝雊兮清霜，慘孤飛兮無雙。衾寡陰兮少陽，怨鰥居兮徬徨……」登臺落坐在一方古琴之前時，立時滿堂紛擾似乎都被這朗潤如玉的嗓音給震住了，四方賓客皆屏息凝神，似乎不敢相信這瀟灑風流的潘必正竟是一個十二、三歲的小小少年。

「長清短清，那管啥離恨。雲心水心，有啥愁悶？一度春來，一番花褪，怎生上我眉痕。雲掩柴門，鍾兒磬兒在枕上聽。柏子座中焚，梅花帳絕塵……」

金盞兒和塞雁兒將這一句旁白唱罷，在臺上輕移蓮步便堪堪退下了，只將整個舞臺留給了止卿和紅衫兒，頓時讓陳家班和佘家班在一旁觀看的兩位班主臉色一變。

只用小戲伶演出必是一步險棋，讓兩個名伶退下更是險中之險。別人不明白，這兩位班主可心似明鏡。

名角兒登臺，為的就是鎮好臺上，不讓下邊的賓客給輕易小瞧了去。雖然看那一對小妙常和小潘公子有兩下子，但離了兩位名角兒壓臺，變數橫生。而往壞裡生變，那兩個小傢伙心虛之後或許會唱詞不清，表情僵硬，一齣戲也就演砸了。

但往好裡變，若是他們絲毫不懼，發揮淋漓，一齣只由小戲伶唱的戲便算是演成了。今日的主角諸葛不遜本就只是個十歲稚童，豈不正合了右相老爺的歡心，之後定然賞賜豐厚，禮遇有加。傳到宮裡，皇貴妃再在皇帝面前美言兩句，這花家班可就一舉壓過了京城的另兩大戲班，一家獨大指日可待啊！

正當兩個班主手心冒汗之時，花子紓扮的艄公上場了！手中搖槳不停，眼珠子順著滿場滴溜溜地一轉，假意波浪洶湧斜了兩步探過身子又穩穩立好，花子紓這一亮相逗得滿場賓客皆是一樂，把陳妙常和潘必正之間隔水相望的苦愁之思沖淡不少。

「秋江一望淚潸潸，怕向那孤篷看。這別離中生出一種苦難言。」

遙遙對唱，止卿和紅衫兒仍舊婉轉動情地不受絲毫打擾。沒有船，沒有水，可是看著兩人眼神飄遠，身姿動容，只覺得一江的風、一江的濃情似乎就這樣化不開了。

兩人一番衷情訴說，子紓所扮的艄公就拉開嗓子唱了起來，內容無非是打趣這對小鴛鴦，將剛才頗有些沈重的氣氛挽回幾分輕鬆愜意。畢竟這是人家小公子的壽宴，【玉簪記】也原本是一齣喜劇，該樂的地方得使勁兒樂，不然討不了好。

一段〈秋江〉唱到此處也就結束了。人間歡喜將這對小璧人般的如花美眷在瞬間定格，席間賓客心中似有感悟，哪怕經歷似水流年，恐怕回想起今日這一幕，仍舊會覺得它美得恍惚，美得撩人，美得無法遺忘……

「好！」

正當大家都沈浸在適才的精彩演出中，首座圓桌上卻立起一人。

不過半人高，明顯是個男童，卻著了一身綸巾長衫，將高髻綰於腦後。只見他姣好模樣猶如觀自在菩薩，似男非女，竟不帶一絲煙火之氣，彷彿仙人童子，其稚嫩如白玉般的面龐有著隱隱興奮之意。「此曲只當天上有，人間能得幾回聞！雖然唱腔稍顯稚嫩，但三位真當妙音絕倫，且過來，本少爺看賞！」說罷手一抬，一旁伺候的兩個妙齡婢女就趕緊舉著紅布托盤上前一步。

拿起托盤上五十兩一錠的銀元寶，諸葛不遜給止卿和紅衫兒一人賞了一個，輪到子紓，竟塞入他懷中兩個。「你很逗樂，剛才亮相時的一副身手也不俗，本少爺喜歡！有空會再召你來的，這兩個銀元寶你拿好。」

子紓仍舊是黑面髯鬚的扮相，卻笑得又是驚喜又是興奮，猛地作揖福禮。「多謝諸葛少爺賞賜！」

諸葛長洪見孫兒歡喜，也讓管家召來花夷，賜下一個頗豐的大紅包。「今日演出別出心裁，還甚得老夫愛孫之心。今後有機會，老夫會再次相邀，到時候班主可要繼續再給驚喜才行啊。」

「自不會讓大人失望。」花夷白面上終於泛出些微紅，雖然強壓住心中歡喜，但眼神中還是閃著激動的神采。一旁站立的陳家班和佘家班班主也上前道賀，但明顯有些神色不自然。

仍在暖閣候著的阿滿和花子妤等人也接了相府管事派人送來的賞錢，每人竟有足足一吊錢，相當於一百文錢，樂得大家紛紛猜想自家戲班定是討了諸葛小公子的喜歡，拔得頭籌才會有如此豐厚獎賞。

「子妤，妳個子小，不容易被注意，不如妳到前頭宴席邊去打聽打聽消息。」一個化妝師父按捺不住心中歡喜，提了個建議。

阿滿也同意了，囑咐花子妤小心些看人臉色，若是遇到管事之類的趕緊躲起來，若是遇見家丁、婢女便乖巧地問問前頭情況便可，千萬別隨便得罪了府上的人就好。

心下惦念弟弟，子妤想想也就同意了；況且自己不過是個十來歲的小姑娘，就算被發現是戲班的婢女在園子裡亂走也沒什麼，最多被斥責兩句再令其回來罷了，總不會當作壞人給抓起來，便點點頭，手裡提了個小小的行燈，抬步出了抱廈的暖閣。

這抱廈離舉行夜宴的大廳倒不遠，過一個長長的回廊轉幾個拐角便是。花子妤提著行燈一路而來一個人都沒碰見，估計下人們都圍到前頭去聽戲看熱鬧去了。

這夜裡寒風乍起，吹得行燈晃晃悠悠，差些就滅了。子妤也感覺有些冷，不由得加快了腳步，這樣身子跑起來也暖和些。

哪知來到一個回廊的轉角前，猛的一陣烈風呼嘯而來，手中行燈「噗」的一聲便滅了，連帶著回廊上掛著的幾個路燈也隨即一一熄滅，頓時，四周由明轉暗，子妤只覺眼前一花，一時間竟瞧不清路了。

沒了燈燭照明，四下又無人，只有遠遠聽見夜宴的喧囂聲隔牆響起，子妤揉揉眼，看著天空黑雲遮霧，也沒有月光可以借鑒，回去也不是，往前走又看不太清路，心中忐忑。一晃神，轉角處沒仔細瞧著，只鼻端嗅到一股濃烈的香風，下一刻額頭吃緊，迎面就這樣撞上了一個黑影。

只聽「呀」的一聲，彷彿是個女子被花子妤給撞倒了。一個纖弱的黑影扶著回廊的立柱勉強倚靠著，一手捂住胸口，喘著氣冷聲道：「哪個不長眼的，瞎貓不成！」

花子妤這才知道自己撞倒人了，還是個女人，趕緊朝著黑影定睛一看，勉強能看出是個輪廓皎然的貌美女子，一張臉在夜色中顯得有些慘白，身上服裝甚為豔麗，才發現竟是個還未卸妝的戲伶，趕緊道歉。「這位姊姊對不住，我手裡行燈突然滅了，眼前一黑暫時看不清周圍情況這才不小心撞了您。」

聽聲音是個小女娃，這女子神色越發冷了，厲聲道：「妳從抱廈而來，莫非是陳家班或者花家班的人。」

「晚輩正是花家班的弟子。」花子妤聽這女子口氣乃是佘家班的戲伶，年紀又比自己大，便以晚輩自稱了。

「哼！」一捂著胸口，女子知道撞了自己的不是這相府之人後便冷哼一聲，倚著立柱起身來，看準花子妤所在的位置，竟一個巴掌便搧了過去。只聽「啪」的清脆一聲響，結實一個耳光就搧在了子妤的臉上。

花子妤只覺得左臉上火辣辣的疼，一時間沒回神過來。眼看著夜色中那女子抬手似乎準備又一巴掌給揮下來，想下意識地側頭躲開，卻發現自己的身子被一雙大手給捉住了肩膀，輕易地便給拎開了。

站穩身形，花子妤瞧著眼前挺拔而又偏瘦弱的身影似乎有些眼熟，卻因為被打得眼冒金星有些看不清來人是誰。

那女子見突然又出現一個人，還是個身形頗高的男子，手揚在空中也沒來得及縮回來，仔細一看，卻是熟人，冷聲道：「唐虞，你管什麼閒事！」

章一十八　綰髮結緣

因為突然熄滅的行燈而花了眼，站定之後花子好漸漸適應了周圍的夜色，也瞧清了那個出手揮了自己一個耳光的女子。

飄逸的錦繡戲服裹身，裙幅褶褶輕袘於地，挽迤三尺有餘，甚為華麗。可因剛才揮手打人的動作太大，使得衣領被扯開半截，露出玉白的肌膚，那線條優美的頸項和鎖骨也幾乎清晰可見。

真是個大美人！花子好一邊捂著火辣辣的臉，一邊心中暗暗如此想著。可此女雖然貌美，卻性子太急，太過狠辣，出手就給了自己一個耳刮子，再美，便也失了水準。

「唐虞，你管什麼閒事！」

此女嬌容一怒，認出來人是誰，不由得冷聲呵斥。

今日參加諸葛不遜的壽宴，唐虞特意裝扮過，一身月白錦服很是體面，袖口和衣角均繡了大小不一的竹葉飄絮，單看背影，花子好倒真沒認出來人是他。

「子好是我花家班女弟子，這難道是管閒事？」唐虞的背影微微一動，語氣略有些不善。

「一個小丫頭片子，一看就不是什麼要緊的人物，難道你願意為了她得罪我水仙兒？」

此女自稱水仙兒，知道花子妤不過是個戲班的小戲伶，更加不會顧及什麼了。

唐虞卻冷笑一聲，淡淡道：「妳當初也不過是花家班的一個戲伶，叛走去了佘家班，怎麼，如今做了一等戲伶，難不成就覺得高人一等了？」

水仙兒？

花子妤一聽，才知道她也是花家班的弟子。想想也是，「水仙兒」這名也是曲牌名異化而來。轉而一想，若有如此淵源此女也不該如此囂張，難道只因為自己不小心撞了她一下就動手打人？想息事寧人，子妤乾脆上前一步，故作怯弱福禮道歉。「這位師姊，我本是無意衝撞，還請見諒，勿須動氣。」

水仙兒一聽，悶聲一笑，嬌容之上閃過厲色。「妳的意思是我自討沒趣，自作自受嗎？就憑妳個小賤人，還敢如此與本姑娘說話……」說著，此女竟不顧體面，揚手過來又想打花子妤。

「住手！」唐虞一聲低喝，將水仙兒的柔荑給揮開。「妳再動手，我便請相府管事過來，妳一個一等戲伶，到時候丟臉的絕不會是我花家班。」

「你！」水仙兒手腕一陣火辣，還想撒潑卻覺得唐虞此話有理，鬧大了自己失了面子不說，還會讓佘家班受累，只好吐出一口濁氣。「好，你很好，唐虞，以後別再出現在本姑娘的面前。」說完一揮袖，便氣急地揚長而去。

看著此女離開，花子妤才鬆了口氣，拍拍心口。「還好她聽話走了。」又對唐虞輕聲道：「謝唐師父幫弟子解圍。」

唐虞蹙著劍眉，臉上的表情不似花子妤那麼輕鬆，鞠身撿起地上的行燈放在廊邊，掏出兜中的火石將裡面的燭燈點燃，頓時夜色驅散，又恢復了照明。

提著行燈，唐虞對著花子妤一照，眉頭蹙得是更深了。「這個水仙兒，簡直是個潑婦！」

子妤被唐虞這副臉孔瞪得有些不舒服，忙擺手表示自己沒什麼。「我沒事兒的，唐師父不要為此動氣。」

「沒事兒？」一挑眉，唐虞放下行燈在腳邊，略微彎腰，拿出一張白絹帕子在手，竟輕輕替子妤擦拭起左臉。「她演的宮角兒，小指有指套，這樣一巴掌過來，妳還能有好的?!」

話音裡又是責備、又是憐惜，讓花子妤一陣茫然。

被唐虞弄得一陣刺疼，火辣的感覺更甚，花子妤才明白過來。「難道我被毀容了？」

剛問出口，子妤看到唐虞手中的絹帕上一點猩紅血跡十分明顯，已然知道了答案，表情慌了起來。「傷口大嗎？深嗎？」

唐虞見她這下才反應過來，覺得好氣又好笑，悶聲道：「妳本來就姿色平常，這下又被劃花了臉，看到時候班主還能留妳不？」

「怎麼辦？」子妤畢竟是個女子，女子對於自己的相貌哪有不在乎的，這時候又沒有鏡子，眼中升起霧氣，差些就急哭了。

瞧不得小姑娘啼哭，唐虞趕緊道：「還好傷口不大，也不顯眼。回去妳先來一趟我的屋子，用白玉膏塗上，反覆三日應該就能消除疤痕，回頭什麼都別告訴班主。」

癟癟嘴，聽說有膏藥可以搽，子妤心情沒那麼沮喪了。「這傷口擺在那兒呢，怎麼能瞞住班主。」

唐虞一笑，也不說話，只上前一步伸手將花子妤頭上的髻放開，挑了兩縷髮絲遮住傷痕。「還好在接近耳旁的位置，這樣倒是看不出來了。」

唐虞這動作又突然又輕柔，害得花子妤臉一紅，竟心中「怦怦」一跳。

也不怪花子妤臉皮薄，實在是其心理年齡已經是熟女一個，唐虞長得俊俏，剛才動作說不出來有種曖昧感，不臉紅就不正常。而且此朝代的風俗是男女之間若是相愛，男子可以替女子綰髮，女子若不拒絕，那就是接受了男子的求愛。

兩人這樣一番動作，若不是花子妤現在還是個不滿十一歲的小姑娘，也算是「互訴衷情」了吧。

當然，唐虞是想不到這麼多的，只把花子妤當成個小娃罷了，見其臉紅也視若無睹，撿起行燈塞到她手中，便轉身離開。

花子妤想起自己出來是為了打聽自家戲班的演出情況，那唐虞從席間歸來，定然知道答案，趕緊搖頭把那種奇怪的感覺甩出去，提步小跑著跟上前去。「唐師父，咱們戲班可拔了頭籌？」

唐虞聽見花子妤跟上，只好放慢腳步。「自然，妳弟弟表現得極好，得了諸葛小公子親手賞賜的兩錠銀子，合約一百兩。」

「果真？」雙目放光的花子妤興奮地差些又將行燈給搖滅了。「真是一百兩啊，那我不是發了？」

「發了？」唐虞覺得奇怪。「什麼發了？」

「發財了呀！」花子妤一副小守財奴的模樣，聳了聳肩，樂得臉上幾乎笑開了花，將剛才的不愉快一下子就拋到了九霄雲外。

「妳弟弟得了賞賜，妳發什麼財？」唐虞側看了看花子妤，忍不住冷顏之上浮起一抹笑意。

子妤得意地揚起眉。「那小子難道還敢私藏，肯定是交給我這個姊姊來打理錢財才對。將來還要給他娶媳婦兒呢，不存點兒怎麼夠花。」

瞧她一副小大人的模樣，唐虞甩甩頭。「妳別想那麼多了，前頭的賞賜再多，下來都要交給班主來分配。除非是一等戲伶，才能把賞錢收歸自己所有。」

「啊……」濃濃的失望之情難以掩蓋，子妤頓時就洩氣了。「那能得多少呢？」

「最多十兩銀子吧。」唐虞答道。

子妤臉上的表情就像自己的肉被別人割掉一塊似地，鬱悶地不再開口說話，只是乖乖跟在唐虞身邊。

章一十九　白玉清濯

花家班在諸葛小少爺的壽宴上大出鋒頭，三個小戲伶更是得了豐厚打賞，金盞兒帶著塞雁兒和止卿等人回到暖閣的時候臉上都揚著濃濃的笑意。

子紓最是得意，一回到暖閣就衝到子妤的懷裡，也不顧自己身量已經要超過姊姊了，撒嬌似的鬧著。「姊，我得了諸葛小公子的厚賞呢，妳說我乖不乖啊。」

花子妤知道這賞錢捂熱了也不是自個兒的，倒沒多大驚喜的表情，只捧著子紓那張黑漆漆還未褪妝的臉。「好小子，第一次出堂會就掙了這麼多，真給姊姊面子。」

紅衫兒在一邊看不過眼，心想自己演的是主角，唱得也辛苦才得了這小子一半的賞錢，便話音不善，訕訕道：「賞錢多有何用，妳不知道戲班的規矩嗎？無論多寡，除非是大師姊們這樣的一等戲伶，咱們的不管得了多少，都要上交給班主重新裁奪。」

子紓倒不懼這紅衫兒是花夷的小徒弟，當即便回了嘴：「能得多少是個人福緣，但諸葛小公子欣賞我是不爭的事實，怎麼，妳嫉妒不成？」

拉著弟弟小手，子妤勸道：「好了，這次咱們花家班討了頭彩，大家都高興，何須爭那些虛無妄名。子紓，你還小，若第一次就得了好處，以後免不了心高氣傲，就無法踏踏實實地一步一個腳印學戲了。還是謙虛謹慎為好，知道嗎？」

花子妤這話是勸自己弟弟，又有意無意讓紅衫兒聽了有些彆扭，奈何對方現在是塞雁兒的婢女，身分地位都比自己這個小戲伶要高了許多，癟癟嘴，就不再多言了。

「也不盡然。」止卿取了熱熱的濕布帕將臉上敷粉卸下來，自顧斟了杯暖茶飲著，笑道：「其實咱們今兒個唱的這一齣【玉簪記】有些悲傷的調調，還好唐師父讓子紓扮作艄公打趣兒，欲揚先抑，使得滿場哄笑不止，正好應了壽宴的喜氣。所以子紓這個賞錢領得是名副其實，相信之後班主也會多多分賞的。」

唐虞和金盞兒見花子妤和止卿均是年紀小小，卻話裡話外都透著股子聰慧，相視地點了點頭。倒是塞雁兒心思粗了些，只笑著看幾個小娃吵嘴，覺得有趣卻並未察覺其他。

「班主要陪席，你們先乘一輛輦車回去吧。」唐虞適時地插話。「明兒個都好生休息一日，不用練功了。」

「真好！」最開心的是子紓，差些蹦起來。子妤無奈地笑笑，過去幫他將黑粉長鬚都卸了下來，褪去戲服換上常服，淨好面又替他重新綰了個童子髻。

臨上輦時，花子妤發現唐虞也要留下，想起他讓自己今夜過去上藥，不由放緩了步子，退到後面悄聲問道：「唐師父，我何時過去尋您？」

夜色中，暖橘色的微光將花子妤一張笑臉映照得溫暖雋秀，唐虞一眼看過去有些失神，心想可不能讓這孩子的容顏毀在水仙兒的手下，小退一步，低聲道：「妳直接去等我便可，亥時末前一定能回。」說罷從袖兜裡取出一把銅鑰匙遞給了花子好。

「姊，跟上呀！」子紓已經跳上了輦子，朝花子好揮動小手。

「來了。」收好鑰匙，子好趕緊給唐虞福了一禮，這邊跟著上了輦，在金盞兒的帶領下，一行人先回了戲班休息，只留下花夷和唐虞在相府陪席。

花家班到了亥時就會熄燈上夜。

塞雁兒臨睡前都要焚香沐浴，阿滿和子妤便在一旁伺候。接近亥時中刻才收拾好，各自回房睡覺。

不敢告訴阿滿自己臉上有傷要找唐虞上藥，子妤悄悄推開門，見院子裡各屋的燈都熄了，也吹熄了銅魚油燈，躡手躡腳地出了沁園，朝唐虞所居而去。

借著月光，子妤來到了四大戲伶和一進院子的廊橋之處，兩個婆子正半打著瞌睡上夜，瞧見一個嬌小人影過來，警惕地喊了聲：「誰！」

「兩位婆婆，四師姊讓我捎個東西去南院，請通融一下。」花子妤是塞雁兒的婢女，見了這兩個婆子也不慌張，因為她們守夜的任務只是不讓其他閒雜人等隨意進出這偏院，怕打擾了四大戲伶的休息罷了。

「原來是子妤，去吧。」兩個婆子都認得花子妤，知道她是塞雁兒身邊的人，絲毫沒有為難，當即就放了過去。

教習師父們所居位於花家班一進院子的南側，統稱南院。每個師父的屋子上都掛有名牌，方便弟子們過來請教學習。

晚休時間已到，南院靜悄悄的，偶爾一、兩個屋子還亮著燈。花子好借著月光很快找到了唐虞的名牌，掏出鑰匙打開門，輕輕一推便進去了。

一進屋子，子好就嗅到一股淡淡的苦味，似乎是好多種草藥混合之後的味道。蹙眉，不敢隨意點燃桌燈，藉著朦朧的月光環視了一圈。

果然是男人的寢屋，簡單的四柱床榻，牆邊立著個雙門衣櫥。窗戶旁是個巨大的書案，後面立了滿牆的書和一些匣子，好像那些淡淡的草藥味兒就是從那邊傳來的。

屋中是個古舊的茶桌，圍了四張腳凳，子好移步過去坐下，看著桌上的油燈卻又不敢點燃，只好雙手撐著臉，聽見打更師父「鏘鏘」的銅鑼聲，估摸著唐虞差不多該回來了。

可周圍黑漆漆的感覺讓人想睏，沒多久，花子好便趴在桌上睡著了。

亥時末刻，唐虞準時回來了。

花夷今日很高興，多喝了兩盅，唐虞先和陳哥兒扶了他回房休息，這才回到南院。

門沒鎖，裡面又是黑漆漆的，唐虞知道花子好那小女娃一定在裡面等著自己，悄聲推門而進，果然看到一個小小的身影趴在茶桌上，似乎是睡著了。

暫時沒有吵醒她，唐虞點燃了桌上的銅魚油燈，屋中總算變得明亮起來。繞到書案後取下一個匣子，裡面不少的瓶瓶罐罐，似乎都是藥膏一類的。

拿出一瓶上面有著蘭草花紋的，唐虞回頭，卻發現花子妤已經醒了，正揉著眼，便道：「把額前的頭髮攏起來，我幫妳上藥。」

借著燈燭，花子妤看到唐虞臉上的倦色，忙照其吩咐將額前落髮都梳好，有些不好意思地道：「這麼晚，打擾唐師父您的休息了。」

唐虞沒說什麼，來到子妤身邊坐下，拔開了瓶口的紅布軟木塞子，頓時一股清香從裡面飄然而出。

幽幽光暈下，花子妤離得近才發現，唐虞的手指很是纖長，乾乾淨淨的，很好看。若非骨節有些突出，而且寬厚許多，或許會被誤認是女子的手。

「抬起頭來吧。」唐虞沒發現花子妤在觀察自己的手，只淡淡地提醒她。

「我自個兒來吧。」子妤抬頭，感覺有些不太適應。畢竟屋中光線昏暗，面前的唐虞又離得很近，彷彿呼吸之間都能夠感受到對方的存在。

「難不成妳還害羞？」唐虞見花子妤雙腮中隱隱透出緋紅顏色，不覺得微微一笑。「只有唐突佳人了，這白玉膏塗法很有些講究，妳自己弄怕是不行的。」

被唐虞猜中心裡所想，花子妤咬咬牙，提醒自己不過是個小女娃罷了，害什麼羞，這才乖乖側過左臉，小聲道：「我不是怕羞，是怕疼。」

用一支細小的銀匙挑出指尖大的一塊兒白玉藥膏，唐虞直接用右手無名指的指腹沾了一些，伸手在花子妤的傷口處輕輕點塗開來，再順著肌膚紋理打圈幾下。數次反覆，銀匙中的藥膏用光之後，才道：「後兩日也按時過來，我會幫妳上藥。第四日應該就會痊癒的。記住這幾天要拿頭髮遮住傷口，免得被人問及不好作答。」

花子妤覺得傷口處隱隱沁出一股涼意，很是舒服，再加上唐虞指尖動作極為輕柔，不由得又雙腮微紅，趕緊岔開話題道：「對了，唐師父，那個水仙兒到底是什麼人？」

收起藥瓶，唐虞用銅盆中的冷水將手清洗了，才緩緩道：「她以前和妳一樣，曾是花家班的戲伶。不過兩年前有些變故去了余家班，班主很是心痛，嚴令大家不得提及此人，違者會被逐出。所以多一事不如少一事，妳也不要讓其他人知道今夜發生的衝突。」

「這樣麼……」子妤吃了個虧，自不想再有什麼事情發生，唐虞意思很明顯，這水仙兒對於花家班來說是個禁忌，便也不再問什麼，起身告辭又悄悄回了沁園。

只是臨走時又瞧了一眼屋中的唐虞，燭燈將他的身形拖得很長，越發顯得纖瘦挺拔。怎麼看，心中都升起一股莫名的孤獨感。

章二十　腰縷銀爐

接連三日，花子妤都悄悄到唐虞房中上藥，到了第四日，左臉頰邊的痕跡果然消褪無蹤，只留下一道極淺極淡的粉紅印子，若不湊攏細看絕無可能發覺異常。

女子愛美，子妤也是一樣，看到臉頰肌膚恢復如初，高興地眉眼彎彎，也敢將頭髮攏起來了，露出光潔的額頭。且經過這幾日相處，她發覺唐虞並非那樣冷漠嚴肅之人，偶爾微笑，反而讓人感覺異常溫暖。

因得是上藥的最後一天，花子妤醞釀了好半天，終於開口求了唐虞一事。

「唐師父，子紓跟在您的身邊做弟子，將來……」頓了頓，子妤才又道：「將來千萬別讓他學青衣旦，行嗎？」

淨了手，唐虞看著花子妤乖巧的給自己斟了杯熱茶，卻也不拿起來喝，疑惑道：「怎麼，子紓那小子還有心思唱青衣不成？」

連連擺手，花子妤可不想唐虞誤會。「不是的，他極喜武生行當，只是……」

因接下來要說的話涉及唐虞以前曾被羞辱之事，子妤原本醞釀好的說辭又有些說不出口了，支支吾吾半晌，終於道：「總之唐師父答應子妤，無論如何也別讓子紓學了旦角。弟子在這兒求您了！」

唐虞只輕輕思忖便已明白花子妤的擔憂，臉上的笑意漸漸褪去，淡淡道：「妳是想說，怕將來子紓長大了被喜好男色的看官狎玩，是嗎？」

見唐虞臉色微涼，子妤也有些愧疚，後悔不該提及他的傷心事，只好悶悶地點頭。「這只是其一。」

「哦？」唐虞挑眉。「那其二呢？」

子妤深吸了口氣，總覺得現在的唐虞眼神有些犀利，輕聲道：「子紓有武才，不應埋沒。唐師父您親自調教他，也知道因材施教的道理。」

眼瞧著一臉稚氣的花子妤眼神中又透出一股不相符的成熟，唐虞原本不想計較，卻也起了心思想要和她分辯。「妳也知道我是子紓的師父，自會因材施教。但反過來看，子紓何嘗沒有唱青衣的資質呢？單說樣貌，怕是比妳這個姊姊還要適合吧。況且他才十歲，一切都還未定性，太早決定其行當歸屬，恐怕也並非良師所為。」

「唐師父此言差矣。」

花子妤不是普通小女娃，自然要為子紓力爭到底。「對於戲郎來說，相貌倒是其次，反正敷粉之後也能將人美化或醜化，所以，相貌端正即可，倒不用非要貌美。且子紓跟隨鍾師父練功近一年，不說功底有多紮實，但悟性極高，一手長槍也能耍得像模像樣。班主不是也說了，咱們戲班武生中的翹楚極少，子紓正好能填了這個空白，豈不歡喜？再說，唱正旦者除了大師姊，如錦公子也是名聲響亮之輩，又何須再來一個花子紓呢？」

唐虞笑了，不再和花子妤辯論，反而瀟灑地從懷中掏出一個小盒子遞給她。「妳如此為妳弟弟爭取，看來，子紓這禮送得也是值了。」

尚未說服唐虞，子妤本想再勸，可看他隨手掏出個錦盒推到自己面前，一愣之下不解地問：「這是什麼？」

「這可是花了三兩銀子才買到的。」唐虞並不指出是什麼東西，淡淡道：「此物本是為宮裡的娘娘們專門打造，若非多寶閣掌櫃與我相識，有錢也買不到的。子紓那小子待妳極好，不過分了五兩的賞錢就捨得全給我，說妳下月生辰滿十一，求著替妳捎帶禮物。剩了二兩我已還給他了，此物，卻要替他送與妳。」

捧著錦盒，子妤笑靨如花，也不打開來看就往懷裡塞去了。「多謝唐師父幫忙，明兒個子紓來練功，您替我謝他一聲，就說我很喜歡這件禮物。」

「去吧，回晚了不方便。」唐虞起身來拉開屋門，瀉了一地銀色光華在門邊，拖起一條修長的黑影，正好灑在了花子妤的身邊。

子妤乖巧地福了福禮。「最後再謝謝唐師父替我把臉上的傷弄好，無以為報，將來若有吩咐，請您千萬別客氣。」說完，趁著夜色踏著月光悄然回了沁園。

看著花子妤小小的身影消失在院外，唐虞搖搖頭，心嘆此女心性成熟，恐怕也是因為自小父母皆亡所致，不由得又對其起了兩分憐意，想著等有機會和花夷商量一番，讓她繼續學戲才是正理。

一覺睡到天光大亮，花子妤感慨著起了床。

從前在後院的時候，九等弟子們雞鳴時分就得起來燒水做飯，伺候前頭的師兄師姊們。一等戲伶們因為身分不同，可自行安排時間練功，由著身邊的婢女、小廝伺候。

塞雁兒不喜早起，約莫辰時中刻才會醒來。阿滿伺候她梳洗完畢，就吃花子妤從小廚房端來的早膳，之後才會到園子裡溜溜嗓什麼的。這時候阿滿和花子妤要做些雜活兒，無非是收拾屋子和小院裡的花草，還有將三人的換洗衣裳送去洗衣房等等，極為輕鬆。

等差不多辰時末刻，這些雜務也就做完了，兩人便可自行安排時間。

阿滿十七歲了，以前學過一陣子旦角，但年紀大了，早斷了登臺唱戲的念頭。塞雁兒練功的時候她就在一旁伺候茶水，倒也輕鬆自在。可花子妤不一樣，她心裡還是想登臺做大青衣的，所以每日做完手上的活計就會守著塞雁兒練功，自個兒揣摩一番，下午再獨自練習。

「子妤，妳攬鏡自照個什麼？四師姊找妳有事兒呢！」阿滿正好從洗衣房裡回來，手裡提了個大木桶，因為天冷，鼻頭紅通通的。

掠了掠額前散落的髮絲，子妤揚眉一笑。「阿滿姊，瞧您凍的，給妳。」說著就要將腰間的小暖爐取下來遞過去。

這暖爐便是花子紓得了賞錢後給她買的禮物。

一根錦帶編製成四股，下端連著雞蛋大小的暖爐，有個活塞可以打開，裡面是熱炭。這暖爐極小，均用銅絲夾雜銀絲縷成，紋飾鮮亮古樸，塞不塞熱炭都可以拴在腰際做裝飾，若冷了握在手心裡也能祛寒。

「這是妳弟弟孝敬的，我可不敢要呢。」阿滿走過去，放下木桶，雙手搓著搓著便熱呼了起來，趕緊推了子妤往塞雁兒房間那邊去。「快些過去，四師姊說有事兒找妳呢。」

花子妤愣了愣。「什麼事兒？」

阿滿擠眉弄眼地笑笑。「還磨蹭什麼，去了不就曉得了，看四師姊的樣子，總歸不是壞事兒。」

理了理髮髻和衣裳，子妤點點頭，便往塞雁兒所居之處去了。

說來也奇怪，花子妤被阿滿帶到沁園已經有好幾日了，每日伺候塞雁兒之餘也跟著練練功，閒暇時就拿來戲文仔細琢磨，沒什麼特別的事發生。如今塞雁兒主動召喚自己，難道是要提及那日所唱之小曲兒的事了？

心下雖然想得有幾分明白，卻猜不出塞雁兒到底需要自己做什麼，腳步加快，花子妤不敢耽擱地便去了前庭。

章二十一　西子捧心

「苧蘿山下，村舍瀟灑，問鶯花肯嫌孤寡。一段嬌羞，春風無那，趁晴明溪邊浣紗……誰道村西是妾家，奴家姓施，名夷光，祖居苧蘿西村，因此喚作西施……」

塞雁兒細柔的身段斜斜臥坐而下，手中虛空動作似在打槳，眉目顧盼清漣，時時歇下捧心，將那一齣【浣紗記】中西施河邊浣衣的曼妙姿態演繹得栩栩如生。

眉眼一歇，只聽她又開口清唱道：「年年針線，為他人作嫁衣裳。夜夜辟纑（注1），常向鄰家借燈火。今日晴爽，不免到溪邊浣紗去也。只見溪明水淨，沙暖泥融，宿鳥高飛，遊魚深入，飄颻浪蕊流花靨，來往浮雲作舞衣……」

這一段且唸且唱，塞雁兒的一口水磨腔端的是婉轉柔腸，猶若細水盤沙，讓聞者摩挲入心田，澆灌了一片旱土，煞是清爽宜人，欲罷不能。

花子好來了好一會兒，但看著塞雁兒不停歇，也沒敢出言打擾，只認真地在一旁細看。許是發現有人來了，塞雁兒收了勢，直接從盤坐的姿勢起身來。子好便過去取了熱水將白帕沾濕，遞給她擦汗。

略擦拭了額間香汗，塞雁兒又接過遞上來的熱茶，端坐在扶椅上，上下打量了花子好一

注1：治麻之事。績麻（搓麻線）為辟，練麻為纑。

眼。「可知道剛才我唱的哪一齣？」

知道塞雁兒在考自己，子妤忙答道：「是【浣紗記】裡的唱段，第二齣〈遊春〉。」

「嗯，說的對。」塞雁兒又問：「我的腔調如何，屬於哪種？」

子妤想了想，答道：「是水磨腔。」頓了頓又繼續道：「【浣紗記】曲調幽雅婉轉，唱詞典雅華麗，用這種唱法更顯得細膩委婉。就好像江南人的水磨糯米粉和水磨年糕一樣，細膩軟糯，柔情萬種，流麗悠遠，也是出乎其他三腔之上。」

塞雁兒柳眉一挑，玉額輕點。「我就知道妳是個機靈兒，沒想來小小年紀就懂得這麼多，還說得如此透徹明白，不枉妳平時捧著戲文看得入神。對了……唐虞在師父面前力薦，讓妳也跟著去無棠院學戲。」

「果真！」子妤乍然一聽，當即便跪伏在地。「求四師姊應允！」

看著花子妤這麼激動，塞雁兒紅唇一翹，笑得花枝亂顫。「先起來吧。」

「是！」

心中忐忑，緩緩起身，子妤瞧著塞雁兒看不出她到底想什麼。

「想繼續學戲其實很簡單。」塞雁兒揚起白玉般的手指，輕吹了吹那鮮紅的蔻丹，笑道：「妳知道本朝太后幾月生辰？」

花子妤雖不知道太后生辰在哪月哪日，只記得年年有個萬壽節在一月，普天同慶，應該就是太后的生辰，便道：「可是一月初五那天？」

塞雁兒點頭。「妳倒是聰慧，知道萬壽節便是太后的生辰。不錯，正是一月初五，這次可是她老人家五十九的大壽，班主讓我想個討好太后的法子，以前唱過的曲兒定是不能再演了。太后素來喜歡這【浣紗記】，妳琢磨琢磨，看能有什麼想法出來。無論好還是不好，過了一月初五，我都讓妳繼續學戲，可好？」

子好心頭一塊石頭落地，趕緊又福了一禮。「謝四師姊成全！」

見花子好行事乖巧，塞雁兒又道：「好了，下去琢磨吧，每日我練功的時候妳也可以跟在一邊仔細看看，若有了好想法就說。另外……唐虞那裡妳還是少去，此人和咱們不一樣，可不是好攀附的。聽明白了嗎？」

子好當然是不明白的，但也沒表露，只喏喏地點了頭。

「下去吧，讓阿滿來伺候。」塞雁兒許是累了，揮手讓花子好退下。

夜裡，阿滿過來尋花子好，問四師姊是否同意讓其繼續學戲。子好心中半喜半憂，將塞雁兒所言如數轉達給了阿滿。她聽了之後勸道：「反正四師姊開了口，無論妳的點子是好是壞，到時候都讓妳繼續去無棠院學戲呢，妳還愁什麼呢？不就是早晚的事嗎！小小年紀，憂心個什麼勁兒啊！」

子好釋然一笑，想想也對，便拉著阿滿問了許多一等戲伶的事。想起塞雁兒說不讓自己和唐虞多接近，不由得探問道：「阿滿姊，四師姊不讓我多去唐師父那兒，說唐師父和我們不是一類人，到底是什麼意思呀？」

「四師姊真這麼說？」阿滿一愣，隨即捂嘴偷笑。「妳是想多跑唐師父那兒去，好看看弟弟和那個俊俏的小止卿吧？」

被阿滿打趣，子妤也不臉紅，裝作不懂。「弟弟自然要看，不過止卿師兄雖然生得好，卻還不如我自家弟弟好看，倒是沒什麼好瞧的。」

「瞧妳，這就不懂了吧。」阿滿故意拿手肘湊了子妤一下。「弟弟再好看也只是弟弟呀，止卿小師兄可不一樣哦。哎呀，說了妳也不懂，再大些妳就自然明白其中區別了。」

憨憨地隨即一笑，阿滿的話讓花子妤心中暗暗鬱悶了一下，記起她還沒回答塞雁兒關於唐虞的評價，又問：「阿滿姊，妳還沒說呢，為何四師姊對唐師父諱莫如深呢？」

阿滿抿抿唇，壓低了聲音。「罷了，本不想說這些閒話與妳聽的，但咱們同屬沁園婢女，也有些情分。一起伺候四師姊，她喜歡什麼不喜歡什麼也要告訴妳一聲，免得觸了楣頭也不好。告訴妳吧，是這麼回事……」

聽了阿滿故作神秘的一番話，花子妤幾乎不敢相信。「您的意思，唐師父和花家班簽的也不是死契。而他真正的身分乃是前朝重臣的嫡孫，千真萬確含著金湯匙出生的小少爺？而四師姊知道其身分，曾示好，可唐師父卻冷落佳人，讓四師姊顏面無存？這這這，都是哪兒跟哪兒啊？」

趕緊捂住花子妤的小嘴兒，阿滿警惕地道：「妳小聲些，關於唐虞身分的傳言雖未證實，但花家班一等戲伶之間卻相傳已久。另外，妳想想我是誰？是四師姊的貼身婢女！哪能不知道四師姊心中想什麼呢？自從被唐虞冷落，她表面上對其不屑一顧，骨子裡可惱了呀。所以妳還是少去見那個寶貝弟弟，被四師姊知道了妳不聽她的吩咐，到時候一句話就能讓班主趕妳出去呢。」

「哦……」子妤嘴上答應，心中卻覺得可惜。經過那晚水仙兒之事，自己已經對唐虞生出了幾分好感。且不說其現在是子紓的師父，單是他在花家班二當家的身分就不能不討好一二。可塞雁兒與其有嫌隙，怎麼相處，還真是個頭疼的問題。

章二十二　落園沁雨

轉眼進入十一月，天氣漸冷，京城下了幾場夜雨，屋簷水像一串珠子似的，不間斷的滴答而下，清晨裡聽來分外「叮咚」悅耳。

推開門，子妤換上了稍厚些的夾棉襖子，素色底，有些靛藍的五瓣小碎花，看起來文靜清爽。只是棉衣稍厚，領口又堆得高高的，使其原本嬌小的身子反而像個包子一般，得了阿滿好多次的訕笑。

但子妤生性怕冷，雖然有些不好意思，但也不能為了愛美而受凍，只好悄悄多吃些米麵饅頭，好讓身子早些長得壯實起來。

昨兒個得了消息，十一月初三是好日子，唐虞準備正式收了止卿做弟子。子妤也接到了邀請，止卿讓她和子紓一併過去觀禮。

既是觀禮，自然要送禮物才行。子妤身家清簡，唯一的女紅繡活兒還拿得出手，只好因陋就簡準備做個荷包送給止卿。但裡面的填充物還得多花費些心思，便央求阿滿找大師姊要些乾桂花。

阿滿好像有些懼怕金盞兒，推說讓子妤自個兒去求，擺擺手尋了個事由便跑開了。無奈，子妤只好撐了把油紙傘，冒著淅瀝的細雨敲開了落園的門。

開門的正是大師姊的奶娘，一頭花白的髮絲，臉上也溝壑叢生，一副老態龍鍾的模樣，拿了個斗笠當作雨傘頂在頭上，一身青布衣裳看起來樸素慈祥。

子妤聽阿滿提及過，金盞兒還是個嬰孩時就被人遺棄在了花家班的門口，是花夷收留了她，還給她尋了個奶娘。小時候的金盞兒身子骨極弱，這奶娘倒是把她當親生女兒一般照料，所以等金盞兒斷奶，花夷也沒打發那奶娘離開花家班，就一直任其留在了戲班裡，這也是給金盞兒賣個好，讓她記得當初收留的恩情。

且不說其他，子妤對這個南婆婆很有些好感，因為她和古婆婆生得有幾分相似，均長得很是慈祥。見她親自來開門，忙甜甜笑道：「南婆婆安好？這幾日天冷，可睡得好？」說罷趕忙踮高了腳尖，想將傘撐在其頭上。

南婆婆雖不高，卻也比之花子妤要高出一個頭，笑著接過傘柄。「妳個丫頭，這麼小小年紀倒是會主動心疼人。走吧，老婆子來撐傘。」隨即又道：「對了，這下雨天的，妳不在沁園待著，過來這裡做啥？不會是陪我這個老婆子嗑牙吧？」

頗有些不好意思地點點頭，子妤挽住南婆婆的手臂，撒嬌道：「好婆婆，我想做個香囊，特來找大師姊要些乾桂花，我知道落園一定有的。」

「金盞兒在吊嗓子呢，妳先去花廳裡候著，等老婆子一會兒。」南婆婆笑咪咪地點點頭，讓花子妤自個兒留下，親自去了後院替她取乾桂花。

看著屋簷水滴滴答答不斷線似的，子妤呼吸了一口新鮮空氣，覺得有些冷，搓著手不停地跺腳，想讓自己暖和些。

想起金盞兒在後面吊嗓子，花子好起了心思想要偷聽，便推開窗戶豎起耳朵。

果然，在淅瀝的雨聲後夾雜著斷斷續續的女聲，似在淺吟又似在清唱，雖聽得不甚分明，但也能品出其嗓音的不凡之處。

「妳怎麼在此？」突然間一聲問話響起，花子好轉頭，便看到庭院中一個修長的身影撐著發黃的油紙傘，迷濛的雨水好像也模糊了那人的身影。

「唐師父！」

子好愣了一下，趕緊迎了他進來。「我找大師姊要些乾桂花做香囊。」說罷主動提了一旁火爐上的銅壺，替唐虞斟了杯暖茶。

唐虞接過茶盞，看了看庭院兩邊的桂樹。「妳倒是曉得哪裡有好東西，不過金盞兒素來冷漠，妳不怕這個大師姊嗎？」

子好可不是真正的十歲小姑娘，對金盞兒有些淡漠孤冷的性格，除了有些不適應之外倒沒有其他，茫然的搖頭。「怕什麼？」

放下茶盞，看著子好小手凍得通紅，唐虞便替其斟了杯茶遞上。「妳確實沒什麼好怕的，即便在班主面前都能應對自如，自然不會顧及金盞兒的性子不善。」

接過茶盞，手不再覺著那樣凍了，子好揚起笑臉看著唐虞，又想起四師姊吩咐切莫與其親近，心中不免有些為難。

卻說金盞兒聽了南婆婆的稟報，收拾好東西披了件外袍便往花廳而來，偶然聽見唐虞對自己的評價，冷顏之外卻綻放出一抹難得的笑意。「唐虞，你背著我說什麼好話呢？」

面對金盞兒燦若春華的容顏，唐虞泰然處之，淡然一笑。「沒什麼。」

南婆婆也跟著進來了，將一大包乾桂花塞到子妤手中。「拿好，這一包夠妳用了吧。」

子妤欣喜地接了過來，連連福禮道謝。

南婆婆和顏悅色地道：「謝什麼，做了香囊別忘了孝敬妳大師姊和我這個老婆子就好。」

金盞兒對塞雁兒不怎麼搭理，卻對這個小丫頭有兩分好感，端坐在扶椅之上，啟唇輕聲問：「子妤，妳喜歡做香囊嗎？」

被金盞兒這一問，子妤倒也不害羞，大大方方地答道：「其他東西拿不出手，就這香囊做得還好，要是大師姊不嫌棄，改明兒個我多送幾個過來。」

「好了。」唐虞見狀打斷了子妤的話。「妳先下去吧，我有事要和金盞兒商量。」

「那弟子便退下了。」花子妤還想在金盞兒面前賣賣好，被唐虞這一打斷，只好乖乖退下。可總覺得金盞兒和唐虞之間好像有什麼，悄悄打量了兩人，見金盞兒平素那張涼薄的玉顏透出淡淡緋紅，越發心中可疑：難道金盞兒和塞雁兒都對這唐虞有情不成？

送了子妤離開，南婆婆也識趣地離開花廳，只留下金盞兒和唐虞兩人說話。

滴滴答答的雨水聲徘徊而進，沒有人先開口，顯得屋中寂靜無比，也略有些尷尬的氣氛。

唐虞神色安然，率先開口對金盞兒緩緩道：「班主身體越發艱難，讓我過問太后壽辰的事兒，今日來是想提醒妳，十日之後便是初審。」

金盞兒一聽，苦笑道：「唐虞，你單獨前來，除了這些話卻沒別的要說了嗎？」

從扶椅上起身來，唐虞對金盞兒一副哀憐神色置之不理，只道：「班主那裡，妳可以去探望探望，順便將準備好的唱段找班主提前出出主意，免得讓塞雁兒搶了先，再討去了太后的歡心。若那樣，以後妳更難在宮裡立足了。」說罷，略微搖了搖頭，也不知是嘆的什麼，便撐傘而去了。

看著唐虞修長的身影消失在雨中，金盞兒的心彷佛一串桂花兒被雨給沁濕了，殘餘的一點香氣也難以為繼。玉顏之上似有著化不開的濃濃愁緒，檀口微張，粉唇半啟，剎那間自言自語道：「快三年了，難道在你心裡，還是像當初那般鐵石心腸？可曾有我、可曾有我一絲半點的位置啊……」

唐虞出了落園，卻看到花子好撐著傘在院門外候著，蹙眉上前。「丫頭，妳怎麼還在？」

子好抬眼，看著濛濛細雨中的唐虞，發覺那一雙漆黑的眸子好像更加閃爍有神了，愣了片刻才回神，嬌嬌然地甜笑。「想問問唐師父，明兒個止卿師兄行拜師禮的時候，我能不能在一旁觀禮呢？」

點頭，唐虞看著花子妤笑靨如花，一副稚氣未脫的嬌憨模樣，心中也輕鬆了不少。「妳為何想觀禮？」

子妤見唐虞表情輕鬆，心想他定是同意了，便道：「以前在後院的時候，止卿師兄對我和弟弟都極為照拂。如今他正式拜您為師，理應在一旁替他做個見證，也好合著高興高興的。」

唐虞想了想，覺得不對勁，突然臉色嚴肅了起來。「妳不會是喜歡止卿那小子吧？」

「什麼？」也難怪，這個時代的女子十一、二歲多半都許了人家，對於男女之事也是早熟得很，唐虞會這樣問本不算意外，卻有些唐突了，讓花子妤聽得一愣，俏臉「唰」的就變紅了，連連擺手。「唐師父您怎麼這樣想?!」

「不是就好。妳可知花家班規矩，弟子之間絕不能有私情。」唐虞見她羞得像朵半開的桃花兒，也覺得自己似乎想過頭了，略感尷尬，抖了抖傘上的雨水，提步轉身離開了。

章二十三　拜師學藝

十一月初三，仍舊是飄飄細雨在滋潤萬物，連帶著濕了心情。

今兒個是止卿的拜師禮，得了唐虞的應允，花子好和弟弟都能在一旁觀禮，可不能去晚了。子好長長地呼吸了一口新鮮空氣，撐起了油紙傘，提步獨自往南院而去。雨水沾濕了青布繡鞋，原本的荷葉繡樣變得髒污，分不出哪裡是泥哪裡是蓮。

進了南院的廳堂，唐虞還未到，止卿已是整裝立在門邊。

一襲薄棉的細布長衫背後是細雨朦朧，不過才十二歲的止卿看起來不輸七尺男兒，朗眉星眸，身板挺直，端的個好兒郎。見花子好撐傘而來，悠然而笑，招手忙示意子紓去接姊姊。

「姊，妳來得正好呢，還有一刻便是正午。」子紓本來坐著吃茶，見自家姊姊終於來了，顧不得外間細雨，直接就衝了出去，揚起一片泥水濺濕了衣角。

子好捂嘴忍不住笑了，趕緊撐了傘遮在子紓頭上，發現幾日不見竟差不多和自己一般高了，心中歡喜。「我走幾步路就到了，你偏頂著雨出來接我。」

接過傘柄，子紓憨然一笑。「姊，好些日子沒見妳了，想妳呀。」最後三個字壓底了聲音怕被止卿聽見嘲笑自己，嬌憨姿態哪裡還有武生模樣，完全就是個撒嬌的小奶娃。

好些日子不曾相見，心中暖得幾乎要化了，子好反過來摟緊弟弟的肩頭。「子紓乖，好生跟著唐師父學戲，你如今暫時跟隨唐師父，咱們要見面也是極易的。」

進了廳堂，止卿親自為子好斟了茶，俊臉之上有著淡淡的笑意。

「對了，止卿師兄，」子好接過茶盞，想起自己還沒送上賀禮，起身來掏出昨夜趕著繡好的香囊遞了過去。「沒別的東西拿出手，這是我繡的，作為你今日拜師的賀禮。」

止卿眼中掩不住的意外之色，輕輕接過香囊，細細把看。

香囊不過半拳頭大小，是溫暖的淡橘顏色，花紋很簡單，是油綠絲線繡的幾隻粉蝶兒，底部還有用肉色絲線繡的一朵小花，當作子好作品的署名。湊在鼻端輕嗅，一股淡淡的桂香飄然而動，惹得止卿心中感動。「謝謝，我很喜歡。」說罷當即就繫在了腰際，倒也和一身衣袍極為合稱。

子紓見了，雙眉一撇。「姊偏心，為什麼我沒有香囊。」

「自然有的。」子好轉頭看著亂吃飛醋的弟弟，笑道：「等朝元師兄回來收了你做弟子，姊姊會雙手奉上，行不？」

想了想，覺著有盼頭，子紓才點點頭。「那好，只是要比止卿哥這個大些才好。」說著還用手比劃了一下。

這下連止卿也忍不住哈哈笑了起來。「你這小子，真是自私呀！不過香囊可不在乎大小，在乎裡面的香料。」

「可不是！」子妤附和著打趣弟弟。「要是那麼大的香囊，姊姊到哪兒找那麼多香料去？」

「咳咳」一聲輕咳打斷了廳堂內熱絡的氣氛，果然是唐虞來了。只見他仍舊一身青布長衫，雖然洗得有些發白，卻極為乾淨，遠遠見了彷彿也能聞到一股皂角味兒。此時他從門邊進來，因為沒撐傘，衣袍角上有些淡淡的水漬。

「拜見唐師父。」三人見唐虞進來，趕緊整了面色齊齊福禮。

嚴肅的面容在看向三人之時變得柔軟起來，唐虞虛扶了一下。「都起來吧。」接著又示意止卿邁步向前。「吉時已到，給為師奉茶磕頭，便算作正式拜師了。」

「我來備茶。」子妤乖巧地過去將杯盞擺好，斟茶放入托盤，捧著來到止卿的身邊。見他此時才略有些緊張的神色，輕聲道：「放鬆，唐師父可不是吃人的妖怪。」

耳畔嬌言細語果真起了作用，止卿朗朗然地接過茶盞，面有笑意，雙膝跪地，雙手高舉。「徒兒敬師父茶，願跟隨師父習得戲曲真妙。」

只看著止卿跪於當前，唐虞卻不急著接過茶盞，半晌才道：「何謂藝德？」

知道這是師父在考徒弟，子妤和子紓對望一眼，都把心提到了喉頭，期盼著止卿能答得合了唐虞的心意。

但見止卿手捧茶盞而不顫抖，用著清朗如潤的嗓音答道：「戲如人生，唱戲便也如同在另外一個世界裡做人。但藝德卻不分現實和戲曲，作為戲伶，不但要在戲裡守住藝德，還要在戲外正身守行，端正品格，方為德藝雙馨。」

略微點頭，卻也看不出喜怒，唐虞又問：「若師父所言要你違背藝德，可聽從否？」

一愣，止卿思考片刻才沈聲答道：「若是無德之師，不聽也罷，但唐師父才德兼備，弟子甘願拜師，自然萬事皆從；弟子也相信，即便師父要弟子違背藝德，也是情有可原的，並非魯莽愚昧。」

「很好！」唐虞終於露出了笑意，點點頭，接過茶盞，輕啜一口放下，再扶了止卿起身。「為師能收得如此徒兒，便也無憾了。」

見得結果如此，子妤和子紓都忍不住拍起了手來，嬉笑著過去給止卿道喜。

只是唐虞在扶了止卿起身時，明顯嗅到了一股熟悉的桂花香味，瞥見其腰際所掛香囊，似有所悟，眼神在子妤和止卿身上輪流看了看，發覺並無異樣私情，這才放寬心道：「好了，既然花家姊弟來觀禮，理應招待一頓拜師宴。走吧，我已經讓後廚房備好了。」說著招呼了三個小弟子，一併往寢屋而去。

拜師宴並不豐盛，只三葷一素一湯，但四人圍坐卻吃得很愉快，氣氛在子紓這個小機靈鬼的帶動下很是活躍熱鬧。

「唐師父，弟子要敬您。」子妤得空舉起茶盞，以茶代酒。「四師姊說得了唐師父在班主面前美言，弟子若能回無棠院學戲，定不會忘記唐師父恩情。」

子紓也停下了筷子。「姊，妳真能繼續學戲？」止卿也盯住花子妤，想聽到肯定的答案。

擺擺手，唐虞似有感觸。「其實，當初我若能幫妳說上兩句話，班主未嘗不會讓妳通過複選。不過跟著塞雁兒也有不言而喻的好處，妳的機緣際會和旁人不同，好好把握才是。不過……」說到此，唐虞有些欲言又止。「塞雁兒沒有為難妳吧，她素來獨斷專橫，極厭惡別人插手她的事兒，妳畢竟是她身邊的人，要繼續學戲，還是得她點頭才行。」

不想讓弟弟和止卿為自己憂心，子妤裝作無事一般。「沒什麼，四師姊說過了，太后的誕辰過後便放我去學戲。」

「為何要到一月時才應允？」止卿卻看出子妤眼底的澀意，出言詢問。

子妤抿唇微笑，卻是不語。

「唐師父，」子紓也察覺了不妥，哀求著唐虞。「您求求班主，直接讓家姊回無棠院學戲吧。」

看了看子妤面上的表情，唐虞心下也有些懷疑。塞雁兒的行事風格別人不曉得，但他卻是熟悉的。當初她收婢女也是看中了子妤能唱兩句小曲兒，可幫襯其一二。她本不喜歡自己，若是多番要求，怕會連累了子妤不受喜歡，便道：「畢竟妳已是沁園的婢女，並非普通低階弟子。有些話我點到即止，最終能不能順利學戲還是得看塞雁兒的態度。妳也莫急，若太后誕辰過了她還不開口，我便再找班主商量。他也是將妳看作一塊璞玉，認真雕琢，定能光芒大盛。」

子妤未曾想唐虞竟會說出這樣一番讓人心中溫暖的話。阿滿不是說過嗎，塞雁兒當初對唐虞有好感，結果人家根本不領情。子妤害怕唐虞礙於情面不願意介入此事呢。如今，原本忐忑的心思也漸漸安穩了下來，看向唐虞的眼神也變得水汪汪的，感激中不由得帶了些別樣神情。

不過席間其他幾人卻沒發覺異樣，畢竟子妤只是個十歲的小女娃，再含情脈脈也難以讓人產生任何遐想。

一席拜師宴吃罷，止卿和子紓回了後院低階弟子處午休。唐虞讓花子妤多留了一刻，說若有任何艱難之處儘管來找他，特別是戲文唱段方面的可幫她指點一二。

看著他一雙眸子黑亮中帶著瑩潤光芒，子妤乖巧的點點頭，心中微微有些甜，這才獨自回了沁園。

章二十四　生如秋月

十一月初七是花家姊弟的生辰。

一大早，阿滿就起來煎了兩個荷包蛋，又吩咐守門的兩個婆子，等會兒若來了個清秀小童便是花子妤的弟弟，不用詢問便放其進來。

花子妤也起了個早，淨顏之後將長髮編好，在一對兒辮子上繫了油綠的絛絲穗墜在胸前。換上同色的細布棉襖，上面有白月絲線繡成的點點飄絮，似雲般揚在裙裾上，顯得清逸脫俗。

這衣裳也是阿滿那天一併給的，當初塞雁兒曾經穿過。成色半舊不新，也並非送來衣裳裡最好的，但子妤就是喜歡這深深淺淺的綠，看起來清爽俐落。印象中，唐虞好像也喜歡著綠，袖口衣襬處均繡了竹葉紋飾，就像他曾經的名號，古竹公子……

想著想著，子妤臉頰微紅，想起子紓歡喜地說唐虞知道今兒個是兩人的生辰，特意向班主告假，要帶了他們出去趕集呢。

很快，阿滿清涼的聲音便在院中響起。「小傢伙，你今兒個真有精神。不錯，姊弟倆都是頂標緻的人物呢。」

「子紓來了？」子妤推門而出，看著自家弟弟正和阿滿說話，臉龐上笑意濃濃，真恨不得上前去捏他的小臉一把，再好生攬到懷中抱抱，以解了這幾日沒法子見面的思念之苦。

子紓見了姊姊也歡喜得很，衝上前去拖住她的臂彎。「姊，妳今兒個這身裝扮真好看。」

阿滿心情也不錯，清秀的面容上也是滿滿的笑意，一手攬了一個。「來來來，你們姊弟倆今兒個就滿十一了，要吃十二的飯了。快過來，先吃一碗阿滿姊做的長壽麵，上面還攤了兩個煎雞蛋喲，可香呢！」

一番話說得姊弟倆頓覺腹中飢餓，忙跟了阿滿到屋裡，一人捧起一碗，趁熱唏哩呼嚕地吃了下去。

見兩人吃好了，阿滿才從腰際掏出一對魚形琉璃墜子放在桌上。「阿滿姊沒什麼私房，前兒個托人在市集買了這一對小墜子，就當送給你們姊弟的生辰賀禮，可別嫌棄。」說這話時，阿滿有些不好意思。

子紓看了一眼，此時陽光正好照在五彩琉璃之上，魚兒彷彿有了生命一般，倒也靈動可愛，一把抓在手中，反覆地瞧了，疑惑道：「這魚形墜子，我和姊姊倒是一人都有一個，但材質是白玉和赤玉所造。不過我看阿滿姊這個好看得緊，竟是五彩的呢。」

「琉璃本是如此！」阿滿見子紓喜歡，面上也高興。但聽著花家姊弟竟有一對玉墜，還是白玉和赤玉材質的，又問：「對了，你說的玉墜，我怎麼沒見過子好戴？能不能拿出來瞧瞧？」

原本不想讓阿滿知道自己和弟弟有這樣一對玉墜，無奈子紓話已出口，子妤才從脖子裡扯出一根紅繩繫著的粉白玉墜來。「也不是什麼稀罕的物件，戴著玩兒罷了。」子紓也從脖子裡挑出來一個赤紅色的玉墜給阿滿看。

阿滿雖不太識貨，但看著一對玉墜顏色晶亮，似有水潤透出。白的粉嫩欲滴，赤的鮮豔有澤，雕刻成兩尾鯉魚形狀，細緻如魚鱗紋路皆清晰可辨，雖然只有指腹大小，卻也明白其並非凡品，忙道：「這樣一對玉墜子可不是路邊貨，你們姊弟怎麼得來的？」

被問及，子紓才閉口不言，只用大眼睛瞧著姊姊。子妤才故作害羞地道：「我和子紓是孤兒，生下來就被古婆婆收養，她說此物原本就是繫在我們姊弟倆的頸上，就一直沒取下來。」

「原來如此。」阿滿聽了心頭一酸，倒也忘記追根問柢，嘆道：「你們這一對乖巧的孩子，真是可憐啊。算了，今兒個是好日子，別說那些個傷心的事。等會兒唐師父要帶你們出去趕集，快些把這琉璃墜子繫好，看著也體面。至於這兩個玉墜就貼身藏好便是，免得讓人眼紅了去。」

對望了一眼，子妤和子紓都點點頭。子紓還好，小孩心性，轉眼就恢復了笑容。只是子妤心中記掛著此物乃是花無鳶留給一雙兒女的遺物，這阿滿不會看出來什麼吧。想想上次那如錦公子欺負自己的時候好像也沒怎麼注意。畢竟這玉墜材質雖貴重，卻只有指腹大小，不太容易招人注意。心中忐忑間瞧對方神色又並無異樣，子妤也不多想，點點頭，幫弟弟擦了擦嘴，這才告別阿滿，手拉手出了沁園。

雖是深秋，但今日倒出了些薄薄的暖陽。

唐虞早在無棠院候著了，今兒個仍舊是一襲青竹色的棉袍，俐落清爽，儒雅俊逸。雖然面色稍顯冷漠，但看到花家姊弟這一對乖巧的人兒相攜而來，還是不由自主地露出了一絲微笑。

「唐師父！」子紓看到唐虞很是親切，自己姊姊也不顧了，衝過去拉住他的袖襬。「止卿哥呢，為何他不一起去呢？」

唐虞溫和的摸了摸子紓的頭頂，彷彿只有對著花家姊弟才會露出如此溫柔的笑意。「止卿要練功，就不帶他出去了。他說讓你們好生去玩，晚些回來時要你們去一趟後院，他會親自送上賀禮。」

子紓點頭，乖乖地應道：「也罷，有唐師父和家姊陪著我就心滿意足了。回頭給止卿哥捎一串糖葫蘆，嘻嘻！」

「走吧。」唐虞負手而立，邁著步子便帶著花家姊弟出了花家班的戲園子。

打從去年進入花家班，這還是姊弟倆為數不多的一次出來閒逛。從前做低階弟子的時候，除非是被派遣出來買東西，否則不能輕易外出，所以子妤和子紓看著什麼都新鮮。特別是子紓，手裡抱了一堆唐虞給買的小吃，嘴裡還嚼個不停，歡喜的樣子真是惹人心疼。

子妤就規矩些，可看到那些個青瓷小盒裝的胭脂，還有琳琅滿目的簪子、手鐲，女子愛美，還真想一口氣全給買了回去。然而囊中羞澀，也只是多摸摸、多瞧瞧，一樣也沒敢下手。

但等子妤一眼看到點翠簪子時，卻捨不得挪步了。

那是一支造型古樸簡單的簪子，點翠並不多，只在簪頂處有一指甲大小的祥雲造型。簪身刻滿這流雲紋路一直到簪底，顏色烏黑中帶著溫暖的光澤，其質感拿在手中順滑猶如珠玉一般。

「這位小姑娘，您可真是識貨！」

攤主見子妤將其拿在手中愛不釋手，忙招呼了過來。「這簪子可是沉香木所雕，曾是京城富貴人家所用。輾轉流落市井，也是有緣人才能得了。」

子妤一聽是珍貴木材所雕，心下一動，知道價格必定極貴。「果真是沉香木？」

「多少錢？」身後響起唐虞的聲音，許是發現子妤很喜愛，想要買下作為生辰賀禮。

攤主看得出唐虞是家長，恭敬地朝他作了揖。「不貴，因為是舊物，算十吊錢就好。」

一聽竟要十吊錢，子妤臉色發苦，擺擺手。「二手貨哪需如此貴，我不要了，不要了。」

「買了！」唐虞卻二話不說從腰間取了一錠指腹大小的碎銀子，拋給攤主，又挑了幾盒胭脂還有些女兒家用的東西，一併給了子妤。

「這……」子妤意外地看著唐虞，發覺自己在他溫和的笑意面前絲毫無法拒絕，只好揚著小臉甜甜地說了聲：「多謝唐師父。」

「不管啦，我也要啦！」子紓見姊姊拿了這麼多好東西，嫉妒地捉住唐虞的衣袖，撒嬌不停。

唐虞今兒個心情不錯，揉揉子紓的小腦袋瓜子。「走吧，去買支木頭槍給你使。」

「哦！真好，真好，唐師父最好了！」子紓興奮地連連擺手，又是叫又是跳的，哪知這一跳身子失了平衡，落腳時向後一倒。可是卻不怎麼感覺疼，回神後才發現，自己竟壓在了一個軟綿綿的身子上。

聽到耳後傳來「哎喲」一聲，嚇得子紓趕緊翻身起來，才發現竟撞倒了一個嬌滴滴的小姑娘，不由得臉色大驚。

「這位小姐沒事吧。」子妤見弟弟闖禍，趕緊過去扶人。誰知還沒得挨著那小姑娘的邊兒，身邊唰唰唰竟突然圍攏了幾個彪形大漢，個個神色緊張，身材威猛，右手均隱隱按住腰際的劍柄，將唐虞和花家姊弟包圍在裡面。

章二十五　路見不平

被子紓無意撞倒的小姑娘看起來也就十來歲，但身量比之同齡的子妤要嬌小羸弱許多，白皙的臉龐上泛著一絲不自然的潮紅，一撞之下烏黑的大眼睛裡充滿了懵懂和茫然。

此時她被一個丫鬟扶了起來，口中不停地喘著粗氣，像是有著病症，身子虛靠在那丫鬟的身上，語氣卻強硬不善。「小子，你可知罪？」

子紓顧不得唐虞的阻攔，跳上前去大聲道：「妳這小姑娘真是蠻橫，我腦後又沒長眼睛，哪裡知道會撞了妳。且說我不小心撞了妳，也趕緊賠了罪，妳倒好，招呼家丁就上來示威，到底是誰有罪呢？」

這邊動靜如此大，早已圍攏了不少的路人。有的看到了前後情形，也指指點點議論了起來，覺得雖然那小哥撞了人，但卻並非故意，倒是這小姑娘有些得理不饒人。

原本就面色有異，此時被眾人指著暗罵更是雙頰透出隱隱緋紅之色，小姑娘跺跺腳。「翠姑，果真是我的不對嗎？」

名喚翠姑的丫鬟聽了主子的問詢，仔細瞧了瞧唐虞等人。見他們三人雖然面貌俊朗，但穿著極其普通，心下暗道並非達官貴人，趕緊半蹲下來，在小姑娘耳邊道：「主子自然無錯的，但這小子並非有意，不如就此算了，免得惹來非議。」一說罷輕輕扯了扯小姑娘的衣袖，似有顧忌。

「要我罷休也可以，妳……」小姑娘指了指子妤手中的那支沉香木簪子。「把這簪子讓給我，我多給妳十吊錢。」

唐虞和子妤都沒料到小姑娘竟提出這樣的要求，對望一眼，均暗暗覺得無理可笑。花子紓才不管那麼多，反正有唐虞撐腰，小小年紀也不怕事，雖然被幾個彪形大漢給圍著，料定對方也不敢在鬧市行凶，遂朗聲笑道：「嗟，原來是看上了人家的東西，明搶不行就來暗奪呢。」

「你！」

小姑娘被子紓這一譏諷，一張小臉紅得幾乎要滴出血來，正待招呼身邊的家丁，卻看到子妤上前一步，雙手奉上了那支木簪。「姑娘喜歡拿去便是，只需把我們付給攤主的十吊錢給了便可。」

唐虞從頭到尾都蹙著眉頭，並未過問一二，似在仔細思考此女的身分。見其衣料華貴，氣質又頗為倨傲，心想定是豪門官家的千金，輕易得罪不得。之前幾番挑釁他也沒有開口說什麼，反正子紓和對方都是小娃，他這個大人若插嘴也不便。但如今見子妤拱手相讓自己送與的生辰賀禮，心下頓時不悅。「子妤，妳不用給她。此物並非難尋，料想其他地方也有得賣。子紓無意撞人實該賠罪，但也不必卑躬屈膝。」

「你們！」小姑娘本來就越想越心虛，見唐虞這個大人竟也護著自家小孩，不由怒道：

「翠姑，他們如此囂張放肆，定要讓他們吃些苦頭。張頭！」

「屬下在！」領頭的那個漢子一聽吩咐，眉頭未皺一下便閃出身形。但看著唐虞身形高瘦，另外兩個又是稚氣未脫的奶娃，似乎有些不妥，低聲詢問那小女娃。「主子，該如何教訓？」

子紓見對方來真的，靈機一動，忙高聲大喊道：「快來人啊，快來看啊。這小姑娘簡直就是橫行街頭的惡霸，如此欺壓良民，天理何在，公理何在啊！」

唐虞和子妤見他一鬧，倒也沒阻止，都有一絲隱隱笑意藏在眼底。看來這小姑娘今兒個是被子紓給吃死了，鬧市之中她定然不敢隨便動手，也只有趕緊離開的分兒。

「哼，天理？」小姑娘一聽，不怒反喜，雙手插腰越發蠻橫了起來。「你這臭小子，罷了，就拘了你一人便可，張頭，動手！」

周圍看熱鬧的人見對方真要動手，卻怕了那張頭等人的陣仗，只敢嘴上非議，不敢上前阻攔。

唐虞見狀，正要護住子妤姊弟倆，冷不防，卻聽得一聲脆嫩的話音響起。「誰敢動手！」

人群自動讓開一條通道，卻見一個半人高的小娃徐徐而來，生得是男女莫辨，彷佛不食人間煙火，走動之間額前垂落的幾縷髮絲恍若無風而動，竟讓人忍不住聯想到了那觀自在菩薩。

「諸葛小爺！」子紓一見來人，就像看到了救命稻草，忙一把過去堆笑道：「真好，有諸葛小公子在，這蠻丫頭便不敢囂張了。」

「見過諸葛公子。」唐虞見來人是諸葛不遜，便也拱手福了一禮。

微抬手，示意唐虞等人不用多禮，諸葛不遜冷冷的看了一眼那小姑娘，粉白的面容露出一抹與年齡不符的冷笑。「在下諸葛長洪之孫諸葛不遜，敢問姑娘是哪家千金，姓啥名誰？」

小姑娘一聽其乃是右相之孫，終於露出一絲忌憚的表情，悶悶道：「本姑娘的閨名豈是你能問的！」

諸葛不遜又是一聲冷笑。「縮頭烏龜見過，卻沒見過妳這樣的，連自報家門都不敢，是怕家裡大人知道妳闖禍了，屁股上挨板子吧。」

「放肆！」張頭和那翠姑一聽諸葛不遜所言，竟同時出言喝斥。

「罷了，諸葛不遜，本姑娘記住你的大名了，咱們走著瞧。」小姑娘粉臂一抬，竟主動休戰，看來是有些顧忌這諸葛不遜右相之孫的身分。

這張頭和翠姑倒也聽話，趕緊回到了小姑娘身後立好，半句也不敢多言。

「還有你這小子，叫什麼子紓是吧？」小姑娘潮紅的臉蛋顯得很是氣憤，胸口也起伏得厲害，像是硬生生把怒氣給壓了下去，一揮手。「走著瞧！」言罷便擺出一副大人樣，雙手插腰地邁步離開了。

張頭也趕緊撥開人群，翠姑更是忙跟過去扶好她，一行人來得快，去得更是乾淨俐落。

圍觀路人見「惡霸」離開，知道後續無趣，便也散了，只留下諸葛不遜和身後兩名帶刀的家丁及唐虞等數人。

「多謝諸葛小公子出手解圍。」唐虞雖然並未將此事放在心上，但諸葛不遜身分特殊，倒也恭敬地又道了聲謝。

子紓卻興奮得很，竟伸手拍了拍諸葛不遜的肩膀。「諸葛小爺好樣的，真乃拔刀相助路見不平的大俠客！」

「子紓。」子妤見自家弟弟得意起來又忘形了，竟和諸葛小公子勾肩搭背，趕緊出言提醒，一把扯了他回來。

諸葛不遜被子紓拍得一愣，怕是打從出生以來還沒個同齡人與自己這樣親熱隨意，意外之下很是高興。「不用拘禮，子紓倒是很對我的胃口。」說著上下打量了花子妤一番。「這位小姊姊，您是？」

「這便是我家姊呢。」子紓見諸葛不遜並不介意自己的親熱之舉，趕緊擺脫了姊姊的小手，來到諸葛不遜的身邊主動介紹起來。「我叫花子紓，這是我家姊花子妤，還有這是我們戲班子的唐師父。」

「唐師父是見過的。」諸葛不遜笑笑，聽見花子妤竟是這小子的姊姊，疑惑道：「可你們長得並無兩分相似啊！」

子妤只覺額頭冒汗，心裡對這個諸葛小娃很有些不悅，知道自己生得不如弟弟俊俏好看，也不用這麼直接地說出來吧。

唐虞也笑了，知道子妤不高興別人提及她的樣貌，卻也有意打趣她。「他們可是雙胞胎呢。」

諸葛不遜倒沒看出子妤的不悅，上下仔細打量了一番，點點頭。「不過，這位小姊姊倒是看起來比子紓靈動些，樣貌也雋秀內斂，有大家閨秀的樣子。」

想想上次初選時，唐虞曾提及過自己樣貌只是中乘，心中介意了老半天。今兒個卻又被這樣一個小娃品頭論足，子妤還是第一次不知該笑還是該哭。「多謝諸葛小公子美言，今日之事就此謝過，改日定然登門拜謝。就不打擾您了，子紓，我們也該走了。」

子紓卻有些捨不得，悄悄湊到諸葛不遜耳邊輕聲道：「家姊和我一般大，但就是愛板著臉教訓人，你別介意啊。今兒個是咱姊弟十一歲生日呢，還有好多好吃的沒吃、好玩的沒玩，小爺您就先回去，改天咱們提了禮物來登門道謝啊。」

「原來是令姊弟的生辰。」諸葛不遜俊顏一笑。「那就不打擾了，改日我會命人送上帖子，請小姊姊和子紓定要過來一聚。」說完施施然對著子妤頷首，又和子紓打過招呼，隨即在家丁的簇擁下離開了。

章二十六　擒狼嗜血

今日天氣倒是好，薄薄的暖陽露出個紅頭，一掃幾日來的陰霾。

趁著好天氣，先前在街市發生的小插曲也並未影響花家姊弟的好心情。特別是花子紓，不過是個孩子，今日又是自個兒的生辰，腦子裡除了高興就是歡喜。此時他嘴裡含著蜜餞，手裡捧著糖葫蘆、甜餅等吃食，一張小臉樂呵呵的，一路走來引得兩旁路人看了都止不住笑，暗道這個小娃生的好相貌，就像那年畫裡走出來的胖童子，討喜得很。

子妤卻乖巧的跟在唐虞身邊，也不多言，手裡攥著那支沉香木的簪子，心中有著淡淡的喜悅和一絲說不清的異樣感覺。

仰頭看著薄日透過唐虞高挺的鼻端，斜斜在俊顏之上留下個陰影，子妤看得有些恍然了，覺得穿越之後除了子紓，好像又找到了一個可以依靠的人，忍不住伸手，用細小的纖指輕握住了唐虞垂在身側的手掌。

感到掌中有異，唐虞側眼見花子妤怯怯地牽住了自己，只當她想起先前之事害怕罷了，也沒放開，仍由她這樣牽著。

掌中淡淡細膩的觸感讓花子好漸漸略覺得有些彆扭，神思彷彿也清明了起來，兩頰上忍不住泛起微微紅暈，端的是女兒嬌羞姿態隱隱外露。不過子妤卻不想放開手，心道自己不過是個小女娃罷了，牽著唐虞的手誰又敢說什麼。

想來，這還是花子妤第一次對自己的稚齡產生了慶幸的感覺。不然，若是十來歲的少女，怎敢當街牽著男子的手大搖大擺的走著呢？

來到一家酒家前，唐虞叫住了子紓，側頭看了看俏臉緋紅的子妤。「餓了吧，此店頗有些好菜，今日我作東，你們姊弟可放心飽餐一頓。」說著終於主動鬆開了花子妤的小手，一把捉住了子紓那淘氣鬼的肩。

這間酒家招牌上寫了大大的三個黑底紅漆字「客來醉」，生意挺好，不到晌午時分席間客人就坐了七七八八。三人進去，唐虞找小二要了個二樓靠近扶欄的位置，可以一邊吃飯一邊看街景。而且二樓客人少些，較為清靜，但要多出十文錢的打賞，不過唐虞好像並不在乎。

等三人落坐，小二俐落地上前給斟了熱茶，留下菜單便退到了一旁。

捧著菜單，看著那一個個菜名，什麼松鼠魚、元寶丸子、酒釀雞胗、白切五花肉、油滾辣腰子……子紓和子妤都同時吞了吞口水，互望一眼，眼底俱是濃濃的激動神色。

「唐師父，這菜單上的咱們都可以點嗎？」子紓低聲的問了一句，黑眸中精光閃閃，口水幾乎都要從唇角流下來了。

看了眼故作閨秀鎮定的花子妤，唐虞忍不住又開懷而笑。「今兒個是你們姊弟生辰，一頓飯唐師父還是請得起的，隨意點就好。」

得了金主的首肯，姊弟倆便歡喜地商量開了。正要招呼小二過來下單，卻回頭找不著人。隨即聽得樓梯間一陣響動，扭頭一看，竟上來個熟人……玉面柔冉，溫潤淺笑，不是那少年老成的諸葛不遜又是誰？

「諸葛小爺！」子紓一見竟是諸葛不遜，歡喜之情溢於言表，揮著小胖手就跑過去了。唐虞和子妤立起身來，頷首向其打過招呼。

店小二忙上前打了個千，原本是要來讓唐虞三人讓開，因為諸葛不遜一般都要包場子，給的銀錢可不是少數。但看到兩路客人互相認識，便故意開口詢問：「諸葛小公子，要不小的請這三位客官挪個座兒？」

「不用，相見即是有緣，豈能隨意趕客。另外，這頓飯錢記在本公子的帳上。」諸葛不遜也笑臉相迎，不等別人招呼，竟自顧自的走了過去，在子妤對面端坐下來。見唐虞含笑不語、子妤表情意外，便故意道：「怎麼，不歡迎我？」說罷竟朝著子妤眨眨眼。

唐虞笑著坐下，也伸手拉了子妤坐在身旁。「能有諸葛小公子相陪，自然歡迎之至。」子妤也收起半點不願意的表情，對他報以一笑，心想有人請客自然好，不吃白不吃呢！

子紓卻比較關心重點，雙眸睜得大大的，巴巴問：「諸葛小爺，您真的作東請客？」

「當真！」諸葛不遜見子紓那饞貓模樣，笑得愈加開心了。

「什麼好吃的都可以點來嚐？」子紓不放心地又問。

「自然！」諸葛不遜伸手敲了敲子紓的頭。「小子，你以後與我姓名相稱，不用小爺前小爺後的。」

拱手故作嚴肅，子紓當即就站得筆直。「既然如此，男子漢大丈夫也不用矯情，不遜兄，這廂有禮了。」

被子紓這一逗樂，稍顯尷尬的氣氛頓時活絡了起來。唐虞和子妤也沒想到這諸葛小公子竟如此隨和，又好相處。不過回頭想想，說白了他也只是個稍微早熟些的小娃罷了，只是身居高門，和其他同齡人並沒有實質的區別，說不定周圍還沒什麼玩伴。

「對了，不遜兄。」子紓見到諸葛不遜，簡單的腦子終於想起了先前街市上的不愉快，問道：「你認識那小蠻妞兒嗎？」

拿起茶盞，諸葛不遜搖搖頭。「不認識，不過見她的架勢，應該是權貴之家的千金。」

「哎！」子紓小孩兒心性，懨懨道：「還想若你認識，回頭去整整她呢。」

子妤一聽，蹙起柳眉，伸手揪著子紓的耳朵。「小傢伙，你再喊打喊殺，回頭等朝元師兄回來了不許你拜他為師。」

「哎喲！」子紓耳朵吃疼，嚷嚷起來。「這等蠻丫頭，下次要是讓她落單在我手上定不饒過的。剛才她還想拘了我呢！姊，妳就別慈悲心腸了。」

子妤板著臉。「不許就不許，人家小姑娘撒潑罷了，你介意什麼。打個比方，狗朝你狂吠，難不成你也朝著狗吠回去？」

這樣的說法還是唐虞等人頭一次聽說，都驚奇地看著花子妤。諸葛不遜更是一愣之下連連點頭。「說的好，小姊姊這句話中聽。就像擒狼，不能直接和牠對著幹，得倒插一把利刃在地上，然後塗滿鮮血，狼就會自動過去舔食。舔啊舔的，舌頭被割裂了還不知道，只傻傻地被腥味兒給吸引，沒多久，也就食了自己的鮮血而死。這，才叫真正的報復，這也才過癮啊！」

諸葛不遜的美顏說著這些話時仍舊掛著淡淡的微笑，話的內容卻讓唐虞等人聽得背上發寒。實在想不出他這麼小小年紀怎麼會如此殘忍，說起這樣的故事來輕鬆無比，表情也是淡然若處，絲毫沒有一丁點兒十歲稚齡的模樣。

子妤更是心中暗暗猜測，這諸葛不遜不會也是個穿越的主兒吧，不然怎麼如此怪異莫名？

唐虞見席間氣氛驟變，瞧了瞧諸葛不遜童顏上的那一抹冷酷之色，也是心中有些異樣，一招手。「好了，大家都餓了，讓小二過來多添些好菜吧。今日是給花家姊弟慶生，那些不愉快就忘記吧。」

小二見客人吩咐，忙著又送了菜單過去。「今兒個有從江裡才撈上來的鮮魚，諸葛小公子要不要點一份紅燒的來嚐嚐鮮？」

諸葛不遜指了指子妤和子紓。「都聽他們的，想吃什麼都上來。」

小二趕緊點頭，往子妤那邊招呼了過去。

對這諸葛不遜實在沒什麼好感，子妤想著何不就此敲他一頓，好讓他以為他們三人是貪小便宜的，忙收了菜單，對這小二脆聲道：「這位大哥，店裡有什麼好吃的都上一份來吧。什麼炒肉青菜的不要拿來唬哢咱們，都挑貴的、少見的弄。反正諸葛小公子請客，可不能寒酸了！」

子紓不懂，只曉得有好吃的就成。唐虞倒是看出了子妤此舉的因由，再看諸葛不遜絲毫不介意，便也不點破，只由著他們三個小娃鬧騰便是，他作陪而已。

與此同時，先前在街上找花子紓麻煩的那個小姑娘，正抱著暖爐端坐在雪白的羊羔毛毯上，突然「哈啾」一聲打了個噴嚏，嬌美的玉顏上露出一股鬱悶之色，心下仍舊無法釋懷先前之事，暗道這梁子算是結下了，吩咐翠姑喚來張頭，讓他去查查子紓和後來出現那個諸葛不遜的背景。

而子紓和諸葛不遜都不知道，今日一個小小插曲，卻造成了他們三人糾葛難辨的一生。

章二十七　雨夜微涼

是夜，有微雨淋落，引得樹影搖曳。

子好有些睡不著，披著薄面的袍子從床榻上起來，輕推開窗欄，嗅著屋外濕涼清甜的空氣，也不覺得冷，反而思緒清醒了不少。

手中攥著一物，正是唐虞送給她的沉香木簪，那觸感就好像今日牽著唐虞的手，雖一開始有些微涼，卻能讓人在觸及的那一刻，感受到一抹細膩和溫暖。

難道……自己竟喜歡上了那個清濯如竹、溫潤似玉的男子？

搖搖頭，子妤將腦中的雜念和臉上不自覺的緋紅給甩了出去，暗道唐虞雖然好，卻始終是師父輩分。而且自己不過年滿十一，對方可是已經十七歲了。等再過兩年，唐虞也該找到所愛，娶妻生子了吧！

不自覺地一嘆，想明白了這是不可能之事，子妤也就看開了，伸手關住了窗外的冷風，回到床榻上夢周公去也。

「子妤！」

房門被拍得很響，正是阿滿在外面催促花子妤起床。但子妤在床上昏睡著，只覺得腦袋很沈，昏昏地不想睜眼。

「子妤，我進來嘍。」阿滿發現屋門沒有從裡面拴好，推門自個兒進來了，突地感覺背後一股冷風搶著往屋裡灌，趕緊反手將門關好。見子妤還賴在床上，埋怨道：「懶丫頭，妳怎麼還睡。都這時候了，咱們該去給四師姊準備早膳了。」

本想開口回答，奈何嗓子眼兒燒疼著，子妤只好強忍住不適，艱難地從棉被裡探出個頭。「阿滿姊，我……好像病了……」

「啊？」

阿滿一聽子妤那拉風箱似的嗓音，就知道肯定糟了，忙過去撩開床幔，果然見她臉色潮紅地窩在被子裡，看著就讓人心疼著急。「這可不行，戲伶最怕染了風寒傷了嗓子，挨一次嗓音褪一次。妳別起來了，我這就去找唐師父過來給妳瞧瞧病。」

不知怎麼的，聽到阿滿要去叫唐虞，子妤原本難受的感覺好像消失了不少，反而有些期待。但病痛始終是病痛，也是折磨，子妤眼皮發沈，沒多久又昏睡去了。

突然感到胸口一陣涼意，好像有一條蚯蚓在肩胛骨的位置攀爬著，又略微有些發冷……子妤艱難的睜眼，果然看到了唐虞那俊秀不凡的臉龐，可隨即也看到了他手中那根細長的銀針，還有自己胸口衣裳被敞開的窘境。

可惜無力遮住胸前春光，子妤的臉不知是因為內熱而外湧，還是因為嬌羞而懊惱，總之緋緋的紅暈一直掛著，幾乎燒得要滴出水來。

唐虞蹙眉，見花子妤醒了還臉色潮紅，悶聲道：「奇了，此針下去至少應該退熱才是，怎麼妳臉色卻越發變得潮紅？」說著還伸手，將手背貼在子妤的額頭上探其溫度，更加惹得子妤呼吸不暢。

暗暗翻了個白眼，強迫自己切莫被唐虞美色所迷惑，子妤深吸了兩口氣，這才感到身上的潮熱似乎真消退了不少，忙開口道：「這下真不覺得燒燙了，多謝唐師父。」

點點頭，唐虞見她臉色果然褪去潮紅和熱燙，安心道：「還好，若不能退熱，久而傷及肺部，連帶著嗓子也會敗了。外行或許不懂，但內行一聽卻會明辨一二。妳本來嗓子條件不錯，若是傷了可不好。今日就歇著吧，等會兒我會把藥端來給妳。」

「師父。」

唐虞正說這話，屋門推開，卻是止卿來了，領口略顯得有些淩亂，顯然是著急而出沒有整理衫子，其神色間有著掩不住的擔憂。「子妤怎麼樣了，可退了熱？」

唐虞見止卿突然進來，微微蹙眉，趕緊將子妤胸前光景給掩住，隨即才發覺自己似乎多此一舉，因為這丫頭也沒什麼好露的。

「你既然來了，先陪陪她，為師先去煎藥。」起身，唐虞讓止卿坐在床頭的祥雲腳凳上，又吩咐他每隔一段時間，就用溫水潤了白布替子妤枕在額上退熱，這才離開煎藥去了。

子妤見到止卿也挺高興，用著略微沙啞的嗓音啟唇道：「止卿，你可別讓子紓知道我病了。」

止卿笑得有些勉強。「其實，妳不用活得這麼累。」

不明白他的意思，子妤迷茫的盯著止卿，卻發現他的眼底好像一汪深潭，雖然清澈，卻極犀利，彷彿能一眼看到自己的心底，不由得心下一顫，總覺得他意有所指。

「你們本是雙胞胎生，妳雖為姊，卻只大了他片刻。」止卿含著淺笑，細細說來，有著淡淡的勸解之意。「妳總是護著他，這樣，他更長不大了。」

還好不是察覺了自己對唐虞的那點情愫暗生，子妤鬆了口氣，噘嘴輕聲反駁：「那你呢，如今也只大了我們姊弟一歲罷了，卻總是愛說教呢。且不知，男女同歲，但女子心性更加成熟。再說他是我的胞弟，自然會愛護有加，難道我還錯了不成？」

止卿樂於見到子妤和自己辯駁，不急不躁，柔聲解釋道：「可子紓是男子，學的又是武生。他脾性雖然好動剛烈，在情感上卻總是依賴於妳這個姊姊。久而久之，恐怕對他不好。」說罷，竟不自覺的伸手將子妤柔荑握住。

被止卿突然而來的動作給弄得愣住了，片刻之後子妤才抽回手來。「你……你對我說這些也無用。子紓頑皮，若沒有人管束，怕是遲早要被趕出這花家班。其實他也聽你的，不如你親自勸勸，讓他知道怎樣才能成為一個頂天立地的男子漢。」

淺笑洋溢，止卿挑挑眉。「怎麼，妳剛不是說我才大妳一歲而已，如今又認為我也是個男子漢了嗎？」

心中暗罵了一句「人小鬼大」，卻沒想自己也正是如此，子好乾脆閉上眼。「好難受，唐師父怎麼還不來？」

「恐怕還得一會兒。」止卿說著起身，提起爐火上的銅壺，用溫水濕了白布替換在子好額頭。從頭到尾他的動作都不急不慢，平緩中甚至還透出一分優雅。

子好疑惑了許久的問題終於趁著病中問出了口。「止卿，你並非貧家兒郎吧?!」

手上動作一遲滯，止卿愣了半晌，臉色有些異樣。「為何這樣說？」

噝了噝有些乾澀的喉嚨，子好試探地說道：「你能勻出錢來買茶，舉手投足也俱不似普通人家，反而有些貴氣，若你搖著摺扇，定不輸諸葛不遜那等侯門兒郎。」

一邊聽，一邊綻露出難得的笑意，止卿先前的異樣早已隱去，反而露出白齒一笑。「子好，妳且先不說我，妳這份氣質也不似普通人家的姑娘。不如，妳先告訴我妳的身世，我再把我的也告訴妳？」

似是知道子好不會答應，止卿笑得頗為促狹，漆黑的雙眸盯住她，等待其回答。

「我？」子好沒想到止卿會反問自己，但她可不是普通小姑娘那樣好唬哢，癟癟嘴，故作撒嬌狀。「罷了，你不願說我也就不問了。而且，我和子紓不過是古婆婆收養的一對棄兒，古婆婆是以前花家遠親，這麼簡單的答案，難道還用我來再說一遍嗎？倒是止卿你，藏頭露尾的，也不知是何方神仙，端的是神秘如斯，真非男子漢也。你還是別教子紓什麼了，免得被你帶著也變得神秘兮兮的。」

「妳不累嗎？丫頭。」止卿還是一點兒不介意子妤的「胡言亂語」，俊逸的面容上掛著淡淡的笑意，說話間上前一步，替她掠了掠額前散落的髮絲。「少說些話吧，嗓子再不好好養護著，將來還怎麼唱戲？」

愣愣的看著眼前止卿清秀的臉龐，子妤暗道：這小屁孩兒怎麼對我如此好？不過這小子難得的笑容還真是有些難以抗拒，眨眨眼，一時間屋中氣氛有些莫名的尷尬，讓子妤也不知該如何應對了。

還好，這時唐虞端著湯藥進了屋子。

章二十八　迫為奸細

關上門，也關住初冬的寒氣，唐虞端著藥盅進屋，放在當中的茶桌上，先是掃了一眼花子妤的臉色，發現並未再燒紅才放心了，吩咐道：「此藥需趁熱飲下，不然藥性減退，病也會久治不癒。」

再看床頭端坐的止卿，瞧著他猶然未減的關切神色，唐虞道：「止卿，你過來取了藥盅，記得要在一炷香的時間內給子妤餵下，切莫涼了。」說完，理了理衣袖，準備先行離開。

「唐師父！」子妤見狀，忙開口叫住了唐虞。「還是麻煩唐師父幫我餵藥吧，止卿耽誤了這些時間，該回去練功了。」

沒想到這個花子妤也有如此尷尬的一天，止卿心中反而覺得有趣，也不堅持留下，緩緩起身朝唐虞福了一禮，又看了一眼床榻上那張白皙的小臉，說了句「保重」，便推門出去了。

彷彿看出了兩個小傢伙之間的不妥，唐虞也沒多言，取下藥盅上的碗蓋，倒出一碗濃黑的藥汁，又取了杓，走到止卿離開的那個腳凳上坐下。「自己能撐起身子來吧。」

點點頭，子妤抱著被子坐起來，眨巴著眼看了看唐虞，等著他給自己餵藥。

刮了刮杓底的湯藥，唐虞先拿到唇邊感受了一下溫度，覺著不燙才移到子好唇邊。「正好不燙，快喝了吧。」

唐虞此舉自然而然，並非有意，卻惹得子好臉紅心跳。她可是看得仔細，唐虞那雙淺淺的薄唇已然碰了杓邊，如今又餵給自己……雖然自己只是個十一歲的小女娃，但這也太過親密了吧？

瞧著子好一副嬌羞不已的樣子，唐虞才察覺出不妥，恍然一笑，搖頭解釋道：「平常我鮮少給弟子們餵藥，但都是試過不燙口才敢讓他們喝下。加之那些都是男弟子……罷了，雖然妳還小，倒是我自己沒注意到不妥，不如妳自個兒喝下吧，就不用餵了。」

說罷，唐虞也略顯尷尬地將藥碗放下，又吩咐了幾句子好喝藥後要注意休息等話，也離開了。

屋門一關，花子好才鬆了口氣，悄悄抬起臉，怔怔地看著眼前這碗藥汁，忍不住又自我反省起來。

說來也奇怪，這副身子不過是個小女娃罷了，為何每次與唐虞稍有些親密就會感到異樣呢？難道心理年齡真的比生理年齡更準？

子好想不通，也不願多想，但就是控制不住自己將唐虞看成一個長輩，似有若無般的，總感到心中有種男女之間的懵懂情愫纏繞不斷。

哎……那唐虞已經有了金盞兒和塞雁兒兩個大美女盯梢，自己還去攪和做啥?!

也不知哪裡來了力氣，子妤捂著自己的腦袋，又使勁捶了捶，想把那種荒唐的感覺和想法都給逼出腦海中，也告誡自己莫要這麼年紀「輕輕」就開始思春，又自我安慰說，等自個兒長大了，唐虞都是個大叔了，到時候自己恐怕也看不上他了吧……如此這般，才端起床頭的藥碗，不顧燙的一股腦兒給喝下去了。

一夜昏睡，其間花子妤連阿滿和止卿等人來探望過自己也不知道，唯一知道的是唐虞連夜又來了一趟給她施針。

第二日一早，子妤就醒了。

唐虞又是熬藥又是施針，加上小孩子的病來得快去得也快，雖然身子還有些發瘦，但精神卻很充足，就好像昨日根本沒病過一般，於是穿上棉襖梳了辮子就出去了，準備幫阿滿一起伺候四師姊。

阿滿見子妤無恙，歡喜地煮了碗麵，上面攤了兩個荷包蛋，悄悄說是她找後廚房勻下的。子妤看著阿滿，心中感動，將一整碗麵都吃了個半點不剩。

看著小丫頭能吃了，阿滿也是笑得合不攏嘴，直道：「能吃就真的是好了。」

用過早膳，阿滿帶著子妤去伺候塞雁兒起床，替其淨面淨手，梳頭更衣。

塞雁兒瞧了眼花子妤，嬌聲道：「聽說昨兒個病了，如今看來倒是氣色不錯呢。其實妳也不用這麼快就來伺候，好好歇歇也是行的。」

「多謝四師姊關心，子妤已經無恙了。」阿滿忙搶在子妤之前答了，似乎有所顧忌。

「阿滿，妳下去準備一壺碧螺春，我等會兒就過來。」塞雁兒柳眉微蹙，輕輕擺擺手，讓阿滿退下。

阿滿轉身的時候使勁兒給子妤擠眉弄眼的使眼色，子妤似乎明白了什麼，悄悄的點點頭。

「聽說……」吹了吹殷紅的蔻丹，塞雁兒懶懶道：「昨兒個是唐虞親自前來替妳醫治的？」

真是怕什麼來什麼！子妤頷首不語，心中飛快的想著應對之策。

也難怪塞雁兒一早就興師問罪。她前幾日才告誡過自己不要和唐虞過多來往，雖然這次是阿滿請他來瞧病的，但總不能往阿滿身上推吧。花子妤只好硬著頭皮，故作可憐道：「四師姊上次吩咐過，我是不敢多和唐師父往來的。可這次因為生病的事被我弟弟知道了，是他求了唐師父來幫我診治。如果四師姊要罰，就罰我吧，不關阿滿姊的事。」

半晌，感覺上首沒有聲音傳來，子妤也不敢抬頭，只好雙手交握可憐兮兮的立在原地，想著塞雁兒或許不會和自己這個小女娃一般計較才是。

「罷了。」語氣明顯還是有一絲不悅，塞雁兒卻也真的沒有為難子妤，只再次告誡道：「這院子裡的主子還是我塞雁兒，雖然是過來替妳瞧病，但唐虞來去也沒吭上一聲，這也說不過去，更顯其風度欠缺，毫無禮數。這樣的人，怎麼為人師表？也真是枉費了那止卿小哥的大才。還有，只要妳聽話，以後常去見妳弟弟也不是不可以……」

「四師姊能讓我常去見弟弟?!」子妤黑眸中閃著異樣的光彩，很是興奮地將頭抬了起來，但心中卻暗暗警惕。

塞雁兒見子妤反應果然如同預料一般，點頭笑笑，端的嬌豔若花。「不過，妳得幫師姊一個忙，行嗎？」

子妤頭點得像小雞啄米一般，乖巧的模樣絲毫沒有猶豫就道：「能為四師姊效力，子妤自當全力以赴，兩肋插刀！」

「噗哧」一聲笑，塞雁兒伸手捂了捂嘴。「傻丫頭，『兩肋插刀』可不是這樣用的，不過看妳誠意如此，本師姊就勉為其難將此事交代給妳做。」說罷，一手招了子妤上前，小聲道：「妳透過唐虞打聽一下，看大師姊為萬壽節準備的演出是什麼段子，可有何新意。另外，妳每次去見弟弟，都悄悄盯著唐虞，看他可曾和大師姊有過什麼交往。知道了嗎？」

「嗯，此等小事，自當替四師姊辦好的！」子妤拍拍胸脯，話雖這麼說，心裡卻犯了嘀咕。心想自己還真是遇人不淑，年紀小小就給當作奸細來使。不過這塞雁兒想知道的東西自己隨意搪塞一番就行，倒不用真放在心上。而且唐虞和金盞兒有沒有什麼來往，自己找子紓打聽下如實稟告便可，無須隱瞞。

「那好，上次讓妳給萬壽節演出想的點子，可有結果了？」塞雁兒滿意的看著子妤，半晌又吐出這一句話來，讓子妤剛剛才放下的心又提了起來。

章二十九　東施效顰

「浣紗春水急，似有不平聲……」

太后喜愛小曲小調兒，喜愛那種柔軟中略帶甜膩的腔調，尤其愛極了這齣【浣紗記】。自塞雁兒出了這個難題給自己，花子妤就在腦子裡想著此戲文的改編，到底如何將其與前世自己所熟知的民間小調結合起來？

西施天生麗質，稟賦絕倫，相傳連皺眉撫胸的病態亦為鄰女所仿，故有「東施效顰」的典故。花子妤腦中不時閃過一絲絕妙的想法，但看著眼前的塞雁兒，卻又猶豫著到底該不該如實相告。

塞雁兒瞧著眼前的小人兒，一副沈思猶豫狀，便道：「怎麼，有話便直說，若入得耳就算妳一個功勞。若荒唐不堪，聽了便忘了，也沒什麼好責罰妳的。」

子妤抬眼，吞了吞乾澀的喉嚨，清朗地將心中所想道出：「敢問四師姊是否打定了心思這次要討得太后歡心？」

「自然。」塞雁兒回答，見花子妤如此，便也多了兩分興趣。

「這就好。」子妤嫣然笑意很是甜美得意。「其實，四師姊完全可以另闢蹊徑，從而討得太后歡心。」

「如何另闢蹊徑？」塞雁兒又問。

「四師姊可知『東施效顰』這個典故？」子妤反問。

「東施效顰……」塞雁兒細細唸著這四個字，彷彿有所感悟，忙問：「妳的意思是讓我放棄西施，反而演那貌醜卻有趣之極的東施不成？」

子妤心中暗驚，這塞雁兒也不笨嘛，自己只提了一句，她便猜中了幾分，輕輕點頭。

「四師姊果真蕙質蘭心呢。弟子想了許久，太后五十九的大壽可是普天同慶的好日子。西施的故事雖然風雅動人，但難免會有些傷感的調調，和太后壽宴的喜慶氣氛也不配。而且咱們戲班裡準備用這一齣【浣紗記】的師兄、師姊們並不少，班主想必也會為難。再說，大師姊唱青衣，扮起西施來多了兩分便宜。除了大師姊，恐怕那位如錦公子也不遑多讓吧。所以四師姊不如唱一齣『東施效顰』，以輕鬆小調入境，定可諧趣橫生，逗樂太后。」

聽得花子妤一席話，塞雁兒水眸流轉，隱隱有驚喜藏在眼底卻並未表現得太過，只板起臉來叮囑道：「這話出了此間屋子就別再說與其他人聽了，知道嗎？」

「弟子明白。」子妤趕緊答應，知道自己這關應該是過了，不由得心頭輕鬆。

「上次妳唱的小曲兒不錯，可有新鮮的借來給師姊一用？」塞雁兒還不放過花子妤，又旁敲側擊地問了起來。

似乎早就料到塞雁兒有用得著自己唱曲兒的一天，子妤也沒保留，清了清嗓子，啟唇將腹中早就準備好的一首民歌唱了出來。

「浣紗溪，彎過了九道彎，幾十里的水路到苧蘿。溪邊有個什麼村？村裡有個什麼人哪……」

這首歌卻是用〈瀏陽河〉這首湖南民歌改編的，只是花子妤將歌詞裡的瀏陽河改成了西施浣紗的浣紗溪，另外把地名也改作了西施所居的苧蘿村。甫一唱出來，就勾起了塞雁兒的興趣，越聽越覺得極妙。沒兩遍，竟跟著哼唱了起來，臉色也趨於緩和，看著花子妤是越看越滿意，越看越喜歡。

花子妤這廂也驚訝於塞雁兒對樂音的敏感，竟能在聽了兩遍之後就隨聲合唱，甚至現將【浣紗記】裡的唱詞揉合進來，一點兒也不顯得生澀。

如此反覆多遍，塞雁兒已經完全將此曲熟記於心，從袖兜兒裡掏出一錠足有二兩的碎銀子。「子妤，妳夠機靈夠乖巧，這是師姊賞給妳的。以後若是有需要，也請多想些好曲子給師姊，賞錢絕不會少於今日這點兒。」

驚喜地接過碎銀，花子妤此時臉上的表情是真的高興，忙向塞雁兒道了好幾聲「多謝四師姊賞賜」！是嘛，白花花的銀子誰不愛呢？特別是子妤這個小財迷，窮慣了，看見銀子比看見誰都覺得親切無比。

一滿意，塞雁兒也就鬆了口。「罷了，妳先下去吧，也不用等萬壽節過了，明兒個妳便去無棠院跟著學戲吧。只是記得先前吩咐，切莫忘了『重要』的事。」

這下，花子妤更加欣喜莫名，真像個小女娃一般差些蹦了起來，雙手不住的拍著，又趕忙向塞雁兒福禮。「多謝四師姊成全，弟子絕不會忘記正事的！」

「我會親自去一趟班主那兒舉薦，可別忘了，能繼續學戲是本師姊的開恩，別老想著是唐虞的功勞。」或許得了這些個好點子，塞雁兒準備自個兒仔細揣摩揣摩，招手讓子妤過來攙扶自己，便直接去了後院練功吊嗓子。

庭院久候的阿滿看花子妤一臉興奮的樣子，趕忙過去扶了塞雁兒落坐，又拉了子妤悄聲詢問。知道她得了如此天大的好消息，也替她高興，說要每日勻些四師姊的冰糖水梨盅給子妤養嗓子才好。

得了塞雁兒的首肯，子妤也有些隱忍不住，向四師姊和阿滿告了個假便溜去了南院，想找到止卿，讓他給子紓傳個話，告訴他咱姊弟倆又能日日在一處學戲了！

離午時還有小半個時辰，無棠院的戲課還沒下，此時南院很安靜。子妤知道這時候止卿也在上戲課，得再過一會兒才回來，便敲開了唐虞的屋門，想先告訴他這個好消息。

唐虞昨日連夜為子妤診治，今日覺得有些困倦，便一個人在屋中休息，此時手裡拿了本醫書在隨意翻看，身前的茶桌上燒著水，準備泡一壺好茶輕鬆輕鬆。

推開門，唐虞正悠閒地坐在廣椅上，神態是從未有過的輕鬆和愜意，子妤總覺得花了眼，她印象中的唐師父可不是會出現如此表情的人。揉一揉眼，見其含笑看著自己，趕忙關上屋門。「唐師父，弟子來打擾您了。」說著走過去，乖巧地用厚布搭在銅壺把手上，替唐虞泡茶。

接過子妤親手烹製的熱茶，唐虞臉色越發柔和，放下茶盞，伸手過來。「看妳臉色是痊癒了，讓我把把脈吧。」

子妤便挽起棉衣袖子，將細弱的柔腕遞了過去。

三指細長，略有溫度，唐虞輕輕搭脈，子妤不敢直視，只好埋頭，卻總感到彷彿有股溫熱氣息拂在耳旁，讓自己心神變得撩亂起來。

咬住唇，子妤強迫自己腦子清醒些，切莫又想那些有的沒的，免得被唐虞發現自己的異樣而尷尬，便笑著仰起頭。「唐師父，我全好了吧？」

收了三指，唐虞滿意地點頭。「果然痊癒了，看來妳身子雖消瘦無骨，卻並不是羸弱不堪的。兩、三劑藥下去，再加上施針，一夜之間便能恢復如初。不過也不能再受涼了，得繼續調養幾天。」

說完，見子妤臉上還有著甜甜笑意，唐虞又問：「對了，妳這時候不伺候塞雁兒，怎麼過來了？是找止卿嗎？」這句話一說出來，唐虞眉頭微微蹙了一下，心中又想再提醒她兩句莫要和其他男弟子走得太近。可看著她清澈如水的雙眸，這些話卻又顯得褻瀆了，便沒有開口。

「唐師父，煩您告訴止卿，讓他轉告我弟弟，就說……」子妤故作神秘地眨眨眼，兩個梨渦彷彿盛滿了蜜一般，笑意嫣然如花。「四師姊今兒個就會去找班主說合，明兒個我就能去無棠院聽課學戲啦！」

「果真！」

唐虞由衷地替花子妤感到高興，加上本來就心情頗為放鬆，竟不自覺地伸出一隻手，輕輕撥了撥她額前髮絲。「妳不放棄，就沒人能勸妳放棄，也沒人能阻攔妳的前程。笨鳥先飛，知道自己的短處加以勤奮彌補，將來妳未嘗不會成為一代名伶。」

受了唐虞軟言寬慰，子妤突然覺得心中某個地方變得溫暖起來，對他如此親密的動作也沒有了那種異樣的感覺。彷佛兩人之間就該如此自然而然地相互靠近，不再難以接受。

章三十　為人師表

今兒個是花子妤到無棠院學戲的第一天。

換上淺藕色的薄棉夾襖，上面有淺淺淡淡的櫻花紋樣，配上一雙綠荷繡鞋，整個人既不顯得出眾醒目，卻又嫻雅端莊不容忽視。

本不願意招搖，但阿滿說了，她的身分是塞雁兒的婢女，走出去可代表的是沁園，不能隨意馬虎。既然不能失了體面，又不想出挑過頭，子妤才花了心思換上這身衣裳。

阿滿親自替子妤梳了頭，將其黑亮的長髮分為兩股編好垂在胸前，末端繫上兩串絨花果子，走動起來煞是跳躍好看，也符合其十一、二歲年紀的靈動感。

因為塞雁兒一向晚起，子妤也沒能先行請安，只吃了兩個白麵饅頭、喝下一碗玉米粥便去了無棠院。

虧得自己堅持，塞雁兒讓花夷同意子妤學正旦，子妤想著終於能朝著「大青衣」邁進一步，心中喜孜孜的，也不顧初冬甚為陰冷的寒風，一路上笑臉盈盈，見了其他師兄弟和師姊妹們都高興地主動招呼。

其他人見了她也恭敬有禮，畢竟是四大戲伶身邊的人，低階弟子都輕易得罪不得。

無棠院中分了十來間課室，在各行當之下又細分了青衣、花旦、小生、老生、武生、丑角等等。五等以上的戲伶不用聽課，若有疑惑可自行前往南院向大師父們請教。所以在無棠院聽課的只有六等到八等的弟子，約莫有三十多人。畢竟和九等弟子不同，六、七、八等弟子都是有資格留下來學戲，將來做戲伶的，每一等就只有幾人，加在一起也不算多。

學青衣和花旦的最多，占了大概半數，其次是小生和武生。老生和丑角學的人最少，寥寥加起來也只有數人。

子好聽的是青衣課，和子紓的武生還有止卿的小生課都隔開了，看著時間差不多，也沒法子先過去打招呼，便想著等下了戲課再去找他們說話。

進了屋子，裡面已經寥寥落落坐了十來個人，有十四、五歲的少女，也有十二、三歲的小姑娘。裡面眼熟的只有紅衫兒和茗月，其餘則全不認識。

「咦，花子妤，妳怎麼來了？」

紅衫兒一直有些看花子妤不順眼，如今又仗著是花夷的親徒，見她竟來上戲課，柳眉一挑，唇邊紅痣也嬌嬌一揚，當即就出口質問。

其餘弟子好像曾聽過花子妤被塞雁兒收為婢女之事，也抬眼齊齊望著她，表情疑惑。加上紅衫兒在無棠院裡很是風光，大家都羨慕她的身段、長相，更羨慕她能被班主收為弟子，她一開口質問，圍著紅衫兒的幾個女弟子也露出鄙夷不悅的神色。

「紅衫兒！」茗月倒是脾氣一如既往的好，輕輕伸手拉了拉她的衣袖，又朝子妤一笑。

「子妤，妳不是在沁園伺候四師姊嗎？怎麼來了呢？」

茗月圓圓的臉，黑杏兒般的大眼睛，雖然模樣不如屋裡大多數女弟子標緻，但看在花子好眼裡卻親切不少，當即也不理紅衫兒等人，只回了她道：「班主同意我繼續學戲，今兒個開始就要和大家一同上戲課了呢。」

子好這句話就像是一瓢涼水澆到了油鍋裡，課室裡那些弟子們聽了頓時「嘰哩呱啦」議論個不停。但既然是班主同意的，紅衫兒也沒了氣勢再質問什麼，只悶悶地冷哼一聲，招呼身邊圍著的幾個女弟子把前面的位置都占了，才指了指最後一排角落裡那張簡陋的椅子，顯示出其氣度大量。「既然來了，就好好學戲，免得辜負了師父他老人家的好意。」

淡淡一笑，花子好的心理年齡還不至於和一個十來歲的小丫頭一般見識，也不介意紅衫兒給自己安排位置，逕自走了過去坐下。

這段小插曲並未造成多大影響，四周的弟子片刻間就把花子好給忘了，三三兩兩的聚在一起，嬉笑著說話，屋中又恢復了先前的熱鬧勁兒。

子好閒著無趣，看了看坐在前頭默默唸唱的茗月，便拍了拍她的肩頭。「請問，平時給咱們授課的師父是誰？」

茗月有些緊張地看了一眼紅衫兒，發現她正被幾個女弟子追捧著，無暇顧及自己這邊，才小心地轉過頭，朝子好抱歉地一笑。「紅衫兒刀子嘴豆腐心，子好妳別生氣啊。至於咱們這門戲課的師父……」

正待細說，卻聽前頭「啪」的一聲，子好和茗月齊齊望去，才發現授課臺上不知什麼時候已經站了一人。

柳葉眉，丹鳳眼，若不是一身男子所穿的錦服長袍和喉間明顯的喉結，恐怕所有人都會以為此人是個女子。此時他手中拿了支戒尺，神色冰冷地掃著下首眾人。

一時間，原本喧鬧的課室剎那間就變得安靜無比了。花子好左右看了看，弟子們的臉色有些意外和驚訝，都彼此互相呆看著，似乎並不認識今日授課的師父。但子好自己卻與此人有過兩次照面，正是那花家班青衣第二人——如錦公子！

一身絳紅錦服襯得其白面如玉，眉梢帶著半點風情，淡淡一掃，如錦一進屋就看到了端坐在後排的花子好，略顯得有些意外。

見所有人終於乖乖安靜不說話了，如錦才緩緩開口。「陳師父近日染了風寒，暫時來不了了，班主讓本公子前來替上幾日。」說完冷冷一笑，看著美態冉冉卻讓人感覺臘月寒風突然颳過，比之眼下的天氣還要涼上幾分。

「至於我是誰……最末那個塞雁兒的小婢女，妳來告訴這些小傢伙們。」眼神點了花子好，如錦略揚起下巴，一副孤傲之色顯露無疑。

心中對這個如錦公子並沒太多好感，但他畢竟身為一等戲伶，又是代課師父，子好只好依言起身，朗聲對諸位師兄、師姊們道：「這位便是咱們花家班一等戲伶，有著『青衣如錦』之名的如錦公子。」

「啊……」

弟子們聽了花子妤的介紹，一個個恍然大悟之後都忍不住倒抽了口涼氣，彷彿不敢相信站在眼前的竟是戲班中青衣旦裡僅次於大師姊的如錦公子。

特別是紅衫兒，傲色早已消褪，取而代之竟是兩團紅暈掛在臉頰，看來心情頗有些激動。只見她從座位上起身來，端立著福了一禮，嬌聲如糯地道：「原來是如錦公子呢，我便是紅衫兒，師父新收的關門弟子，見過師兄。」

如錦打量了紅衫兒，見她果然嬌羞如春花秋月，淡淡一笑，卻又冷冷一哼。「師兄？」紅衫兒彷彿有些後知後覺，還想藉著自己和對方同是花夷弟子的名義得些好處，以顯示出自己的尊貴和不凡，仍舊保持著嬌嬌笑意。「師兄與我均是師父的親傳弟子，是該尊稱一聲師兄的。」

花子妤卻搖頭，覺得這紅衫兒只顧著長臉蛋、身材，怎麼沒長腦子呢？看如錦一副笑裡藏刀的模樣，暗道她這次可踢到鐵板了。

「戲課之上，我便是妳師父。不尊為師反稱本公子為師兄……」丹鳳眼瞇成一條危險的縫，如錦好像盯住了獵物的豹子一般，看得下首的弟子們俱是一驚。

這時的紅衫兒才醒悟過來，敢情這如錦公子根本不屑自己上前套交情，粉唇微張，俏臉由紅變白，由白變綠，只好一咬唇忍著心中寒意，忙福禮：「是弟子逾矩了，請師父切莫責怪！」

「師父？」如錦公子又是一聲冷哼。「把本公子叫得那麼老幹什麼？剛才那塞雁兒的小婢女怎麼稱呼本公子的，你們便怎麼稱呼本公子，知道了嗎？」

他最後幾個字幾乎是用吼的，嚇得一眾弟子又是一顫，趕忙大聲齊齊回答道：「是，如錦公子！」

立在最後的花子妤只覺得額頭冷汗直冒，埋怨著自己運氣不濟，怎麼第一天來學戲就遇上了這個脾氣不好、人品也有點兒差的如錦公子。先前心中的歡喜和憧憬，也被這位如錦公子的一聲大吼給徹底打散了。

三十一章　有辱斯文

無棠院的戲課要占半日時間，除非花家班有重要的堂會要出，否則風雨無阻，絕不可能中斷。只有用過午膳，低階弟子才能自己練功和歇息，其餘時間都還會被安排活計。

花子紓和止卿如今都是八等弟子，按理過了晌午還要承擔一些雜務。但近來不同往日，特別是止卿拜了唐虞為師，身分自然不同一般。而管理低階弟子的鍾師父又素來喜愛子紓，所以對兩人格外關照，有重活兒也不交辦，只讓他們安心練功即可，倒讓兩個小子的日子過得越發閒適安逸。

下了戲課，止卿帶著花家姊弟回到了後院的寢屋，照例燃爐烹茶相待，雖然只是細碎的茉莉花茶，卻讓人感到一種久違的溫暖。

自那日止卿一番莫名舉動，子妤心中也有些疑惑，尋思了好半天想著他是否對自己有了淑女之思，可看他現在一副不急不緩、優雅自得的模樣，卻又不像。

「咳咳……」想著止卿不過大了他們姊弟一、兩歲而已，終竟也只是個孩童而已，子妤便把這些「齷齪」想法給拋諸腦後，咧嘴一笑。「止卿，你怎麼不搬到前院去住？聽說鍾師父安排了你到七等弟子那邊呢？」

止卿不答，子紓卻搶著說道：「止卿哥留在後院可以和我有個照應嘛。七等弟子都是些

十三、四歲的，他們時常欺負我們這些低階小弟子呢。雖然前面的條件要好些，可怎麼比得過止卿哥一人一間屋住得逍遙自在？」

笑著點點頭，止卿溫文爾雅地一笑。「我習慣了一個人住，若要離開，還真是不習慣。」

伸手揪著子紓的耳朵，子妤笑道：「笨蛋，你止卿哥是圖個清淨自在呢，就你常來叨擾，真是不要臉！」

順勢膩過去倚在子妤身上，子紓也不計較被自家姊姊奚落，歡喜地問：「姊，今日的戲課上得如何？聽說陳師父為人和善著呢，應該不會為難妳吧？」

捏了捏子紓通紅剔透的小臉蛋，子妤想起那刻薄暴虐的如錦公子就直搖頭。「也算我氣運不佳，陳師父病了，是一等戲伶中的如錦公子來代授戲課。」

眨眨眼，看著姊姊表情無奈，子紓忙問：「怎麼，聽說這位如錦公子端的是龍眉鳳目，堪稱絕代青衣，和大師姊相比也不遑多讓呢，難道不好嗎？」

搖搖頭，子妤嘆了口氣，粉唇嘟起，倒有兩分孩子氣了。「這個如錦公子雖然很有些本事，奈何性子讓人太難接受了。總之一、兩句話也說不清，此人不好相與便是了。」說著捧起止卿遞上來的熱茶，吹開上面茶沫輕輕啜了一口。

止卿倒不太關心那個如錦公子，反而提及另一個人。「對了，紅衫兒也和妳一起學青衣，她沒有為難妳吧？」

「對對對！」子紓也記起了，附和道：「她平時在咱們面前趾高氣昂，可唯獨姊姊妳的身分比她隱隱高出兩分，平素裡頗有妒言，說妳靠著巴結四師姊走了狗屎運，不過仍是學不了戲，還諸多奚落呢。如今見妳不但得了四大戲伶的青睞，還能到無棠院學戲，定是氣得她七竅生煙吧。哈哈哈……」

子紓正放肆的大聲笑著，房門卻「砰」地一聲被人踢開，竟是紅衫兒一襲豔色衣裳立在門外，雙手插腰，柳眉倒豎。「花子妤，妳怎麼管教弟弟的？背後說人是非，這是男子漢大丈夫的所為嗎？」

子妤愣了一下，正想起身來應答，卻被子紓搶了先。

「紅衫兒，妳又是怎麼回事？仗著是班主的親傳弟子就如此囂張無禮，動粗不說還惡人先告狀！這裡可是止卿哥的寢屋，豈容妳放肆胡來？」絲毫不讓，子紓跳到紅衫兒面前。雖然年紀要比她小上一、兩歲，可身量卻半點不輸，還高出了一個頭。加上他平素習的武生，怒目而視的樣子真有幾分虎虎生威的感覺，嚇得紅衫兒也是愣了一愣，下意識地往後退了兩步。

等她退開，屋中三人這才發現，門外除了紅衫兒還有好幾個低階的女弟子，都是在無棠院一起上戲課的，此時她們都聽了、也看到花子紓的凶樣子，紛紛為紅衫兒助威似的圍了上去，眼中似有不屑。

「各位師姊、師妹們都看到了吧？」紅衫兒稚嫩的面容下竟勾起一抹冷笑，「回頭我找師父訴苦，大家可要給我做個見證，也讓師父知道這花家班竟出了如此一個粗魯不堪的小無賴！」

「住口！」

紅衫兒如此行徑，一下子惹惱了屋中另外兩人。止卿一聲嚴斥，已經大跨兩步來到了門前。

子好也被氣得不輕，這小妮子若針對自己，還懶得與其計較。畢竟心理年齡擺著在那兒，總不能讓她和一個小姑娘真拌嘴吧。但她現在罵到自己的寶貝弟弟，子好護短的心思可一點兒不差，怎能容得紅衫兒如此說他，頓時就厲聲迎了上去。「小無賴罵誰？」

「小無賴罵的就是他！」紅衫兒隨口就反駁了出來，伸出白蔥兒似的指尖指著花子紓。

哪知這句話一說出來，花子好原本嚴肅的臉上竟隱隱顯出笑意，外面圍攏著的幾個女弟子一愣之下也發覺了異樣，其中一個略顯笨拙的更是愣愣問道：「紅衫兒師姊，您這樣說，豈不承認自己是小無賴？」

「妳——」紅衫兒剛才正在氣頭上，被人一提醒才發現中了花子好的「陷阱」，氣得更是直跺腳。「你們這群粗人給我等著，我這就去找師父，定要清理花家班的門戶。」

「清理門戶？」

止卿雙手一揚，將屋門一把推開，看了子好一眼將其隱隱護在後面，眉頭蹙起，淡淡掃了外面紅衫兒等人一圈。看著此時後院大多數弟子都去做活兒了，正好沒人前來圍觀，倒沒了顧忌，話音冰冷地啟唇道：「子紓的話半句沒錯，體面的人都是用手敲門而進，誰會踢門闖入？還有，放眼天下，也只有鼠輩之人才會做那門外竊聽之事。妳若正大光明，那子紓所罵的就不是妳了，何來斥罵動粗一說？今日之事我且不追究，下次若再硬闖別人的屋子，不用妳們找班主，我會主動向班主請示，看花家班是不是只有小人得志，而沒有公理規矩存在了！」

就這冷冷幾句話，說得外間紅衫兒等人根本無法反駁。

見對方似乎有些偃旗息鼓的樣子，止卿也懶得理會，知道紅衫兒必然不會再輕易找花夷告狀了，便也不再說話，冷哼一聲，回首就將屋門「砰」的一聲給關上，順手就將門閂給下了鎖。

似乎聽進了止卿的話，細想起來是她們偷聽在先，然後紅衫兒又用腳踹了人家的屋門，即便最後那個花子紓氣焰有些囂張，卻算不得什麼，幾個稍微膽小的女弟子只好開口怯懦地問道：「紅衫兒師姊，這……怎麼辦？事情可不能鬧大了，要是被班主知道了，您自然不會怎樣，我們卻免不了被責罰呢。」說著，幾人面面相覷，竟隱隱退開兩步，不等紅衫兒說話，匆匆就這樣散了，不一會兒便只剩下紅衫兒一人立在院中。

「花子好，妳給我記著！」咬牙切齒，紅衫兒嬌美無比的玉顏上掛了一絲與年齡不太相符的厲色。

可笑的是，紅衫兒既不把罵她的花子紓嫉恨上，也不埋怨後來義正辭嚴喝退眾人的止卿，反而就和花子妤給槓上了。而還在止卿屋中「避禍」的花子妤彷彿也感到紅衫兒巨大的恨意，捧著熱茶莫名其妙就覺得背上一寒，趕緊蹙著眉，搖了搖頭，自我安慰地從心中甩開一樣，也不願把小女娃家的恩怨給放在心上。

章三十二　豆腐西施

花家姊弟圍攏在炭爐前飲茶談笑，就這樣溫暖熱鬧地消磨了一個下午，絲毫沒有把紅衫兒過來尋晦氣的事放在心上。

看著時間差不多，子妤也該回沁園幫阿滿伺候塞雁兒了，起身來拍拍手，放下捂熱的杯盞。臨走，想起自己不能老是護短，也該讓子紓改改這莽撞的脾氣了，便正了正臉色，有些語重心長地道：「子紓，你陪止卿多坐一會兒吧。你既然認了止卿為兄，心性和脾氣都該學學人家。雖然紅衫兒無理，你叫罵人家也站不住腳。」

嘟著嘴，本就不願姊姊離開，這下被其板著臉認真一訓，子紓更是眼圈兒沁紅。「姊說的話我知道，可看著紅衫兒那囂張嘴臉，連止卿哥也生氣了呢。」

伸手摸摸這個寶貝弟弟的頭，子妤嘆了口氣，稚嫩的臉龐上又透出一絲不同於平常小女孩的成熟。「姊姊捨不得訓你呢。你還記得上次在街上，那個小姑娘同樣態度囂張，你也頂回了嘴。可人家一看就是富家千金，身邊還跟著幾個彪形大漢，你就算有理又怎麼樣，還不是要受制於人。若不是諸葛小少爺相幫，恐怕你早就給人拘了去。姊姊也是怕你獨自在外吃了虧，咱們是戲伶，雖不至於下等，但上面可以欺辱的人多著呢。多一事不如少一事，你也長了一歲了，聽姊姊的話，能忍的時候就要忍忍。」

這一番溫言細語，說得子紓紅著眼只顧點頭，哪裡還有半點委屈。

而一旁的止卿則是含笑看著子妤，似乎透過她的臉看到了她的心，精巧玲瓏且潔白無瑕，猶如美玉……

「好了，姊姊明兒個還有戲課，咱們還能見面呢，這便回去了。」看到子紓如此乖巧受教，子妤也放心了，知道他定然將剛才的話聽了進去，隨即又朝著止卿頷首告別，離開了小屋。

出了屋，看著曾經住過近一年的院子，子妤心中莫名有些感慨，總感覺命運像一根無形的繩子在牽著自己。

一心想要做那「大青衣」，幫助弟弟完成生母遺願，奈何天資受限，竟然連入戲課學青衣的資格都沒有取得，好在遇到的人都肯幫自己，一個唐虞，一個阿滿，還有四師姊。雖然塞雁兒對待自己有些彆扭，但好歹並未阻攔。如今能到無棠院學戲，今後的一切應該都能好起來吧！

正感嘆著，子妤突然聽得一角傳來嗚咽的抽泣之聲，仔細聽著，好像就是從院落那棵巨大的黃桷樹下傳來的。疑惑著踱步過去，果然一截紅底碎花的衣衫露在外面，只看背面也認出了此人。

「茗月？」

哭聲止住，茗月背對著子妤用衣袖使勁抹了抹臉，這才轉過頭來，泛紅的大眼睛，睫毛上掛著兩點晶瑩的淚珠子沒落下來。「子妤，妳怎麼……」

「妳怎麼在這兒悄悄抹淚？」子妤一把過去挨著她坐下，從懷裡掏出一張白絹手帕。「擦擦臉，都花了呢。是不是有人欺負妳了？告訴我，我去跟鍾師父說！」

茗月默默地搖了搖頭，忍不住又滾落了兩滴淚水來，聳著通紅的鼻頭，怯懦地道：「我沒什麼，只是心裡有些難受罷了。」

蹙眉，子妤鄭重其事地道：「我便不信，這院子裡的小丫頭們即便囂張，也有師父們能整治。而且把心裡的難受說出來，總比一個人埋頭抹淚強。」

「我……」茗月也不過是個十二歲的小姑娘罷了，聽了子妤的話，圓圓的臉龐上浮起一絲感激，點點頭，一股腦兒地就將心事傾訴而出。原來，她在這兒偷偷抹淚並非師兄、師姊們的欺負，而是家裡出了大事兒。

「妳母親便是街口那家豆腐作坊的老闆娘？」子妤有些意外，想起偶爾被派出去買菜，倒是光顧過兩次。

說實話，那豆腐作坊不大，生意卻極好。子妤第一次買了就再也沒買過二次，原因無他，因為茗月媽的手藝確實不怎麼樣，豆腐有些散，吃起來沒嚼頭。也因為如此，子妤還覺著奇怪，這豆腐攤子為什麼每天都顧客盈門，仔細瞧了才發現光顧的大多數是男子，買豆腐的時候都愛和茗月媽東拉西扯，敢情醉翁之意不在酒！

因為茗月媽是寡婦，老公死後被族裡欺壓，只分到這個街面的豆腐鋪子。這四裡八巷的都知道此地出了個「豆腐西施」，雖然茗月媽手藝並不靈光，但生意卻做得很興盛，兩年下來倒也攢了些錢。

因為常和花家班的師父們打交道，茗月媽把茗月送進來學戲，一來討口飯吃，二來學門手藝。

都說寡婦門前是非多，加上茗月媽又要拋頭露面地做生意，自然招惹的人也不會少。前日裡有個鋪頭（注1）看上了茗月媽，想納了她做第四房小妾。可茗月媽死活不願，說寧願進窯子也不願給人做小老婆，伺候一堆姊姊妹妹。鋪頭怒了，誣陷茗月媽的豆腐吃了鬧肚子，硬是要其賠償十兩銀子才罷休。

茗月媽是個剛烈性子，知道對方打的歪主意，等鋪頭來要錢的時候竟掄起大勺子就扔了過去，打得對方腦袋上腫了偌大個包！

這下好了，那鋪頭巴不得茗月媽動粗，好名正言順的將她給拘到衙門裡，伺機再勸說其妥協。

茗月上午下了戲課找師父告假，準備回家幫母親收拾下攤子，結果街坊們一見她就使勁兒搖頭，隔壁老婆子抹著淚把事情的經過說了一番，茗月才發現母親一直瞞著自己這些事，「哇」的一聲便哭了出來，央求著鄰居幫忙帶她去衙門裡探望母親，順便看怎麼能贖出來。

可官府的事誰敢管？雖然天子腳下得講理法，但茗月媽的的確確打了人、犯了法，要贖人沒個百十兩銀子恐怕不行。街坊雖然覺得茗月可憐，卻無人能幫，一人給了些碎銀子，讓她回花家班求班主或者師父。

茗月想著母親被抓走，一時心中慌亂毫無章法，這才躲在黃桷樹下獨自抹淚。

聽了茗月的敘述，子妤心中把這萬惡的封建社會狠狠地鄙視了一下，才拍拍她的肩膀，輕聲問道：「茗月，妳怎麼不去找班主，求他出面幫忙。」

咬著唇搖頭，茗月怯怯地道：「我……我不敢，所以先前去求了紅衫兒師姊。可她說班主這幾日不在班裡，好像是進宮彙報太后萬壽節出堂會的事兒去了。所以……」

「那可就不妙了。」子妤蹙眉，小巧的鼻頭聳了聳，隨即又道：「罷了。這事既然我知道了，就不會不聞不問。雖然妳母親確實動了手，但街坊們都可以證明事出有因，是那鋪頭想要強搶民女所以栽贓嫁禍。妳母親所作完全就是自衛，不構成任何犯罪。這樣吧，我去找唐師父問問，看他能不能幫幫忙。」

雖然茗月聽不太懂什麼「自衛」和「不構成犯罪」，但看著子妤冷靜的樣子，心中猛地就踏實了許多，狠狠點頭，雙手巴住子妤的手臂。「若真能救出我娘，我……我便做牛做馬來報答子妤妳的恩情！」

笑著替茗月擦了擦淚，子妤嘆道：「我幫妳又不是圖妳什麼，再說了，若真能救出妳母親，要謝也是謝唐師父去。好了，別再哭了，明日上戲課的時候我就會帶來消息。今兒個

注1：看守牢獄的主管。

好好休息，再不濟，明日我先陪妳去牢裡看看妳母親。她若見妳這副樣子，心裡也會難受的……」

茗月咬著唇強忍住淚，點點頭，眼中終於透出了一絲希望。

章三十三　夜訪求解

入夜，子好找了個藉口出得沁園，提了行燈往南院而去。

「子好姑娘出去辦事啊！」守夜的婆子都和子好熟悉了，見了她出來還熱絡的招呼一聲，讓她順帶給塞雁兒問聲好。子好也乖巧的答應了，絲毫沒有架子，讓兩個老婆子很高興，等她走遠了還悄悄說這小姑娘真懂事。

一路而去，子好很快找到了唐虞的屋子，熟練地從一旁花盆裡找出藏好的鑰匙，打開門進去。

這兒藏的鑰匙是唐虞有意給花子好進出方便留的，起因還是前兩天一場大雨，子好過來看到唐虞屋子裡淌了不少污水，衣裳也受潮地生了些黴斑，趕緊趁著第二天有太陽幫忙拿出來曬了曬，又順帶收拾了一下屋子。

唐虞見子好做事俐落，便報了陳哥兒讓他安排其每日過來打掃屋子，每月額外再給她支二十文錢的月例。塞雁兒本不願自己的婢女去伺候別人，但想著要子好幫她打聽情報，捨不得孩子套不得狼，也沒說什麼就同意了。

真正不高興的人是阿滿，叨唸著「我們沁園的姑娘幹麼去伺候別人，一個月才二十文錢，塞牙縫都不夠」等等，聽得花子好在一邊苦笑不得，只覺得這阿滿語氣怎麼像個老鴇似的！隨即又「呸」了兩聲，暗笑這樣說阿滿豈不是把自己給套進去了。

聽止卿說唐虞今日出去了，可這都快上夜了竟還沒回來。子妤挽起袖子，先熟練地把炭爐引上，把銅壺打好水。想著他出去半日或許回來吃不上飯了，看看天色，趕緊去到後廚房找廚子要了個雞蛋和半斤麵，就著晚膳的大骨湯做了碗寬麵湯，撒了點蔥花在上面端回屋子。

還未推門，子妤猛地聞到一股酒氣，雖不嗆人，但卻有些意外，心想難道唐虞回來了，還喝醉了不成？

果然，唐虞此刻正自己倒了熱水洗臉，聽到門響，回頭看是子妤來了，手上還端了一碗熱騰騰、香噴噴的麵條，冷顏之上綻放出一抹難得的笑意。「是給我的嗎？」

「唐師父，您沒醉吧？」子妤放下托盤，趕緊斟了杯熱茶遞過去。

放下白帕，唐虞喝了口熱茶，頓覺心中清爽。「無妨，就是有點兒餓了。」

「那正好。」子妤將碗筷擺好，眨著眼看向唐虞。「您先趁熱吃了，不夠弟子再去廚房要兩個饅頭，先前我去的時候看到還有剩呢。」

「不用了，吃這個就好。」唐虞坐下，擼了擼衣袖，拿起筷子便開始吃麵。

子妤則雙手托腮，就這樣透過桌上的銅魚燭燈看著唐虞，發現他即便是吃麵這樣的日常舉動，動作都極為輕緩，一舉一動皆透出一股天生的優雅感來。

唐虞吃得大半，覺得飽了，抬頭起來見花子妤托腮認真地凝望著自己。「怎麼？臉上沾到麵湯了不成？」

「沒！」被唐虞一說，花子妤又覺得臉上發燒，趕緊別開了眼。「唐師父您吃好了吧？」

唐虞看出花子妤的不自在，點破道：「妳這麼晚過來給我弄吃的，難不成有事相求？」臉上露出一抹不自然的訕笑，子妤只好點頭。「唐師父心如明鏡，什麼都瞞不過您。」

「說吧，看在這碗麵的分上。」唐虞酒氣消退，吃下一碗熱麵心中也有些滿足，看著子妤人小鬼大的樣子，倒也樂意幫她。

「是這樣……」

子妤將茗月媽的事簡而言之地轉述了一遍，也沒添油加醋，只強調了茗月是花家班的弟子，自家人受了欺負怎能不聞不問、不管不顧。又把茗月和她母親相依為命的情形描述了一下，說得自己都忍不住眼眶濕了一圈。

說完，子妤盯著唐虞，水眸中透出可憐巴巴的表情，噘著小嘴就這樣看著他，等他開口表態，到底幫還是不幫。

知道花子妤在故作可憐，唐虞唇角抽動了一下，不知是在笑還是在想些什麼。

不過，聽了這茗月媽的事他倒覺得並非難辦，只是花夷不在班裡，和衙門打交道畢竟得小心謹慎，這個主恐怕自己還不能作，便道：「子妤，你們姊弟不是和諸葛不遜有些交情嗎？前日裡相府管事過來邀請你們過去見他，不如順帶提提此事，肯定比班主或者我出面要乾淨俐落。」

這提議確實不錯，可子妤卻有些犯愁了。

三天前相府管事的確送了帖子過來，說諸葛不遜邀請他們姊弟三日後去相府再聚，順帶賞賞宮中貴妃賜下的一株綠萼梅花。子紓高興得很，巴不得第二天就去相府赴約，晚上睡覺都興奮地合不上眼。但子妤想著諸葛不遜講「嗜血擒狼」那故事的樣子，笑咪咪卻透著一股難言的殘忍，就再也不想自己的弟弟和他有什麼牽連，壓根兒就沒想過要去赴約。

要知道，諸葛不遜今年才剛滿十歲，就這樣讓人摸不著頭腦。要是長大了，說不定多冷酷無情脾氣古怪呢，想想還是算了。

可現在唐虞這樣說，子妤想想確實由諸葛不遜出面，這件事就變得極容易了，咬咬牙，點頭道：「那好，明日我便帶著弟弟過去赴約，只有求那諸葛不遜一次了。」

瞧出子妤不大願意，唐虞似是知道她心中有些顧忌此人，相勸：「其實妳也別太拒人於外。諸葛小公子身分雖然尊貴，但骨子裡還只是個小孩子罷了。他家裡出了個貴妃，少不了將來替他討個好前程。對於花家班來說，也是一個不可輕易得罪的。」

說罷，唐虞端起茶盞，半瞇著眼也細細打量了對面端坐的花子妤，見她眉眼間又透出與年齡不符的沈思狀，無奈地甩甩頭，又道：「再說了……子紓若能與其從小稱兄道弟，將來也只有好處沒有壞處。妳人小，卻心思細密，知道多一事不如少一事的道理，但也別太過謹慎，一點兒也不像個小女娃，倒像個老太婆了。」

仔細想了想，雖然心底真不想沾那諸葛不遜半點光，但茗月的事自己既然已經答應了，若不早早將她母親救出，恐怕就被那鋪頭給吃得一點兒骨頭渣子都不剩了。加上唐虞的話也不無道理，便勉強的點點頭。「多謝唐師父點醒，您早些休息吧，弟子告退。」

說著子妤便起身來，默默地退了出去。

一路往回走，過了小橋，子妤眼尖地看到落園那邊有一縷燭燈在跳動，隱隱還有一、兩聲咳嗽傳來，心想或許是南婆婆這幾日受了涼，便琢磨著是不是該過去看看她。

想著，就轉向往落園而去，只是敲了敲門，好半晌卻無人應答，那燭燈也隨即熄滅了。

看了看天色，尚不算晚，子妤等了一會兒，想著若南婆婆不來開門就不打擾她了，等明日再尋機會過來探望，可剛準備離開，門又「嘎吱」一聲開了。

「子妤？」來人果然是南婆婆，正裹著一聲厚厚的棉衣，一副睡眼惺忪的樣子。

朝其甜甜一笑，子妤關切地問：「婆婆您是不是染了風寒？剛才我正準備回院子，卻聽見您這邊有聲響，看著天色還早，就過來看看您，沒打擾了您休息吧？」

南婆婆愣了愣，這才抬手捂住半張臉，有些表情不自然地輕咳了兩聲，笑道：「不礙事，身子骨老了，就不中用了，這天一黑就得上床捂著，不然怕是過不了年關的。」

挽住南婆婆的手，發覺她掌心倒是溫熱的，並不覺得寒冷，子妤才放心。「婆婆不要說這樣的話，您身子硬朗著呢，就是要注意這天氣變化，冷了就多穿些。您回屋去睡，我就不耽擱您休息了。」說完笑著福了一禮，這才返回沁園。

看著子妤背影消失，南婆婆表情有些無奈，回頭望向了桂樹下一個清冷的身影，關上門，走了過去。「盞兒，妳越是睡不著，嗓子就越不好，還是別多想了，快歇著吧。」

「沒事兒，今晚月色不錯，我想再待一會兒，您回去歇著吧。」金盞兒裹著一身素白裘狐披肩，削尖的瓜子臉被月色映得越發泛白如玉，只是說著話，好像又忍不住地輕咳了起來，神色間有些淒冷。

南婆子搖搖頭，知道勸不動，只好拖著身子先行回屋了。

章三十四　座上賓客

京城偏北，冬日的初雪落了滿地，好在太陽卻金燦燦地露出個臉，照在身上也不覺得那化雪寒氣逼人，反倒有些暖意融融的暢快感覺。

一早用過膳，坐在相府派來接人的紅漆綠頂雕花輦車上，子妤和弟弟毫不耽擱地一路往右相府而去，只留得諸多低階弟子羨慕的眼光。

花家姊弟前往右相府之事，唐虞讓陳哥兒按下不表。只通報了塞雁兒和鍾師父這兩人，說派遣他們姊弟兩人去給諸葛不遜出個小堂會，並未提及他們原是受邀作客去了。陳哥兒先前還不明白，覺得花家姊弟倆去相府作客乃是好事，若傳了出去，咱們花家班的身分地位無形中又會比之另外兩家戲班高了不少。可因為班主在宮裡還沒回來，班裡事情無論大小暫時都得唐虞說了算，陳哥兒也只有聽話的分。

其餘師兄、師姊們倒沒覺著什麼，雖然有些羨慕，但也想得通。畢竟諸葛不遜只是個十歲的小孩子，他們也聽說過上次生辰唱堂會，花子紓得了最大的彩頭和賞錢。這次請了他們姊弟去倒也合情合理。但紅衫兒卻有些不滿，當時自己也參加了演出，還唱陳妙常這個主角，憑什麼連那個沒上臺的花子妤也能去，她卻連消息也沒接到！

而且，相府還派了花輦親自來接，這樣的堂會就是不給錢，恐怕所有弟子都願意去，更別提能和右相的小孫少爺搭上關係這層好處了。

心中氣不過，紅衫兒氣沖沖地找上了止卿，「砰砰」地敲開了他的屋門。

止卿開門，見來人是紅衫兒，臉色微微一動，淡淡地問：「什麼事兒？」

紅衫兒瞧著止卿相貌堂堂，男生女相，端的是俊美非常，小女兒心態也有些作祟，便收起了心中怨氣，聲音放柔了兩分。「止卿師兄，您可知今兒個花家姊弟去右相府出堂會的事？」

點點頭，止卿說了聲「知道」，就想關門閉客，卻被紅衫兒伸手拉著門邊攔住。「上次咱們倆唱的是主角呢，結果好處都被子紓那小子給搶光了。我知道師兄和花家姊弟交好，但他們也不能這樣欺負人啊！我是班主的親傳弟子，如今班主不在園子裡，那唐虞師父就擅自作主，遣了花子妤和她弟弟去出堂會，想想要是演砸了該怎麼辦？豈不丟光了咱們戲班的臉面！」

說著見止卿只是冷冷看著自己並未有所動，紅衫兒又道：「唐虞是你師父，不如你去問問到底怎麼回事，要不把咱們倆也送去。這會兒花家姊弟的輦子還走不遠，趕趕還來得及呢。」

聽完紅衫兒的一番話，止卿的好臉色終於用光了，語氣不善道：「妳不是仗著自己姿色出眾，唱功了得嗎？不如妳登門自薦，想來還能給諸葛小公子留下個深刻的印象。我這廂就不奉陪了，慢走！」說罷也不顧紅衫兒小手還撐在門邊，「砰」地一聲給了她一個閉門羹。

「你！」紅衫兒顧不得淑女矜持，氣得想跳腳，奈何對方是唐虞的徒弟，自己即便有班主撐腰也奈何他不得。剛才對止卿好皮相給留下的印象也全消了，連帶著對花家姊弟的恨意又濃了半分，咬著一口貝齒只得訕訕離開。

且說輦子上的花家姊弟，此時兩人表情沒有一分相似。

子妤臨走前專程去見了茗月，雖未明說，但提及了會將此事告訴諸葛不遜，若有他相助定然事半功倍。茗月詫異於子妤竟願意為了她娘的事求助於右相孫少爺，感激之餘直言無論有沒有結果，這個恩情也是天大的。

子紓則一副歡喜莫名的樣子，一會兒摸摸這裝飾華麗的輦子，一會兒撩開簾子看著街景，還時不時地哼著小曲兒，想著自己竟能攀上如此個兄弟，將來前途定然不愁，看看戲班子裡還有誰敢欺負自己。與此同時，還暗暗埋怨了唐虞兩句，心想：若是大家知道他們姊弟倆是前去赴宴賞花而非出堂會，恐怕下巴都要給驚掉吧。畢竟對方可是堂堂右相府的小公子，身分地位簡直是他們這些戲伶不敢相提並論的。能夠被右相府奉為座上賓客，那自己以後豈不是能在花家班橫著走了！

想到此，子紓就「噗哧」一聲悶笑了出來，好在看姊姊正望著外頭，並未注意到自己失態，便趕緊安分些。

姊弟倆各自想著心中瑣事，不一會兒聽得車伕喝了一聲，顯然已經到了右相府。下得車輦，子妤蹙蹙眉。「這位大叔，咱們不走側門嗎？」

車伕面相憨厚老實，此時見子妤開口詢問，便樂呵呵地道：「管事說兩位乃孫少爺的貴客，自然要從正門相迎。兩位先下來，小的先牽了馬兒去吃料，等過了午膳還在這兒候著你們。」說罷，抹了抹額頭的細汗，牽著馬兒在一個相府家丁的帶領下往後院去了。

一邊立著的小廝見花家姊弟到了，忙迎了上來。「花小姐，花公子，這邊請。」

這還是第一次被人稱呼為「公子」和「小姐」，姊弟倆對望一眼，子妤伸手替他理了理棉衣，看著顯得平整滑順之後才道：「走吧，看來諸葛小公子是真把你我當成貴客了，不但沒讓咱們走側門後院，還擺出了迎賓之禮。」

子紓一聽姊姊所言，神色越發高興，下巴微微一抬，走路的樣子可神氣了。「我就說嘛，諸葛小爺是個好人，而且一點兒也不勢利眼。」

「好人……」子妤面上掛起一絲苦笑，不由得又想起了那一日在酒樓上諸葛不遜的樣子，心中暗暗一寒，提醒自己莫要被對方的表象所迷惑，除了求他幫忙解決茗月嫣之事，其餘的，能沒有任何牽連最好。

從前庭繞過一面花開富貴的漢白玉屏雕，小廝領著兩人直接去了內苑所在。

這是花子妤和弟弟第一次從前庭正門進入，看著雕欄玉砌的亭臺樓閣、遍植各處的各色冬季時花，才真正感受到了何謂朱門豪宅和滔天的富貴。

特別是依著地形緩緩上行下坡的抄手遊廊，兩邊翠松油綠，點點黃梅，幽香繞鼻，若不是屋簷上的積雪未化，幾乎要讓人以為此地光景乃是春日了。

走了約莫一炷香的時間，子妤已經從剛才的咋舌變為麻木，畢竟這假山園林什麼的看多了也就一個樣，再加上自己也是再世為人，連紫禁城頤和園之類的也是逛過的，如此心中便漸漸平靜了下來。倒是花子紓東摸摸、西瞧瞧，拉著帶路小廝問東問西，好在並未失了禮數，子妤也就隨他去了。

緩步而行，看看周圍景色倒也心情舒暢，子妤不由又感慨了一番有錢人的生活。看著自家弟弟小臉緋紅的模樣，想著在花家班的景況，不免心中有些黯然，再想想若是子紓生在這樣的人家，又如此相貌，定然不會比之那諸葛不遜差多少吧，可惜沒有投到一個好胎……

胡思亂想間，前頭帶路的小廝停下了腳步，指著一方粉牆上的月洞門，神色謙恭地說道：「兩位貴客，孫少爺就在裡面相候，小的未經允許不得入內，還請兩位自個兒進去。」

「多謝小哥。」子妤從袖口裡摸出幾枚銅錢塞到那小廝手中。「您拿去買壺茶吃。」

小廝一愣，隨即將銅錢揣入袖中，笑著打了個千便退下了，心中暗道這小戲娘真是懂理，雖然錢不多，可人家小小年紀也是個禮數心意，而且她曉得給帶路下人賞錢，看來也是常出入大戶人家的。

「姊，那可是十文錢呢，妳怎麼給了那人？」子紓卻不懂這些，愣著看了看那小廝遠去的背影，這才分神出言詢問，一臉肉痛的樣子。

拍了拍弟弟的頭，子妤笑著拉起他的手，一邊走一邊小聲的解釋道：「咱們是來作客的，人家小廝雖然奉命帶路，名義上卻也是在伺候咱們，按理就該打賞。不過咱們不是有錢人，十文錢雖然不多，卻是個禮數。」

「還不多呀！」癟癟嘴，子紓心想若是回頭去街市上，這十文錢都能買十個甜餅了。這下子好只有無奈地一笑了。「對於咱們來說十文錢確實不菲，但用作打賞，也僅僅是底線了吧。」想想街上體面些的茶館裡稍好些的茶都是十文錢一壺，這確實不多。

姊弟倆邊走邊聊，不一會兒便聽得有陣陣絲竹之聲從前頭那堵綠牆後面傳出來，相視一眼，料想定是諸葛不遜在彈奏，便也加快了腳步，總不能讓主人等久了。

章三十五　綠萼初綻

繞過由四季青藤爬滿的綠牆，這方小院的真實面貌才一一展現在花家姊弟的面前。

碧水一潭，上有曲折木橋延伸而去，連接一座木造花亭，匾額上書了「觀梅」二字，簡簡單單，清清粼粼，沒有絲毫造作。兩邊挨著粉牆種了星星點點的白梅，寒氣中散發出縷縷幽香，襯著白牆青瓦，青藤碧水，將此地勾勒得恍若仙家境地。

再遙遙望去，花亭四周所掛的湖色輕紗隨風漫舞，露出當中一方石造琴台，其後正是諸葛不遜端坐著，一身雪白的羊羔襖子，纖細玉白的小手正閒閒弄弦，似有若無間陣陣悠揚樂音自亭中傳出，亭下碧潭之水彷彿也活了起來，不知是因風而動，還是因琴而動。

正好抬眼，看到花家姊弟站在潭邊打量，諸葛不遜停住了撫琴，含笑起身來到花亭前方，遙揮手臂。「兩位站在那兒做啥，請過來飲一杯熱酒，也好祛祛趕路的寒氣。」

對望一眼，這下花子好也被眼前的景色給怔住了，心中不由地再次感嘆了一番投錯胎的差別。再看身邊的弟弟，傻了眼一般望著白裘裹身的諸葛不遜，眼底是掩不住的濃濃羨慕之情，臉色也不由得從欣喜轉而帶了點點黯然自卑之意。

心疼地挽著子紓的手，子好順勢捅了捅他的腰。「咱們過來作客，可別丟了分兒！」說完硬讓他撐起腰桿子，姊弟倆這才並肩往那花亭而去。

諸葛不遜含笑看著花家姊弟迎面而來，那花子好一身藕色細棉襖子，雖不是簇新卻顯得乾淨俐落，襯著一雙黑白分明的清澈雙眸，表情文雅中又透著股子恬然氣質，絲毫不輸平日見過的那些豪門閨秀。

反倒是子紓，以前見他的那股子機靈樣兒全沒了，雖然挺直腰桿地走過來，臉色卻有些淡淡的卑怯之意，比之其姊當下就輸了三分氣度。

眼看兩人走進，諸葛不遜含笑主動上前鞠身相迎。「裡邊備了薄酒一壺，咱們進去暖暖。」說著親手撩開了垂簾，手在身前一揚，作了邀請的姿勢。

「諸葛小公子，您身邊沒個伺候的人嗎？」

看著諸葛不遜親自招呼，子好也覺得奇怪，往裡瞅了一眼，沒有半個丫鬟或者小廝，故而有此一問。

笑著領了兩人端坐在矮榻對面，諸葛不遜一邊溫酒，一邊閒閒道：「今日招待友人，三人圍爐喝酒品梅即可，丫鬟、小廝的多了反倒覺得不妙。」

「您倒是個真正的妙人兒。」子好點點頭，對於諸葛不遜這樣的態度倒是接受了許多，沒有先前那股強烈的排斥。

打從落坐，子紓一句話也沒說，此時見姊姊和諸葛不遜你一句我一句，很是閒適的樣子，也終於忍不住了。「諸葛小爺，您說讓我們來賞梅，梅呢？」

諸葛不遜見子紓終於憋不住開了口，笑著反問：「子紓，你是不是忘了什麼？」

「忘了什麼？」子紓不明白了。

「上次你我就以兄弟相稱，」諸葛不遜將暖好的青瓷小壺提了起來，一一斟滿三個酒盞，推到各人面前。「怎麼幾日不見，反而疏遠了。」

不自然地撓撓後腦勺，子紓傻笑了兩聲。「嘿嘿，我覺著今日看著你有些不一樣，不敢這樣和您稱兄道弟了。」

「我還是不遜兄，你還是子紓哥，怎麼不一樣了？」諸葛不遜露出貝齒一笑，甜甜兩個酒窩就這樣顯露出來，終於讓人覓到了一絲孩子氣。

「呀！」

突然，子好一聲驚呼，讓另外兩人齊齊朝她望過去，見她纖手捂唇，指著諸葛不遜身側的紗幔之後，黑眸中全是濃濃的驚喜。

諸葛不遜笑意盈盈，也不多言，只徐徐端起酒盞就在唇邊品啜。子紓卻鬧不明白了。

「姊，妳看到啥了，這麼興奮？」

「你不是要賞梅嗎？瞧瞧那邊是什麼？」子好臉上驚喜未退，緩緩起身來，移步到亭邊。

子紓見平常不慍不火的姊姊這樣驚喜，忙跟了過去，仔細一瞧，才恍然大悟般的點頭。

「哦，原來這就是貴妃娘娘賜下的，可是看來看去就是花兒是綠色的，與其他梅花似乎並無太大區別啊。」

「笨蛋！」子妤伸手敲了敲弟弟的頭。「讓你賞花也是對牛彈琴。這叫綠萼，不是什麼綠色的梅花兒！綠萼在蘇杭一帶水土濕潤地生長，蘇州太湖西山的萬畝梅海中偶有綠萼，卻是極為罕見珍貴的品種呢。此花不耐寒，能在北地一見已是萬幸，你還嫌棄了！」

好像對子妤瞭解這綠萼的來歷並不吃驚，諸葛不遜也緩緩移步過來，立在兩人的身後，雖然年紀小他們姊弟一歲，卻高出半個頭，含笑柔聲道：「小姊姊是惜花之人，不過子紓也沒言錯，此品因萼綠花白、小枝青綠而得名綠萼梅，坊間也是有人俗稱其綠梅的。而且此花太過精貴，幽香獨放，說實話，反而不如白梅那般平易近人，家家得聞其香。」

子妤回頭望了一眼，又揪了揪子紓肥肥的耳垂。「諸葛小公子不用給這傢伙開脫，平日裡不好好唸書，說出話來只是讓人笑話。」說罷指著那柔媚粉嫩的綠色花朵兒，語氣放緩。「梅花多是五瓣，你且仔細看，這綠萼的花瓣兒卻是重重疊疊，繁複非常，綠意也是由深變淺，到了花瓣兒的邊緣幾乎呈透明，配上點綴其間的鵝黃蕊心，豈是普通梅花可比？」

知道姊姊這是在教自己，子紓也收起了委屈之心，認真學著品其外相內形，可半晌還是搖搖頭。「我倒覺得不遜兄說的對，還是白梅中看些，這綠萼要是不注意，還分不清哪兒是花、哪兒是葉呢。」

「你這小子，怎麼不受教呢？這叫風雅，風雅懂嗎……」

姊弟倆說著話，諸葛不遜卻退下兩步，端坐在琴台之後，看著那株綠萼似有所感，手指一揚，撥動琴弦，竟邊彈邊唱了起來。「驛外斷橋邊，寂寞開無主。已是黃昏獨自愁，更著風和雨。無意苦爭春，一任群芳妒。零落成泥碾作塵，只有香如故……香如故……」

白裘衣，青髮髻，一把古琴，半盞殘酒，再映著牆角那株顫顫巍巍風中吐蕊的綠萼，諸葛不遜這一曲且歌且奏，彷彿將人世間的凡塵雜事都摒於千里之外，只留幽香清音環繞，讓花家姊弟也凝住了心神，細細品味此時此刻的種種難得逸趣。

隨著樂音戛然而止，子紓突然「啪啪」地拍著手。「不遜兄好音色啊，比起姊姊的嗓子也不遑多讓呢。」

聽了諸葛不遜這一曲【卜算子．詠梅】，子好倒是想起前世所看到的另一首〈詠梅〉，乃是文武絕才毛爺爺所填，心中一動，也有了興致，清清嗓開口唱來：「風雨送春歸，飛雪迎春到。已是懸崖百丈冰，猶有花枝俏。俏也不爭春，只把春來報。待到山花爛漫時，她在叢中笑！」

唱到最後一個「笑」字時，子好臉上也隨之綻放出如花兒般的融融笑意，恍然間讓人分不清哪裡是花兒，哪裡是人了，只被那種燦爛的春意所感染，好像此身此景便是那百花吐蕊的初春之境。

「好一句待到山花爛漫時，她在叢中笑……」諸葛不遜雙眸晶亮地看著花子好，已然將此詩句的出處算在了這小姊姊的頭上，感慨著如此靈氣逼人的女孩兒著實世間少見。

那神情，已然不知是在賞梅，還是賞人了。

章三十六　不情之請

圍爐而坐，亭外是寒梅初綻，亭內卻是宛如初春，加上幾杯薄酒下肚，那種暖烘烘的感覺縈繞在花家姊弟的身上，都對這個諸葛不遜再添了三分好感。

子紓更甚，與其稱兄道弟不說，竟逾矩地提議要和諸葛不遜義結金蘭，說著還拖了他向著花子妤跪了下去，說是求姊姊做個見證人。

被他們弄得哭笑不得，子妤知道或許是薄酒作祟，讓兩個小男孩兒生出了幾分男子血性，也沒在意，笑意盈盈地看著他們。「若是諸葛小公子應允了，我豈不是成了人家的姊姊，這可不好。」

「反正不遜一直叫『小姊姊』呢！」子紓小臉微紅，越發顯得像個畫中仙童一般，和身邊這個恍若不食人間煙火的諸葛不遜倒真像是一對兄弟了。

諸葛不遜卻輕擺小手，也是雙頰酡紅地看了看上首的花子妤，眨眨眼，回頭對子紓說道：「咱們心中是兄弟就好，何須拘泥於那些個俗禮。再說，有你這個兄弟便好，我可不願小姊姊真成了我的義姊。」

子紓嘟起小嘴，有些不樂意了。「為什麼呀！」

也不看子好一眼，諸葛不遜坐回座位，執起一杯酒，低聲嘟囔。「多個紅顏知己可比多個凶姊姊來管著自己要好太多。」

心中暗罵了一句「人小鬼大」，子妤也懶得理會兩個半醉小子，托腮望著窗外的綠萼，心中似乎從未有過如此舒暢愜意的感覺。

酒過三巡，諸葛不遜讓下人傳膳，只三葷兩素一湯，菜色精緻卻不浪費，剛好夠三人佐酒果腹。

眼看自家姊弟和諸葛不遜關係不錯，子妤心中琢磨這得乘熱打鐵，終於開口請求道：「諸葛小少爺……」

用清茶漱了口，諸葛不遜的酒意也褪了些，一揮手。「小姊姊不用客氣，您就喚我一聲遜兒就好。」

如此，子妤也懶得忸怩作態，心想咱們越是親熱就越好開口，便道：「遜兒，有件事想託你過問。我也知道或許有些唐突，可身邊熟悉之人，除了你，我再也想不出誰能相幫了。」

茗月的事在輦子上子妤也告訴了子紓，兩、三句寥寥而已，卻並未提及要找諸葛不遜幫忙。此時見姊姊竟開了口，子紓一下子就知道姊姊要提的肯定是茗月媽的事，也央求道：「是啊，不遜兄你要是一句話，這件天大的好事就能辦成！」

「且先告訴我何事啊！」諸葛不遜見姊弟倆表情有些非同一般，料得子妤那樣的性子，應該是下了很大的決心才開口，心中頓時就已經妥協了一半，就看這事是好辦還是難辦了。

「是這樣的……」子妤將茗月媽的事細細說來，水眸盯住諸葛不遜的臉，瞧著他邊聽邊點頭，還時不時插一句詢問的話，還沒說完就知道對方肯定願意相幫，不由得看向他的眼神也緩和了不少，帶了難得的柔軟。

子紓又聽了一遍，這次卻仔細得多，他年少方剛自然隱忍不住，待姊姊言罷，狠狠啐了一口，罵道：「身為鋪頭卻知法犯法，那廝實在囂張，天子腳下也敢做出如此目無王法、強搶民女栽贓陷害之事，要是我乃皇帝，定然斬了他的狗頭！」

諸葛不遜聽完臉色明顯也有些難看，眉頭鎖緊，陷入了沈思，卻沒有子紓那樣的毛躁，多了分與年齡不相符的成熟感。

越看越覺得這廝也像個穿越的主兒，不知為何，子妤總覺得背後涼涼的，忙道：「遜兒，你雖然小，但身分卻頂大。隨便派個管事走一趟衙門，請那鋪頭出來聊兩句，他定然會乖乖就範，放出茗月的母親。如若不然，你覺著不方便出面，那就請幫忙疏通，讓茗月見她母親一面，這也是好的……」故意語氣黯然，子妤這是在以退為進，想從諸葛不遜嘴裡要一個肯定的說法。

「此事不能就此善了！」誰知諸葛不遜沈思了一會兒，一抬頭竟說出這樣一句話，精芒從眼底透過，含了一絲狠辣之色，彷彿那一日在酒樓，雖然表情不同，卻有種殊途同歸的感覺。

這樣的神態，看得子妤又是一寒，不覺想像這人若是長大了，手握大權，應該會是個相當冷酷無情又決絕不講情面的人吧，還是從小就和他套好關係才是！

子妤胡思亂想著，子紓卻開口問道：「不遜兄，你說怎麼整整那狗賊，我做幫凶！」口裡的茶差些噴出來，子妤伸手就給了弟弟一個爆栗子。「教你好好讀書不聽，什麼亂七八糟的詞兒都用得出來。這叫『從旁相助』，不叫『幫凶』。」

「哦！」捂著額頭的小紅腫，子紓嘟囔著答了話。懊喪的樣子看得諸葛不遜一笑，適才陰霾的神色一掃而光，柔柔一笑。「你們姊弟且放心，此事包在本小爺的身上，定叫那鋪頭吃個悶虧才行。」

得了這句話，子妤也放下心中牽掛，完成此行的主要目的，臉上笑意嫣然，心想唐虞這主意出得好，若是真能輕鬆解決，倒是自己欠了這諸葛不遜一個人情，以後得想法子還了才是。

了結心中煩事，三人又樂呵呵的吃喝閒聊，看著天色差不多，花家姊弟便起身告辭了。諸葛不遜也不強留，只說會常請他們過來相聚，又讓管事封了五兩銀子，說是給茗月急用的。畢竟她母親被抓走，店鋪裡也需要請人幫忙打點，這點銀錢雖然不多，也算是他的一點心意。

子妤沒有幫茗月推辭，只說代轉，若她收下便好，若不願收，下次定當原封不動的還回來。諸葛不遜笑笑，並未再強說讓其收下的話，親自送了兩人到右相府的門口，管事又取了兩封現銀說是作為「堂會」的酬勞，這一聚才算徹底散了。

坐著輦子回到花家班，子妤剛進側門就看到了焦急等待的茗月，朝她點點頭迎了過去。看到花子妤臉上掛著的笑容，茗月知道母親之事多半有望，驚喜莫名地又是哭又是笑的，止不住抹淚捂嘴。

掏出手絹替她拭淚，子妤將唐虞建議他們去求諸葛不遜的事再簡單說了一遍，復又勸道：「妳先忍忍，諸葛小少爺既然發了話，就絕不會食言。」

「可……」茗月仍不放心，怯怯地問：「聽說這個諸葛小公子才剛滿十歲，他真能作得了主嗎？」

「這妳就不知道了！」一旁的子紓見狀也上前一步，勸道：「諸葛小爺可不是一般人物，妳就放心吧。」

點點頭，茗月這才心中寬慰了些，止住了滴答而落的淚。

見其情緒穩定了，子妤隨後從袖兜裡掏出那封銀子塞到茗月手中。「這是諸葛小公子給妳打點鋪子的銀錢，也不多。雖然對方與妳無親無故，我本不想要，可妳娘沒在鋪子上，這生意做不做也要有人幫忙收拾看著，所以也沒推辭就替妳收下了。我的意思是妳先用著，等妳娘平安回來再讓她處理，要麼還給諸葛小公子也行。」

捧著銀子，茗月玉牙緊咬著粉唇，眼淚再次不受控制地滴落下來。「諸葛小少爺這份人情，我們母女就此欠下，等母親出來，哪怕賣身為奴為婢，也要報答小少爺這份恩情。」說罷抬眼看著子妤和子紓，動情地又道：「戲文裡唱得好，患難見人心，能有你們姊弟相幫，這份恩情我也會牢記在心的。」

子妤伸手替茗月擦了擦淚，心中也是一酸。「戲班裡都是師兄、師姊們，自然當成一家人看待的。」

「嗯。」彷彿下定了決心，茗月狠狠地點點頭。「咱們都是好姊妹！」

「那我呢？」子紓嘟嘟嘴，有些不滿地埋怨道。

「愛吃醋的小子……」子妤又是一個爆栗子敲了他的頭。

「哎喲！再這樣下去就變傻啦！」子紓不依，難得在外人面前撒起嬌來。

這樣一鬧，茗月也破涕為笑了，看著花家姊弟感情這樣好，心中不由得羨慕起來。

章三十七　俊俏寡婦

第二日剛過晌午，茗月就興奮地找到子紓，讓他轉告子妤，她娘已經平安回來了，身上沒一點兒傷，精神也是極好，說晚上請唐師父一定帶著他們姊弟過去吃頓便飯，好答謝相救之恩。

子紓得了消息，高興的差點蹦起來，這才真正體會到什麼叫做「助人為樂」的俠義精神。昂著頭覺著自己以後一定要做個劫富濟貧的俠客，想也不想就答應了茗月的邀請，並歡歡喜喜地去往南院，找唐師父去把姊姊叫出來分享這個好消息。

估摸著今日下午茗月媽那兒就會有消息回來，花子妤下了戲課就回沁園找塞雁兒告了半日假，一直待在唐虞的屋子裡和止卿一起烹茶論戲，順便等著子紓傳來消息。

果然，看著弟弟歡歡喜喜地跑過來，小臉紅通通的透著一股興奮，子妤就知道事情辦成了，拉了他進屋給遞上杯熱茶。「茗月她娘可好？」

子紓灌下一口熱茶，喘著粗氣覺著不解。「姊姊怎麼知道她母親回來了？」

止卿在旁邊笑著。「瞧你那樣子，高興地像撿了個金元寶似的，自然是帶了好消息來的。」

「嘿嘿」訕笑著撓撓頭，子紓總覺得在止卿面前自己就像個老粗，也對，人家怎麼看怎麼文質彬彬，和自家姊姊倒是同一類人。
在一邊書案的唐虞也抬起了頭，放下手中醫書，詢問道：「子紓，茗月的母親怎麼樣了？」
「連頭髮絲兒都完好無損！」子紓這才把茗月的話轉告給大家，又說茗月媽邀請了唐師父和自家姊弟過去吃頓便飯。
看了一眼唐虞，知道他那性子不愛熱鬧，定不會去，子妤也擺擺手。「咱們沒做什麼事，還是別讓人家破費了。」
哪知唐虞卻笑笑。「罷了，若不吃這頓飯，人家豈不是一直要欠著這份人情。我晚膳的時候陪你們走一趟吧。」
「真好！」子紓摸摸肚子，樂得拽了一把子妤，撒嬌道：「姊，唐師父都說去了，妳就別再彆扭了嘛。」
「是啊，若不是妳，茗月早就沒了主意，這頓飯妳應當吃。」止卿也笑著相勸。
既然唐虞願意帶著自己姊弟赴宴，子妤也沒有再拒絕，捧著熱茶暖手，緩緩地點了點頭。
「止卿哥，回頭給你帶半隻燒雞回來。」子紓可是個仗義的，秉持著兄弟要有福同享的原則。但人家茗月沒請止卿，只好自己表示表示。
止卿搖頭。「人家賣豆腐的，難不成你還點菜，說要吃燒雞？」

「這倒是……」子紓又是一陣撓頭，焦急道：「那，若是沒有，我親自去給你買一隻就好！」

瞧著子紓被打趣了還不自知，子妤再也忍不住，格格笑起來，一對梨渦淺淺，盈盈如莞，看得對面的止卿有些挪不開眼。

唐虞也隨之一笑，卻發現止卿看著子妤的表情有異，笑容漸漸褪去，取而代之的是心頭一絲隱憂，心想：看來落花並無意，有情的卻是這流水。得閒時，定要好生勸解這弟子一番。

子妤把茗月媽請客的事告訴了塞雁兒，開始她有些不同意，但一想唐虞也要去，正好讓子妤乘機打聽金盞兒萬壽節唱曲兒的事，便同意了。

阿滿知道子妤要去赴宴，羨慕得很，特地催了她焚香沐浴，換上一身嶄新的淡色鵝黃薄棉襖子，上面細細密密地繡了朵朵碧色小花兒，看起來清爽俐落，嬌美可人。阿滿又將她的大辮子拆下，綰了個鴨頭髻，幫她將唐虞所贈的點翠沉香木簪別在一側。如此一打扮，出落了許多，也顯出幾分女兒姿色，不再像個十來歲的小丫頭了。

被阿滿嘮叨了一陣子，子妤才得以脫身，理了理衣角，匆匆去了南院和弟弟還有唐虞會合。

子紓看到姊姊如此打扮，呵呵憨笑。「好姊姊，您是去相親還是做啥？打扮得這麼好看呢。」

「嗟！」子好順手捏了一下子紓的小臉蛋，朝著唐虞燦然一笑。「唐師父，茗月家就在巷口，咱們走著去吧。」

看到子好戴了沉香木簪，唐虞略微一笑。「走吧，不好去遲了。」

於是一大兩小，在冬日的斜陽下，齊齊赴宴去也。

茗月家的豆腐鋪子就在離花家班不遠的巷口處，每個月茗月媽都要送兩擔豆腐過來，所以大家對她們家還算熟悉。

沒走多久，遠遠便看到一支白底青邊的旗幡，上面寫了「豆腐」二字，幡下立著一個小小的身影，正是茗月。

「唐師父，子好、子紓！」歡喜地朝他們招手，茗月先前還怕恩人不來呢，此時見到都來齊了，趕忙邁著小腿就迎了過去。茗月媽原本在裡面忙著，聽到茗月叫喚也趕緊把手洗乾淨一起出來迎客。

雖然是去赴宴，卻不好空手而去，先前出了戲班，唐虞隨手在街邊鋪子買得半隻燒雞和半斤牛肉，由子紓提著，見茗月母女二人都出來相迎，便示意他遞送過去。

茗月媽果然生得好相貌，面上雖有些菜黃之色，卻是瓜子臉、柳葉眉，身段也窈窕有度，風韻猶存。此時她穿著一身藍布碎花的薄棉襖子，頭上綰了個斜斜的墮馬髻，插上一支銀魚釵子，整個人看起來清爽俐落，很是親和。

看了三人一眼，茗月媽便知這一大兩小都是女兒口中的救命恩人，含著感激的神色，有些不好意思地上前道：「唐師父，子妤、子紓，快請進來喝杯暖茶熱熱身子。」

「嬸子，這是咱們帶來加菜的，拿去熱熱就能吃。」子紓乖巧地將油紙包遞上去。

「呀！這可使不得。」茗月媽忙擺手推辭。「這次是請你們過來吃頓便飯，怎好意思拿你們買的東西加菜，使不得使不得。」

子妤朝茗月眨眨眼，茗月懂了，過去接了燒雞和牛肉，朝著母親勸道：「娘，這外面大冷的天，還是先請客人們進屋再說吧。」

「對對對！」茗月媽連連點頭，趕緊側開身子。「瞧我這不懂規矩的，咱們進去暖著先。」

唐虞笑著頷首回了禮，也不客氣，領著花家姊弟便邁步進屋去了。

只是當唐虞從身前緩緩而過時，茗月媽看到其俊朗如斯的樣貌，忍不住臉上微微一紅。

她十五歲嫁人，十六歲生下女兒，之後已經守了四年寡，如今不過才二十六、七歲，自從丈夫病逝就在街上拋頭露面，接觸的都是街坊鄰里那些粗漢子，哪裡曾見過唐虞這樣的溫潤公子，不由得女兒心思作祟，暗想，這唐虞小師父果然生得俊俏無比，好像那戲文裡唱的白面公子，敷粉如玉，舉止風雅。心下除了兩分感激，三分尊敬之外，又多了幾分喜歡和說不清、道不明的感覺，心口好像有個小錘子在敲打，竟「怦怦怦」的止不住跳。

章三十八　門前是非

魚香豆腐、麻辣豆腐、紅燒豆腐、脆皮豆腐、口袋豆腐、三鮮豆腐羹，還有一碗熱騰騰的鯽魚豆腐湯……這一張半舊破損的桌子上竟擺滿了各色豆腐做的菜餚，端的是白嫩鮮香，讓人食指大動。

子妤看得驚喜，忍不住誇道：「嬸子能將豆腐做出這幾種菜餚，真是好手藝啊！」

得了客人的肯定，茗月媽菜黃的臉色下顯出一抹紅暈，略顯粗糙的手指頭揪了揪圍裙，上頭還有兩道被油燙了的紅印子。

這一方鋪子還真夠小巧的，只幾把陋椅，一張簡桌，靠著牆角一張供著茗月爹牌位的香案，再無其他。至於茗月媽的床榻，估計就在那方洗得發白的青布簾子後面，因為子妤已經瞧見了半截床腳……雖然清陋，勝在乾淨。

子妤跟著古婆婆長大，一直住在田間的四合院子裡，到古婆婆去世，也沒有如此落魄過。不禁感慨：貧寒人家，也就是如此了。自己姊弟能在花家班落腳已是萬幸，也難怪茗月媽怎麼樣都要送了女兒去學戲。畢竟，養個閨秀嫁個好夫君，總也比拋頭露面強幾分。

且不說子妤的莫名感傷，茗月見連唐師父對這一桌子豆腐宴席都露出驚訝的表情，頓時心中有些小小的滿足，忙甜笑著上前請了三人落坐。「俺娘做其他菜不行，但做豆腐可是一把好手，唐師父，子妤、子紓，你們先請坐下說話。」

說話間，茗月已經俐落地擺好了杯盞，又將子紓提來的半隻燒雞和牛肉裝好盤，看來平素裡是經常回家幫忙做家務的，一點兒也不顯得生疏。

客人落坐，茗月媽笑意也濃了，抹了抹額上因為拘謹而沁出來的細汗。「咱們家好久沒這樣多人熱鬧了，等我去後院把埋在樹下的老酒拿出來待客。」說著腳步輕快地往後頭去了，不一會兒就抱了一罈被泥糊封的酒罈子出來，細心地用抹布擦了擦罈口，斟出來一小壺，又將罈口封住，很是珍惜的樣子。

五人圍坐，唐虞和茗月媽喝的是桂花酒，花家姊弟和茗月因為還沒成年，喝的是細碎的麥殼茶。

子妤嗅著桂花酒的甘洌香氣，不免有些意動，眼巴巴地看著唐虞杯盞中晶瑩的黃湯，咂咂嘴巴。「嬸子，這桂花酒看起來有些年頭了，好香呢。」說著還舔了舔有些乾澀的嘴唇，顯然對那桂花酒的興趣遠遠超過有一股糊味兒的麥殼茶。

「倒是去年時候才埋下的。」茗月媽也看出子妤所想，說著就要替她換杯盞斟酒。「想喝嗎？」

唐虞卻伸手一攔，朝著茗月媽點點頭，示意她不用替子妤斟酒，惹得茗月媽臉上又是一紅，有些羞赧地收回了手。

「就嚐一點罷了……」子妤嘴饞，可憐巴巴地望著唐虞，想讓他就範。

蹙了蹙眉，似乎抵不住子好露出這樣小貓似的表情，唐虞唇角微微一揚，將自己身前的杯盞推到其面前。「只許喝一口。」

子妤愣了愣，看著唐虞的杯盞，想起他先前已經就著喝了一口，怎麼會讓自己也用他的杯盞呢？這也太親暱了吧！

唐虞卻沒發現子妤的顧忌，見她愣住，乾脆將杯盞一收。「不喝便罷了。」

「別……」最後還是酒蟲戰勝了內心的那股尷尬嬌羞，子妤下意識地一把奪過那粗陶杯盞，先小心地嗅了嗅，果然甘洌滋味撲鼻而來，再小心的湊到唇邊，輕輕呷下一口桂花酒，頓時一股火辣辣伴著濃烈酒味的液體順著喉嚨滑下肚。

天哪，聞起來與喝起來這感覺也差別太大了吧，豈止是難受二字，讓子妤喉嚨幾乎麻了，連呼吸都沒法繼續，只能憋著讓自己不要嗆出來，否則就太丟臉了。

看著子妤巴不得喝口酒，之後又一副喝了毒藥的樣子，身為弟弟的子紓首當其衝便哈哈大笑了起來。唐虞看著子妤平時的矜持全沒了，俏臉被憋得通紅的樣子實在難得，也忍不住搖頭笑了起來。

茗月和母親一開始還擔心子妤被嗆了，見唐虞和子紓都笑得厲害，也隨著「格格」地捂嘴笑了起來，頓時席間氣氛大好，熱絡得幾乎將這簡陋豆腐鋪子的屋頂都給掀翻了。

驀地，幾下不合時宜的「篤篤」聲響起，似是有人在敲門。

「誰？」茗月媽收起笑意，有些緊張地霍然起身，怯怯的問了句。

子好也止住了咳嗽，趕緊喝了口麥殼茶清清嗓子，用衣袖擦擦唇邊的酒液，埋怨似的狠狠瞪了弟弟一眼，又憋氣地看了唐虞一下，也轉過頭去看到底誰來得這麼不合時宜，讓茗月媽神色如此緊張。

「是我，老劉！」

門外一聲粗粗的答應，聽得出來人和茗月媽是極熟悉的。可茗月媽卻猛地搖搖頭。「劉大哥，今兒個我請了幾位客人，不太方便，您請回吧。」

門外頓時沒了聲，大家都以為這個「老劉」離開了，卻沒想隔了片刻門上又傳來急促的敲門聲。「安娘，我只想看看妳怎麼樣了。今兒個我才從城外跑貨回來，沒想到那個狗崽子竟打了這樣狠毒的算盤。本想去縣衙疏通疏通，街坊說妳今兒個一早就已經回來了，所以……」

聽著「老劉」的口氣，親熱不說，還夾雜著討好的曖昧，子妤和唐虞不約而同地都望向了茗月。茗月卻疑惑的搖搖頭，表示她可不認識這個什麼「老劉」。

茗月媽卻越聽越著急，乾脆一把將門打開，露出頭來左右望了望，扯了門口那個臉色焦急的漢子進屋，又將門閂放好。「我說劉大哥，您就別這樣了，街坊們會誤會的。」

那漢子約莫三十來歲，滿臉鬍鬚，眉骨聳得極高，一雙大眼睛像銅鈴似地上下仔細打量了茗月媽，見她確實安然無恙，這才憨憨一笑。「安娘，妳沒事兒就好，沒事兒就好。」說著，才終於瞧見了坐在屋中的一桌人。

「劉叔？」茗月仔細瞧了瞧那漢子，覺得有些眼熟，不敢確定地喊了一聲。

那漢子見茗月認出自己，也很驚喜。「那時候在老家見妳不過才七歲多呢，這麼些年過去了，丫頭妳還記得劉叔？」

茗月終於點了點頭，露出一副恍然大悟的表情，看了看娘。「劉叔既然來了，就坐下一併吃個飯吧，這兒都不是外人。」

表情尷尬地擺擺手，那漢子掃了一眼桌上的幾人，對於花家姊弟也是憨厚地報以微笑，只是在看到唐虞的時候卻明顯一愣，隨即黑面微紅。「安娘，這小白臉是誰？妳一直不願接受我對妳好，難道是因為他？」

被這漢子的話給嚇到了，茗月媽檀口微張，臉色醬紅，明顯是又意外又氣急，胸口起伏地想要開口解釋什麼，話到嘴邊卻成了：「是又怎麼樣，我都說了，你是先夫的好兄弟，若真想照顧我們孤兒寡母就請離得遠遠的，還我清譽。你知道那鋪頭為何要來尋我晦氣嗎？就是因為周圍街坊暗地裡戳著我的脊梁骨罵，說我把女兒送走好偷漢子……」說到此，茗月媽已經是泣不成聲，嗚咽地啼哭了起來。

可那漢子絲毫不為所動，卻只抓住茗月媽那句「是又怎麼樣」，雙目瞪住她，神情不可思議地又是一逕質問：「妳承認了？妳承認妳喜歡這小白臉了？我就說嘛，我對妳這麼好，日久見人心，連畜牲都知道感恩的，妳卻視我如草芥。罷了罷了，我劉誠今兒個才看清了妳這個女人的心到底是什麼做的，就是一顆硬石頭也比妳暖和！」說完，這劉誠扭頭猛地拉開門閂，氣沖沖地甩門就出去了。

屋裡的人完全被這突如其來的一幕給震住了，都沒出聲地看著茗月媽。

茗月媽卻抹了抹淚，轉頭抱歉地苦笑。「對不住，讓你們看笑話了，唐師父……」

唐虞卻一揚手，止住了茗月媽的話，起身朝她欠了欠身。「對不起，在下還是先告辭了。」說著擺擺手就往門外走去，只是似乎想起了什麼，停下身形，回頭看著茗月媽。「妳可以隨口將唐某用作藉口打發那人，但請等那人冷靜後務必去解釋清楚。若妳不去解釋，唐某會親自去解釋。」說完，這才蹙著眉邁步而去。

咬住唇瓣，茗月媽知道這樣的確是冒犯了唐虞，想哭又哭不出來，更加沒有任何解釋的話語能說出口，只好抬袖狠狠地抹了抹淚。

子妤看到唐虞憤而離席，對子紓使了使眼色，朝著茗月和她母親福了禮，也趕緊隨著唐虞走了。

章三十九　性本薄情

三人迎著夕陽歡喜地去赴宴，卻一前兩後踩著月光匆匆地離開豆腐作坊。

花家姊弟跟了出來，子妤遠遠只看到前頭的唐虞步子顯得有些急，修長的身子被夜色勾勒出一條淡淡的影子，拖曳在青石小徑上。

子紓呆呆的也發現了不對勁，向姊姊身邊靠了靠，小聲地問：「唐師父這是怎麼了，茗月媽只是一時嘴快罷了，為何如此生氣呢？」

「他或許不是生氣吧……」子妤有些看不懂這個唐虞。「只是性子過於要求完美，絲毫容不得混淆一丁點兒的是非。」

第一印象中，他是個冰冷嚴厲的戲班師父，之後接觸，才發現他其實性子很溫和，對待小弟子們也是色厲內荏，典型的刀子嘴豆腐心。後來他收了止卿為徒，自家姊弟與其相交頗深，在子妤的眼裡，對他的好感也是與日俱增，甚至萌發了幾分女兒家懵懂的情愫。雖然理性地克制住，但心中還是對唐虞懷著一些與眾不同的親近感。

如今他冷淡涼薄的態度，讓茗月媽顯然有些騎虎難下，子妤心中不由得暗暗生出幾分不解，伸手按住弟弟，示意他先別管，自個兒跟了上去，只想問清他心中所想。

「唐師父，茗月媽也是無心，您剛才拂袖而去，豈不是太過無禮了。」

唐虞身形一滯，隨即便又恢復了步履匆匆的樣子，淡淡道：「妳以為我是在氣茗月媽拿我作藉口？」

子妤小跑兩步才勉強跟上。「難道不是？」

乾脆停步，轉頭看著月光下子妤有些白皙的臉龐，細細的眉眼有著不同於一般女孩的聰慧。唐虞也不知道自己為什麼要給一個小丫頭解釋，只覺得有些不吐不快，舒了口氣。「是因為人言可畏。你們也看到了，那個劉誠喜歡茗月媽，又是個急性子。今晚受到這樣的打擊，消沈不了幾天就會發作。茗月媽是寡婦，寡婦門前最不缺的就是是非。要是傳揚出去，我一個男子尚且不怕什麼，可茗月媽每日開門做生意的，到時候誰會再光顧？若是又惹上像那鋪頭一般打了鬼主意的人該如何？我讓她去找那漢子解釋，就是不想累了她的名聲。」

說到此，唐虞停了停，搖頭一嘆，復又轉頭繼續踱步而去，只是步子明顯放慢了些，好讓子妤跟上。「其實，一開始我就不該答應去。但想著有你們姊弟二人，還有茗月在，應該不會有人說什麼閒話。看來，還是我考慮不周……」

子紓也小跑著跟了上來，顯然聽到了剛才他的一番話，臉上有種如釋重負的感覺。看來小傢伙心裡是極為尊敬這半個師父的，不願接受他不好的一面，嘟囔道：「唐師父，那是我誤會您了。」

子妤聽了唐虞解釋，卻和子紓的感受不一樣，蹙著眉，頗有些逼問的語氣又道：「那您大可以說出心中所想，卻為何要用那樣的態度惹得茗月媽心酸落淚呢？」

無奈的笑容掛在臉上，可惜背對的子好無法看見，唐虞的聲音帶著兩分熟悉的冰冷。「若是我好言相勸，她說不定會更加誤會。現在她或許會被我的態度傷了自尊，但也比心存不切實際的幻想要好。」說完抬眼看了前頭掛著兩個橘紅色燈籠的花家班，只聽得一陣陣喧囂從裡面透出來，回頭又看了看子好，這才轉身直接繞過側門而去了。

不由得停住腳步，看著唐虞背影漸行漸遠，子好恍然間覺得，這個男子本性還是涼薄的吧。不管茗月嫣是否可憐，不管他是否不喜被人當作藉口，那樣轉身拂袖而去，也只是本性使然而已。他看得透澈，知道若好言相告，恐怕會真的引來茗月嫣的其他誤會，如此……也算是斷了個不必要的可能而已，並不能算他錯。可為什麼，自己就是不願意看到這樣的他呢？

甩甩頭，把腦中的胡思亂想拋出去，子好轉頭朝著弟弟招招手，臉上露出一抹亮眼的笑意，襯著背後的熱鬧喧譁，笑容讓人不禁被一抹輕柔所觸動。「子紓快些，咱們還能瞅一眼前院的演出。」

子紓邁著小胖腿跑過來，一把挽住姊姊的手臂，探頭探腦的往裡瞅。「咱們悄悄從正院進去，應該不會被發現吧？」

「沒關係。」子好瞧著此時正好來了幾個騎馬的公子哥兒，迎接的小廝趕忙上前去接待，門口沒人攔著，便拉了子紓矮著身子往裡鑽了去。

繞過一方兩人高的仙人迎客雕花木屏風，戲班前場的喧鬧之聲便豁然而至，只消一眼，花家姊弟就被這繁花似錦的景象給震住了。

當中一方半人高的戲臺子，兩個身穿錦緞花裙的戲娘捏著嗓子「咿咿呀呀」唱的，正是一齣討喜的〈思狐〉。兩女飾演的玉面狐狸端的是媚態橫生，眉眼中流露出的風情彷彿流水汩汩，直接沁入人心。

台下圍攏而開是一圈圈海棠福壽雕花八仙桌，座上坐著各色各樣客人，有鄉間士紳，也有風流名仕，其間陣陣酒香飄散而出，混合著各種菜餚的誘人滋味，把此地勾勒得彷彿人間仙境一般，讓人置身其中，絲毫無煩惱憂傷可言。

顯而易見，這娛樂場所放在任何一個時空都是這樣的，關上門，就算天塌下來也無法影響他們飲酒作樂的心情。

子紓看的是臺下各色客人的熱鬧，子妤則是看著臺上戲伶的演出。

那種優雅入骨、恍若天成的水磨腔調……那種敷粉紅唇、豔若桃李的行頭裝扮……無一不觸動著子妤心中對戲曲的那種強烈喜歡，好像周圍的喧鬧已經置若罔聞，只留下一曲柔軟華音猶然在耳。

此時樂音戛然而止，臺下讓小廝送上打賞的公子哥兒們絡繹不絕，兩個戲娘也朝著戲臺四方一一福禮謝賞，讓子紓舔舔嘴巴，看著堆滿銅錢碎銀的猩紅托盤羨慕不已。「姊，妳說咱們將來能站在臺上演出嗎？」

「演出是一定的，但不是在這兒。」子妤清然一笑，笑裡有些複雜的神情。

這些戲伶的演出精彩卓絕，水準之高讓人聞之如飲甘醇烈酒，回味無窮。但這些客人卻顯然落了下品，吃著酒菜看戲，不過圖個樂子罷了，誰又會真正細細聆賞？

在子妤看來，這樣的客人是不值得稱其為觀眾的，也是不值得自己為他們演出的。她真正嚮往的，是在一群懂戲或視戲曲為真正藝術的人面前表演，那樣，才是對自己、對戲曲的尊重。

可身為花家班戲伶，恐怕總有一天要站在這個舞臺上，隱去心中不悅才能歷練昇華吧！子紓好像看懂了姊姊笑容背後的那一絲無奈，指了指三樓的包廂。「姊，咱們要演，就在上面演。」

點點頭，子妤看了看三樓頂顯得有些清靜的包廂，裡面偶爾傳出一、兩聲隱約的唱段，沒有喧囂熱鬧，雖然也有飲酒作樂，卻多了兩分自尊，不由道：「希望吧……」

「一定會的，咱們一定能成為三等以上的戲伶！」舉起小拳頭，子紓小臉上全是堅毅的表情，惹得子妤釋然一笑。

四十章　萬壽爭鋒

進入隆冬，京城的寒風也愈颳愈烈，偶爾飄雪，更是勾勒出一片銀妝素抹的世界。

不出所料，塞雁兒終於忍不住，找來花子好，追問她到底打聽到了金盞兒準備的唱段沒有。子好也不保留，將從唐虞那處偶然得知的消息告訴了她。

金盞兒果然準備唱【浣紗記】。她樣貌柔媚，唱腔圓潤，按常理若是扮西施可謂相得益彰，隨手拈來。但此曲畢竟有些氣氛沈悶，她竟想出個絕妙的法子，易釵而弁，棄西施不演卻選擇扮作范蠡，將悲情之段隱去，只選了前頭的唱段〈遊春〉，好展現初春之下的美好光景，暗喻太后壽如春桃，福澤綿延。

塞雁兒扮東施，金盞兒扮范蠡，兩人的想法竟不謀而合，另闢蹊徑，倒真的讓人難以分出高下勝負了。

不過塞雁兒也不著急，想著金盞兒棄了自己擅長的青衣戲卻去女扮男裝，到時候扮相能不能討喜還是難說呢。而自己本來就擅長花旦，這東施演起來定是得心應手，有趣之極，加上子好貢獻的小曲民調兒，應該能壓了她半分，如此這般反覆斟酌，雖然心中仍然無法確定能贏，但總有幾分希望，便日日認真地打磨唱段做準備。

子好得了塞雁兒二兩賞錢，回去放在了床下的漆木箱子裡，對於自己第一次做奸細的成果還算滿意。反正她不去打聽，塞雁兒也會讓阿滿去打聽，到時候塞雁兒和金盞兒各憑本事，也不是自己能左右，這賞錢是拿得心安理得。

安穩的睡了個好覺，第二日起來幫著阿滿準備了早膳，就趕去無棠院學戲。下了戲課，子妤又找到茗月，想把昨日之事好生解釋一番，免得引起誤會。

今日茗月的氣色極好，穿了一身楊枝綠柳的襖子，襯托得粉臉越發圓潤明朗。她聽了子妤細說唐虞的真實意圖，憨笑道：「娘昨兒個自責得很，說得罪了恩人，若她知道唐師父是好意，定會高興的，我就知道唐師父並非那樣無情之人呢。不說這個，子妤，告訴妳一個好消息。」

見茗月眼神中透出光彩，子妤忙問：「什麼好消息？」

神秘地一笑，拉了子妤來到角落處避開其他弟子，茗月低聲道：「那鋪頭今日一早又來了。」

「什麼！」子妤一驚，以為那人又來鬧事，可看茗月的樣子不像受了委屈，又說是好消息，頓時猜到了幾分。「他是來賠禮道歉的吧？」

眨眨眼，濃密的睫毛撲閃著，茗月點頭。「那鋪頭一早來，嚇得我娘以為他還不死心想來訛詐咱們，正準備拿了尿桶往他身上潑糞呢，誰知道他見狀趕緊求饒，從懷裡掏出個錢袋子，抖落出來二十兩銀子，說是賠禮道歉來了。」

聽得茗月一細說，想著那鋪頭驚慌求饒的模樣，子妤也忍不住捂嘴笑了起來。「他這下可虧了，足足二十兩呢，夠你們鋪子一年的進項了吧？」

笑意更濃，茗月又道：「豈止呢，他說這二十兩是賠禮錢，以後每個月還要給二兩銀子，當作給鋪子入股呢。賺了就給衙門送兩擔豆腐，若虧了，則免了利息，妳說，這樣的吃虧事兒他怎麼會甘願啊？一張臉賠笑得像個苦瓜似的，逗得我和娘都不知道該氣他還是笑他了。」

「有意思。」子妤猜想多半是諸葛不遜那小子的主意，不然那鋪頭怎麼可能乖乖就範，想來或許諸葛不遜也沒自己想像中的那麼怪異，這個人情下次也得還了才行。

茗月又說等存夠了錢就把五兩銀子還給諸葛不遜，子妤點頭，讓她不用惦記在心，又說了會兒話才別過她回了沁園早做準備。無他，只因花夷從宮裡回來，今日下午便要選出萬壽節演出的曲目和人選。

塞雁兒自從知道了金盞兒準備的唱段，心中有了底也沒前日裡那麼著急了，慢慢用過兩碗清粥當作午膳，還歇息了小半個時辰，才起身來讓阿滿和子妤伺候她更衣裝扮。

這次扮的東施，塞雁兒故意將臉蛋上的紅暈加深，嘴唇塗白，只在當中點了個殷紅的小嘴兒，畫了個看起來就喜慶有趣的妝容。髮飾卻故意弄得簡單了，只讓阿滿綰了個斜斜的墮馬髻，套上一方鴨青色的繡帕，再別上兩支素釵。隨即換了一身細棉的油綠色素布衣裳，上面深深淺淺綴了些素白的梅花朵兒，單看這一身村婦打扮就有了幾分意思。

「走吧，妳們也一併過去。」看著鏡中自己的扮相，塞雁兒相當滿意，手一招，讓阿滿和子好跟上，三人同去了無棠院。

花夷此番從宮裡回來，行色匆匆，連身上青藍色的宮服都未來得及換下，神色顯得很嚴肅。畢竟這次萬壽節不比從前，乃是太后五十九的生辰，男做十，女做九，算起來可是六十大壽，絲毫馬虎不得。

此時他端坐高位，看著下首親徒弟子和幾個師父，喝了口陳哥兒遞上的熱茶，取下頭上的裘皮帽子，這才開口，尖細的聲音透著股疲憊道。「十日之期已到，為師也從宮裡趕回來了。你們幾個是花家班的頂樑柱子，有何本事都使出來吧，這可是太后她老人家五十九的壽辰，其中的利害關係不用為師多說。」

「師父，大師姊呢？」塞雁兒瞧了一圈，竟沒有看到金盞兒現身，不由得問道。而她此身打扮也是相當惹眼，扮作村婦卻明顯流露出兩分嬌弱媚態，讓人一見之下憐心甚起。

擺擺手，花夷對著愛徒終於露出一絲微笑。「她昨夜偶感風寒，唐虞已經去幫她施針治療了，今兒個你們先來，她那邊為師會親自去一趟落園。」

「這怎麼行！」塞雁兒神色一凜，她可是要當著所有人好好勝過那個高不可攀的大師姊一次，忙道：「師父偏心，只疼惜大師姊，就不疼惜雁兒了。」說著露出委屈的神色，朝著花夷撒嬌。

一旁立著的如錦卻有些看不下去了，冷冷一笑。「四師姊何出此言，大師姊染了風寒，若是讓她來無棠院，豈不是會過了病氣給咱們，師父這樣做才是周全。」

如錦公子今日一身清清朗朗的裝扮，看樣子便是要扮那范蠡才對，可他擅長的是青衣，若是轉唱小生恐怕勝算無多。無奈太后喜歡那齣【浣紗記】是天下皆知，若棄了這齣不唱更加沒有機會。這也難怪他說話間有些懨懨的，恐怕對自己能否爭贏金盞兒並沒什麼信心才轉而扮范蠡，也順勢出點兒悶氣在塞雁兒身上。

另外幾個戲伶也隨聲附和著，塞雁兒只好打消了強逼金盞兒現身的心思，反正她已經篤定自己最大的對手便是大師姊，在場的幾個人，除了如錦會讓她還有些顧忌之外，其餘並不看在眼裡。加上如錦的扮相顯然是放棄了唱青衣，那就更沒什麼好怕的了。

「過病氣倒也不至於，就是有些輕咳罷了。」花夷顯然也是看著她一身裝扮頗有新意，不似尋常青衣或者花旦，趣味之外還有兩分別樣的風情，點頭道：「好了，雁兒，既然你們的大師姊不在，就妳先來吧。」

「還請師父指點。」

塞雁兒站出來一步，理了理服飾，眼波流轉瞥了一眼其餘各人，這才緩緩來到當中，捏了個蘭花指，徐徐屈膝而臥……那身段、姿容，雖不是演的西施，卻勝過西施嬌媚百般。

仍舊是取自〈瀏陽河〉的優美小調兒，配上塞雁兒細媚婉轉的嗓音，果真將那「東施效顰」演繹得入木三分，刻劃入骨，又極迎合了萬壽節的喜慶氛圍，當即便得了花夷首肯，認為其餘弟子的表演不用再看，只需前往落園瞧瞧首徒金盞兒的本事便可立分高下。

章四十一　落園驚豔

細細的雪沫在青石板上並未完全融化，塞雁兒穿了羊皮小靴子，雖是村婦打扮，卻比豪門千金還要矜貴幾分，左右由阿滿和子妤小心地扶著，深怕她摔著了。

花夷也由陳哥兒好生攙扶，帶著塞雁兒和如錦公子等幾個得意弟子往落園而去。

落園門口有個粗使婆子在掃雪，見了班主過來，忙鞠身福禮，打開院門，朝著裡頭吆喝了一聲。

塞雁兒看了這一幕，皺皺尖巧的小鼻頭。「師父，這落園的活計兒雖不多，但那南婆子畢竟已是老嫗，不如撥兩個女弟子過來伺候大師姊吧。」

說話間，南婆婆已經從院子裡迎了出來，一身素色的棉襖，灰白的頭髮綰得一絲不苟，見了班主先頷首福禮，這才堆笑道：「多謝雁兒姑娘關心，這落園就老婆子和姑娘兩人住，平日裡飯菜都有人送來，打掃院子也有粗使婆子幫忙，其餘本就沒什麼活計兒。而且姑娘喜靜，人多了反倒不悅。」

塞雁兒還想說什麼，卻被花夷揮手打斷。「盞兒嗓子好些了吧？」說著跟了南婆子而進，身後的弟子們自然快步跟上。

「喜靜?!」塞雁兒卻有些不滿，冷冷哼了聲。「也不知道藏了什麼見不得人的。」

這句話說者無意，聽者卻有心了。

子妤扶著塞雁兒跟著進了落園，想起前日裡聽到的咳嗽聲和當晚南婆婆開門時那個尷尬的神色，總覺得大師姊不願用婢女，或許真有什麼隱情。不過這等事情也並非自己可以操心，搖搖頭，便也不多想了。

落園的桂樹倒是四季常青的，只是油綠的枝葉稍顯得稀疏了些。

立在花廳門口，金盞兒青絲高束，披著雪裡綴梅的昭君套，一圈銀狐圍脖兒襯得臉龐越發嬌憐可人。身邊還有一人，青袍繡竹，身姿挺拔卻又略顯消瘦，正是唐虞。

遠遠看去，子妤心中暗嘆：這女的清漣映雪，男的俊雅深致，倒是一對璧人。想到此，思緒一沈，胸口竟有些發堵。

花夷看了兩人也是眼中猶有深深笑意，連連點頭，惹得身邊塞雁兒又是悶哼一聲，心中不滿，嘴上暗暗嘟囔了一聲「孤男寡女」……

兩人見了花夷均上前恭敬地福禮，又含笑看了眾人算是打過招呼。因為金盞兒是戲班的大師姊，唐虞又是僅次於花夷的大師父，其餘人等都主動拱手或福禮。

親自扶了金盞兒落坐身旁，花夷態度愈加溫和。「盞兒乖徒，身子可好了些？」

金盞兒玉面微動，對花夷的關心也很感激的樣子，點頭道：「勞煩師父費心了，今兒個起來，唐師父又仔細針灸用藥，已經無礙。」

滿意地看了唐虞一眼，花夷才又道：「先前在無棠院已經比試過了，雁兒技高一籌，力壓一眾弟子。」

金盞兒也瞧了過去，見塞雁兒穿著有趣，面上兩頰胭脂緋紅如雲，知道她多半從意趣入手，避開與自己相爭西施角色，從而討得了花夷的歡心，便道：「如此，我便先來吧，還請諸位師弟、師妹多多指出不足之處。」

說著金盞兒已從花夷身邊的座位來到當中，纖細的手指拉開了領口昭君套的繩結，當即便露出一身月白錦袍的男裝，眾人才恍然大悟她將青絲高束，原來竟是要易釵而弁，女扮男裝。

子妤早就知道金盞兒今日要扮范蠡，倒也不意外。只是見她女扮男裝之下掩不住香嬌玉容，更是有股無法言喻的絕美氣質，心中暗道：單看扮相，恐怕塞雁兒又輸了。

南婆婆上前接過外衣，子妤也趕忙上去幫忙關上了花廳的正門和幾扇開著的窗戶，又從旁邊將兩個炭盆端近了幾分，免得金盞兒受了風寒。

感激地對子妤一笑，金盞兒又回頭看了看花夷，得到對方肯定的神色，才開口細細解釋：「我備好的段子也是出自【浣紗記】，只是不演西施而扮范蠡。第一次唱小生角色，還請唐虞師父多多指點。」

說完這些，金盞兒收回了笑意，雙手交替理了理長衫的袖口，端起神色，檀口微張，已然開始了表演。四周眾人也凝神屏住呼吸，眼神齊齊都往金盞兒身上望去。

這是花子妤第一次聽到金盞兒開嗓，這位花家班青衣第一人，甫一開口，當即就讓人露出了迷醉的神色。

「少小豪雄俠氣聞，飄零仗劍學從軍。何年事了拂衣去，歸臥荊南夢澤雲。下官姓范。名蠡。字少伯。楚宛之三戶人也。倜儻負俗。佯狂玩世……」

先是唸白，這小生所需嗓音雖然不似青衣唱段那樣高亢清亮，卻有種大珠小珠落玉盤的叮咚柔滑，徐徐入耳，恍若仙音縈繞，一快一慢間一幅絕妙的山水畫卷展開在了各人眼前。

那易釵而弁的金盞兒一甩袖，臉上表情變幻，彷彿真如一個翩翩佳公子一般踱步鄉間，從徐徐唸白過渡到了唱詞之上。「今日春和景明，柳舒花放，暫解印綬，改換衣裳，潛游田野……正是旭日初升，海上紅雲萬國，東風布暖，湖邊細雨千家，其實好遊行也。」

這份風致氣度，真個把那「倜儻負俗、佯狂玩世」，又堪堪風流倜儻歷遍諸侯的才子演繹得淋漓盡致，此時屋中眾人已經分不清是金盞兒在扮范蠡，還是范蠡幻為金盞兒了。

「行過山陰了，不免到諸暨走一遭，正是為愛溪山最深處，令人忘卻利名心……」

唱詞一畢，又接了一段唸白，金盞兒演到此處毫不猶豫地收了勢，見眾人還沈浸在自己剛才的表演之中，笑著用本來的嗓音道：「下面的，就不必一一展演了，不知師父和諸位師弟、師妹有何指教？」

此話一問出，大家才從先前絕妙的嗓音唱段中回神過來，不由得面面相覷，表情均是嚴肅和敬佩。特別是塞雁兒，她沒想到金盞兒棄了青衣角色，也能把小生演繹得如此活靈活現，無論是身段、扮相，還是嗓音唱功，恐怕比之當年的唐虞也不遑多讓。即使是步蟾公子與其相比，也少了分靈動清漣之感。
「雁兒乖徒，妳可認輸？」花夷看向塞雁兒的時候臉色充滿了慈祥，似是不忍心打擊她一般，伸手輕輕拍了拍她的肩頭。
「技不如人，自當認輸。」嘴上雖然這樣說，心頭不免有些難受，塞雁兒嬌花一般的玉容上還是浮出了掩不住的失落神色。
花夷點點頭，正準備宣佈萬壽節入宮演出的人選，唐虞卻在一旁突然插了一句：「班主且慢，好像有人對此有話要說。」
說著，唐虞笑意溫和地將目光看向了立在塞雁兒身後的花子妤，惹得眾人均把目光投向了她。
而從先前塞雁兒自願認輸時，花子妤欲言又止的神情不只被唐虞發現，此時大家齊齊望過來，也疑惑著她這個婢女到底想說什麼，竟讓唐虞親自出面攔下了花夷的決定。

章四十二　珠聯璧合

屋中眾人齊唰唰地看著花子妤，臉色各有不一。

花夷疑惑中帶著些意外；唐虞笑意溫和中又有些期許；金盞兒眼神複雜中有些探究的意味；塞雁兒只是粉唇微啟，水眸圓睜，不解地看著花子妤。而如錦公子等人則是一臉的輕蔑和訕笑，料想這小丫頭膽子也忒大了吧，在一屋子的師兄、師姊面前難不成還想賣弄小聰明，也腹誹那唐虞無知，攔了班主的決定，竟想聽那個黃毛丫頭心中所想的。

見花子妤在被各人目光洗禮之下仍舊端端而立，唐虞心中帶了讚許和肯定，再次鼓勵道：「子妤，妳有什麼想法便說出來，無人會責怪於妳的。」

阿滿卻在一旁使勁兒拽了拽花子妤的衣袖，怕她當眾出醜，又丟了四師姊的臉。可塞雁兒卻眼波流轉，想著此女一向有些機靈聰慧，說不定真有點子幫了自己一把，便道：「我這婢女生性就比普通女娃要懂事，想來定不會為了莫須有的事情在這兒賣弄。子妤，妳說吧，最多讓大家一笑置之，不會治妳什麼罪的。」說著眼神挑了挑金盞兒，似有示威之意。

金盞兒卻不語，只是看著花子妤稚嫩的小臉，不由得想起了兒時印象中一個熟悉的人……

被人注視的滋味猶如螞蟻在臉上爬，花子妤心裡頭有些不舒服，埋怨似地看了唐虞一眼，可想著自己剛才確實突然靈光一閃有了個好點子可以幫塞雁兒，但那不過是自個兒尋思罷了，並沒有要說出來的意思。這下可好，他這一提醒，害得自己被眾人的眼光包圍，雖然努力挺直了腰板兒，可渾身上下都有些彆扭之感。

「子妤，妳上前一步，把心中想法細細說來吧。」最後還是班主花夷開了口，語氣不急不緩，他對這個小姑娘印象不錯，也想弄清楚唐虞為何如此在意這花子妤的那番「欲言又止」。

無奈，子妤只好在阿滿不忍的眼光中硬著頭皮來到了屋中，朝著花夷福禮道：「稟班主，弟子身為四師姊婢女，剛才確實想到了一個折衷的法子。出發點只是為了讓四師姊也能在萬壽節上露臉，若是荒唐了，還請班主和諸位師兄、師姊莫要怪罪弟子。」

雖然對自己的法子很有自信花夷會點頭答應，但這番話還是要先說在前頭，免得到時候沒了退路。

點點頭，花夷溫和地道：「無妨。」

得了花夷的再次首肯，子妤才輕輕地深吸了口氣，緩緩道：「其實，這一齣【浣紗記】也被人唱過千百遍了，想必太后再喜歡，也會聽煩的。故而大師姊和四師姊都另闢蹊徑，找了不同尋常的角度來琢磨新的唱段。實話實說，大師姊扮相優雅，唱腔了得，卻顯得太過端正，雖有意趣，卻不足以配喜慶熱鬧。而四師姊的扮相討喜，小調一出絕對會讓太后喜歡。除弟子明白為何班主您會捨了四師姊而選大師姊，因為萬壽節不比尋常，容不得半點出錯。除了要討太后歡喜，還要在其餘戲班和貴客面前立下咱們花家班的名聲。若是劍走偏鋒，恐會招來妒忌之人的詬病。因為諧戲畢竟落了下乘，並非大戲班所為。」

不住的點頭，花夷細眼也慢慢睜了起來，看著花子妤忍不住插了一句：「妳分析得倒是全合本人的心意，繼續說。」

又忍不住抬眼與唐虞對視，得到他笑意然然的鼓勵，子妤信心愈足，清了清嗓又道：「弟子想的是，何不讓四師姊也上場。由她扮作的東施和大師姊易釵而弁的風流范郎來一場對臺戲，就叫做【范蠡戲東施】。此劇既有大師姊坐鎮，品味高然，又有四師姊當作調劑，趣味橫生。想來，定能從一眾乏味的唱段中脫穎而出。這樣，即顧及了大場面的端正態度，又討得了太后的歡喜，豈不兩全其美。」

「妙哉！如此，可算是珠聯璧合了！」

花夷眉開眼笑，細皮白臉上露出幾道溝壑。還不等子妤歇氣，一拍前腿。「唐虞，你好生琢磨怎麼把這一齣【范蠡戲東施】改編一下，蠡兒、雁兒兩位乖徒，三日之內，妳們要勤練此戲，並細細打磨所有生澀之處，咱們花家班定要在萬壽節上一舉成為天下第一戲班！」

趁著花夷興奮地安排各人工作，子妤悄悄地退下立在塞雁兒身後，長舒了口氣，心想這種鋒頭以後還是少出些，免得被如錦公子和那幾人的眼神給殺死。

塞雁兒這廂知道自己也能在萬壽節上獻藝了，笑得合不攏嘴，起身來朝著花夷端正的福了一禮，又朝金盞兒頷首嬌笑道：「大師姊，這三日就向您討教了。」眼底掩不住的得意歡喜之色。

金盞兒倒是波瀾不驚地微微頷首，又望了一眼在一邊偷偷喘氣的花子妤，唇角微微翹起，心道：好個玲瓏剔透的小姑娘，以後少不得成為花家班的好助益。

這些人裡，就數唐虞最為平靜，只用柔和的目光看著子妤，微不可察的點了點頭，心想自己果然沒有看錯她，年紀小小就如此聰慧，雖不是唱戲的好料子，可心思敏銳，懂得變通，倒是導戲的一塊好料子。

有了定論，落園事畢，子妤和阿滿扶了塞雁兒回到沁園。

臉上是掩不住的笑意，塞雁兒越看花子妤越順眼，召了她來到寢屋，從妝几匣子裡掏出個小指粗細的碧玉手鐲賞賜下去，又好生叮囑她以後安心待在沁園，以後多多為其出些好主意，定然會厚待她。

子妤得了賞賜，面上自然歡喜，當即就把手鐲套在了細腕之上，可惜晃蕩得厲害，畢竟她還只是個十一、二歲的小姑娘，還沒怎麼長肉，只好又取下來貼身放好。

高興之餘，塞雁兒又讓阿滿去廚房備一桌席面，讓花子妤請來弟弟一併享用。阿滿這下可樂了，自己也能跟著吃頓好的，歡歡喜喜地拉了子妤下去張羅了。

一路上，阿滿把子妤誇個不停，上看下看左看右看，嘖嘖道：「怎麼一樣的半大丫頭，就妳鬼點子多，膽子也大呢？」

不好意思地笑笑，子妤挽住阿滿的手臂，親熱地說：「我就是有點兒小聰明罷了，剛還心中忐忑，好像心都要從嗓子眼兒跳出來了呢。阿滿姊妳就不要取笑我了。」

拍拍心口，阿滿也心有餘悸地道：「剛才把我著實嚇了一跳，生怕妳在班主和一等戲伶們面前出了醜。還好，小妮子給咱們沁園掙了光。妳不知道，若是四師姊能去萬壽節演出，咱們也能跟著去開眼界呢。所以呀，妳這次不僅是幫了四師姊，也幫了咱們，幫了自個兒。畢竟去宮裡見世面那是相當難得的機會呢。」

「果真？咱們也能跟著去開開眼？」子妤倒沒想這麼遠，現在知道了，心中真的又驚又喜。畢竟那可是皇宮呢，能去走一遭，怎麼也不算白來了這個時代一場。

章四十三　萬壽獻藝

每年的一月初五是本朝舉國同慶的萬壽節，因為這一天是皇帝的生母縈祥太后的生辰。

在花子妤的記憶裡，萬壽節乃是清朝歷代皇帝的生辰節日，怎麼到了這個朝代竟變成是太后的生辰？不過除了萬壽節，還有個帝誕日，想必便是皇帝自己的生辰。聽聞當今皇帝很是盡孝，只願以母生辰為萬壽之節，著實是個清明之君。

記憶中，唐太宗曾有詩云：「哀哀父母，生我劬勞。何以劬勞之日，更為燕樂乎？」想必，這個朝代的皇帝也是個大孝以治國之人吧！

「子妤，今兒個得快些，咱們奉命隨侍四師姊，可馬虎不得。」屋外還是黑藍色，只有天際透出一絲微亮。即便雄雞都還沒打鳴，此時卻傳來阿滿精神飽滿的嗓音。

也難怪阿滿這麼早就精神十足，能跟隨四師姊進宮，參加萬壽節的獻藝可不比平常的入宮出堂會，那是世間所有戲伶都夢寐以求的最高舞臺，因為在那個舞臺下的觀眾，是全國最尊貴和富貴之人；只有獲得了這群人的認可，戲伶的身價才會驟然飆升，成為一方頂尖的存在。不然，塞雁兒不會明目張膽的和金盞兒相爭，也不會在花夷要宣佈自己失敗時那樣懊惱，更不至於在花子妤替她出了個「珠聯璧合」的主意後欣喜莫名。畢竟塞雁兒常入宮在太后面前演出，原本沒有必要一爭。

「來了！」

將一頭墨黑青絲綰在腦後，別上唐虞相贈的沉香木簪子，子妤換上了一身簇新的素色夾棉襖子，袖口和裙襬處繡了喜歡的綠萼梅枝，領口一圈銀鼠毛將其小臉襯托得清麗非常，平添了幾分貴氣。這身衣裳是前日裡唐虞親自帶她去街市，花了二十兩銀子為他們姊弟置辦的。說起來子妤還心疼了好久，這二十兩可足夠買下自己和子紓一年的白米口糧了，卻只置一身衣裳，也太奢侈了。但唐虞堅持，說是要麼入宮，要麼他們姊弟自個兒留在戲班，最後花子妤只得就範。

畢竟要跟著戲班入宮，除了金盞兒和塞雁兒重新訂做了戲服之外，花夷親自發了話，進宮隨侍的婢女們也必須顧著體面，每人撥了十兩銀子來添置衣裳頭面。

踏出房門，見阿滿正在準備些乾糧，子妤也挽了挽衣袖，上前幫忙。

此番入宮，一行人要在裡面住上三日，一直到初五演出完了的第二日才能回到戲班。雖然宮裡什麼都不缺，但戲伶們在吃食上須極為小心，不能辣了、燥了、涼了，半點馬虎不得。所以阿滿和子妤天未亮就起來做了幾籠桂花香糕、綠豆香糕、紅棗糕等糕點，讓塞雁兒這幾日在宮裡吃。雖然清淡了些，但就著熱蜜水吃下去即能果腹，又不會壞肚子、壞嗓子，實乃最好的乾糧。

做完這些，又跟著阿滿去幫塞雁兒收拾要入宮穿戴的衣裳、細軟等。忙東忙西，等天色微亮了，兩人在大冷天裡活動也出了一身的汗，只好各自回屋去又換一身乾衣，免得冷風一吹涼了身子。子妤覺得沒什麼，阿滿卻連連埋怨，說還好裡衣不是新的，不然可就划不來了。

等做完所有的準備工作，兩人又伺候了塞雁兒起床，一併跟著用了早膳，正好前頭來催，還帶了兩個粗壯的婆子幫忙扛箱子。畢竟是三個人三天的用度，兩口大箱子，一口裝了塞雁兒的，一口則是合裝了子妤和阿滿的，單是她們兩個也抬不動。

穿著簇新的羊皮小靴子，子妤走在雪地上也覺得渾身暖和，和阿滿有說有笑的跟在塞雁兒身後，不一會兒就到了前院，從側門而出。

此時天也才濛濛亮，花家班門口的一條巷子已經停了五輛輦車。

花夷穿了一身體面的暗色錦緞棉袍站在最前頭，頂上戴著灰鼠皮帽，壓得低低的，只露出一雙細長而精明的眼，指揮小廝把東西裝箱封好。

旁邊站了唐虞，也是一身簇新的長袍，仍舊是淡淡的竹青色細水紋，襯得他越發高挺如竹，神情孤冷。他見塞雁兒姍姍來遲，朗眉微微一蹙。「妳們快些，其餘人都上車了。」

塞雁兒噘噘嘴，不想理會唐虞，過去挽了花夷的手臂。「師父，讓弟子跟您同車可好？」

花夷想也沒想的點了點頭。「正好妳大師姊沒睡足覺，妳陪著師父也好。」

沒想到金盞兒竟沒有上了師父的輦車，塞雁兒一愣，心中歡喜，在阿滿和子妤的攙扶下爬上了前頭的輦車。

「唐師父。」子妤把雙手捂到嘴邊哈了哈氣，甜笑道：「這次入宮咱們戲班子有哪些人去？」

「放心，班主讓子紓也跟去開開眼了……」唐虞答了一半，身後第二輛輦車的簾子卻動了，露出個頭，竟是止卿。「子妤、阿滿姊，妳們都上來吧，車上暖和些。」說話間，子紓也露出頭來，臉上滿是笑意。

「去吧，有什麼問止卿，這幾日都是他在幫我打點。」唐虞也點點頭，撩開簾子，上前先給阿滿搭了把手，然後輕扶著子妤的腰肢，將她送上輦車。

感到腰上一緊，子妤知道唐虞把自己當作小姑娘並未忌諱太多，但知道那是他的手放在自己腰上，臉上還是忍不住一紅，趕緊用力蹬住橫欄鑽了進去。

止卿伸手扶了子妤挨著子紓坐下，臉上有著淡淡的笑意。「剛剛妳問師父有哪些人跟去，這次人還真是不少。除了要登臺的大師姊和四師姊，還有如錦師兄和文正師兄。」

「他們？」子妤聽到如錦公子的名字，有些納悶。「另外兩位師兄跟去做啥？」

「子妤，這妳就不機靈了吧。」阿滿搶著答道：「若只有大師姊和四師姊演出，要是臨時出了什麼事，由誰來填這個空兒？如錦和文正兩位都是一等戲伶，就算出了什麼岔子也好有人補漏！」

「原來是替補。」子妤這才明白了，癟癟嘴。

「怎麼？」止卿看出子妤的不悅。「如錦公子平素是有些嚴厲，但能隨車進宮，妳也可以乘機多多討教，豈不方便？」

趕緊擺手，子妤連連搖頭。「罷了罷了，這幾日在無棠院聽戲課，他嚴厲得讓大家都不敢喘氣。好不容易能入宮避開幾日，誰還會主動送上門去挨罵。」

正好此時，輦車的門簾又被掀開了，竟是一身桃紅繡裙的紅衫兒上來了。「喲，剛剛如錦公子正站在外面呢，子妤，妳說的話他可是一字不漏的聽了進去，正青著臉上了後面的輦車呢。」說著，眼中透出絲幸災樂禍，就差捂嘴偷笑了。

子妤想起如錦公子那張臉，心中一寒，不過剛剛也沒說他什麼，並未在意。倒是這紅衫兒自上次挑釁之後便隱隱結下了梁子，如今見她上得輦車，便問：「妳也要去？」

自顧自挨著止卿坐下，紅衫兒理了理裙角。「我是班主的親徒，自然要去的。倒是妳這個跟班兒，也巴巴地跟去，真是臉皮有些不薄喲。」

暗罵子妤臉皮厚，可是紅衫兒不該連阿滿也給罵進去，當即便遭了白眼兒。「紅衫兒，妳不是班主的親徒嗎，怎麼不去前頭的輦車和班主一起坐呢？」

一愣，紅衫兒有些懊惱。「輦車坐了師父和四師姊已是有點擠，自然不方便再多我一個。」

說起來，阿滿很久不曾露出這副倨傲的樣子了。面對紅衫兒這個小女娃，她可是一點兒也不需要顧慮，畢竟她跟在四師姊身邊已久，哪個小弟子見了不是恭敬非常的，就這紅衫兒仗著是花夷親徒，屢次擺臉色給她看，她自然不會像子好那般不予計較，便諷刺道：「咱們這兒還不只兩人，是四人，妳難道不覺著擠？」

「妳！」紅衫兒非常氣惱，無奈阿滿的身分地位在戲班都有些特殊，不太好招惹。可她又不願離開這輛輦車，因大師姊也和另一個女弟子同坐一輛，她素來覺著大師姊不好相處，不敢上去擠。剩下的輦車，其中一輛坐了如錦公子和文正師兄，兩人都是男子，更是不妥。其餘三輛則是樂師和幾個隨行打雜的婆子，她才不會自降身分與他們同輩，只好憋著不再多說話，乾脆雙手一抄，閉目養起了神來。

章四十四　初入皇宮

時值太后大壽，整個京城都籠罩在一種歡慶的氣氛之中。且不說自城門大街到皇城之下的慶儀連接不斷，就連京城的尋常百姓，家家戶戶門口都自動自發地掛了福壽燈籠，一路綵燈相連，連綴著彩牆彩廊，好一番盛世祥和的景象。

從花家班出發的車隊行了約莫三炷香的時間，已然離得宮城不遠，此時天色已亮，兩邊原本的粉牆也用彩綢結成了「壽比南山」、「太后萬福」等大字，很是耀眼，讓探出頭來瞧熱鬧的花子紓驚喜地直咋舌。「天哪，這些綢子恐怕不下千丈，若是換成銀子，不知能值多少。」

「土包子！」紅衫兒被花子紓吵醒，嘴上雖然不屑，可心裡還是癢癢的想要看一看外面的熱鬧景象，便湊了過去，用手肘挌開子紓兩寸，一雙鳳眼目不轉睛地湊到簾子縫隙處東看西看。

「嗟，還說我，真是臉皮厚。」子紓自詡男子漢，自然不想與這紅衫兒一般計較，上次姊姊也誠心勸誡過自己要忍讓，便道：「就讓妳看吧。」說著一抖手，準備放下簾子，卻在那一刻面色一變。「咦！」

「咦什麼咦？」紅衫兒蹙眉，順著子紓眼神望去，只見街邊一個茶鋪門口立了個十來歲的小姑娘，一身寶藍的錦緞繡襖子，領口是一圈雪白的裘狐圍脖兒，一頭黑亮的青絲只梳了兩條黑辮子墜在胸前，沒有一點兒裝飾，卻越發襯得其小臉光潔如玉，眉目清秀含雋，端的是個小美人兒。只是兩頰頗有些異樣的潮紅，讓這個看起來身分富貴的小姑娘顯出一絲病弱之態來。

「哼，年紀小小，見了貌美姑娘就挪不開眼了，真不知誰教的。」紅衫兒抓住機會，自然要貶損這花家姊弟一番。

「姊妳看那丫頭是誰！」

誰知子紓卻不理會紅衫兒，指著街邊那小姑娘，可惜輦車行走速度如初，只是呼吸之間已經離那小女孩一段距離，子妤湊過去也只瞧到了一眼，愣道：「是那個刁蠻小姐。」說罷埋怨似的瞪了子紓一眼，心想虧得坐在車上，不然這傢伙說不定又湊上去惹禍了。

「怎麼？你們認識那小姐？」紅衫兒瞧著花家姊弟面色有異，疑惑地問了問，可總覺著他們姊弟倆不可能有那樣身分尊貴的朋友吧！

「哼！干妳何事？」子紓只看了那小姑娘一眼，心裡正煩著呢，揮揮手答了，語氣頗為不善。

柳眉微蹙，紅衫兒癟癟嘴。「真是個莽夫，不知禮。」

止卿和阿滿對望一眼，都有些鬧不明白子紓所指是誰，反正輦車上待著也是無聊，便紛紛看向了花子妤，想問個究竟。

無奈，子妤只好將姊弟倆生辰之日所遇之事寥寥數言說了出來。止卿等人才點了點頭，不再多問。畢竟聽起來那丫頭是個蠻橫又不講理的千金小姐，子妤姊弟沒吃虧就算好了，還是少為招惹的好。

一旁的紅衫兒聽了卻心裡暗自埋怨，想那女娃怎麼不把這個討厭的花子紓給拘了去，真是可惜了。

又過了一炷香的時間，輦車停下，阿滿瞧了瞧外頭，神色一凜。「終於到了吧。」

「都下車接受盤查。」車外一聲冷漠的高喊，頓時窸窸窣窣之聲不絕於耳。阿滿也示意止卿等三個小弟子趕緊下輦。

一下來，冷風沒個遮擋地吹了過來，子妤捂住臉，伸手幫子紓戴上瓜皮帽，側身往前一瞧，卻是心神一怔。

此時，朝陽東升，映照出眼前一方巨大的朱紅漆門。

這宮門之上，人臉大小的銅門釘粒粒閃耀，當中螭獸頭狀的鋪首赫然凸出，猛獸怒目，露齒銜環，再加上兩旁身穿鐵甲的兩隊御林軍侍衛，一股皇家的威嚴氣象頓時環繞而生。而巨門則是被嵌在一堵更加巨大的紅牆之上，高至百丈，兩邊延伸而出，根本看不到盡頭，亦不知所包圍的皇城到底有多大。

收了眼，前世裡畢竟是去紫禁城遊覽過的，子妤除了覺得此地建築恢宏之外倒並無其他想法。可身邊的止卿和子紓還有紅衫兒就不一樣了。

止卿臉色嚴肅，薄唇緊抿，眼神閃爍地盯住那方城牆不知心裡在想些什麼。而子紓則是激動得很，手舞足蹈間緊緊地拽住了子妤，指著那高聳入雲的城門有些說不出話來。紅衫兒站在一旁，表面上也是一句話不說，可眼中卻明顯的閃過了一絲渴望和野心，彷彿面對的並非層層宮牆，而是她未來名伶之路的一個踏腳石。

其餘人等也閉口不言，就算曾跟著入宮的，此時見了這恢弘的場景，感覺心中震撼依舊。

班主花夷在最前頭，正和一個侍衛說話，半低著頭，塞了一袋錢給對方，又說了不少的好話。那侍衛點點頭，一揮手。「男的站右邊，女的站左邊。」語畢，一群待命的侍衛和幾個宮女頓時將花家班的車輦包圍住，開始搜身盤查。

正當此時，一輛紅漆綠油頂的輦車徐徐駛近宮門口，那侍衛揮手，讓手下暫時別管花家班的盤查，邁步過去詢問這座輦車。「可有通行權杖？」

趕車的是個穿了皮襖子的鬍鬚大漢，只見他從懷裡掏出一塊玉牌。「且看仔細了。」

那領頭的侍衛一把接過，對著陽光一瞧，上面篆刻的一個「薄」字隱隱有圈光暈顯出，頓時面色一凜。「屬下參見薄侯！」說著單膝跪地，標準的武將問候姿勢，臉上有著濃濃的尊敬之意。瞧這態度，若不是宮中侍衛不跪外姓，恐怕這侍衛早就雙膝跪地再加三個響頭了。

「薄……」子妤在一旁看得仔細，忍不住問身旁的阿滿。

阿滿搖搖頭，表示自己也不知道，止卿卻低聲說了句：「薄侯乃是鎮守西北的邊關之將，此人是太后親侄兒，身分非同尋常。」

「這樣的大人物，怎麼就一輛小小的輦車？」子紓一聽是打仗的，眼睛一亮，卻疑惑的撓了撓頭。

「呀！我知道了！」一旁的紅衫兒突然捂住嘴，悶聲道：「裡面坐的不是薄侯，是薄侯的二夫人和薄侯的千金。」

「妳又是怎麼知道的？」子紓明顯不信，子好也抬眼看著紅衫兒，面帶詢問。

壓低聲音，紅衫兒面色得意。「前日裡青歌兒師姊無意中曾提及過，這次薄侯二夫人帶了女兒入京，一方面給太后祝壽，一方面給那個癆病女兒求醫呢。」

「咳咳！」前頭的花夷發現這邊的動靜，表情嚴肅地盯了眾人一眼，大家趕緊低頭閉口，不敢再議論什麼。

那邊領頭侍衛一直目送薄侯輦車入宮，這才一招手，一群人又回來了，一一開箱檢查，又搜了戲班眾人的身，確定沒有任何不妥，那領頭的侍衛又仔細看了花夷的腰牌，才大喊一聲：「放行！」

「多謝！」花夷神情一鬆，示意大家趕緊整理一下東西，都上了輦車，隨著一名侍衛往西邊而去。自然，薄侯身分和花家班不同，人家走的是正宮門，他們得走側門。

西邊的側門應聲而開，花家班的車隊魚貫而入，這才算是真正進了皇宮。

章四十五　常樂常樂

宮裡規矩大，除了主子，其餘人等一概只准步行，不許乘坐輦車。所以花家班上下都從輦車上下來了，由侍衛領著，花夷帶頭，規矩安靜地前行著。

虧得能步行，一路走來，弟子們也四處張望著，那股新鮮勁兒就不必說了。只是宮裡頭顯得極為靜謐，來來往往的宮女、內侍均行色匆匆，只做事不說話，顯出不同於一般的肅穆氣氛。

畢竟還有三日就是太后壽辰，宮裡除了需要準備從一月初五開始接連七日的壽宴，還要將各色裝飾物品備齊，林林總總的事情都要趕在萬壽節之前將一切都弄得妥當。

入了內廷，侍衛將花家班交給了內務府派出的管事，此人姓馮，平時就專管宮裡的戲曲雜藝等事務，四十來歲的年紀，說起話來尖聲細氣，花夷尊稱他為馮爺，兩人一路上交談甚為密切，應該很是相熟。

他看了看緊跟在花夷身後的金盞兒和塞雁兒，頗為滿意的點頭。「我說花班主，只要你們戲班子裡一日有這兩位一等的在，其他戲班子就別想超了去啊。」

「哪裡哪裡！」花夷自謙地拱手福禮，眼珠子一轉，探問道：「聽說佘家班的水仙兒這次唱主角，馮爺可曾聽過唱的是哪一齣？」說著手裡悄悄塞了個拳頭大小的錢袋子過去。

馮爺熟門熟路地笑納了花夷的「表示」，細小的眼睛眨了眨。「說到底，這天下的戲班子哪個不知道太后喜歡哪一齣？難道還敢不唱這個來討了壽星的歡心？」

兩個反問其實就是答案了，花夷笑著點點頭，又和那馮爺繼續套問其他的事。

輦車到了內廷的周邊就無法再繼續行進了，花夷讓四個跟隨的粗使婆子卸了輦車上的箱子到手扶板車上，由內侍幫忙推著，改為步行往裡走。

打從跟著花夷進入宮門，子妤才發現，他們一直在周邊行走，繞過了主宮城，並沒能真正看到內廷之中的繁華景象。饒是如此，這皇宮裡的肅穆氣氛也讓眾人大氣不敢出一口，只有金盞兒和塞雁兒還有跟在花夷身後的唐虞神色如常，想來是經常入宮的緣故。

最後，馮內侍帶著一行人來到了專供萬壽節演出時各家戲班落腳的一處宮殿，門口已經停了不少輦車。

此殿名為「常樂」，挑高肅穆中顯得有些古舊破陋，但絲毫掩不住屬於皇城宮門的雄偉大氣，顯得磅礡厚重。聽說此宮曾是前朝一位不受寵愛的妃嬪所住，遠離主要宮殿，確實可憐清冷。後來那位妃嬪去世，此殿也就廢棄了，讓內務府撥了作為臨時處所，供進宮演出的藝伶們暫居。

此殿正好分了東南西北四個跨院，當中的主殿花廳和前後極開闊的內廷院子，只稀疏地植了幾棵古樹，參天的綠意在冬日裡也絲毫不被遮掩。樹下的野草長得茂盛，一簇簇叢生地依著牆頭。

院子已經住下了一些雜藝伶人，大概有二、三十個，另外佘家班和陳家班也陸續來了，均和花夷打了個照面，大家寒暄幾句便各自退下。

花家班被安排在正北的院子，後面連了個雜院，正好可以堆放道具箱子和燒水烹茶的器具之類。這方小院子尚稱開闊，圍著個天井，四周共有八間廂房和兩間暖閣，花夷、唐虞、金盞兒、塞雁兒、如錦公子、文正各自佔了一間，阿滿和子妤緊挨著塞雁兒住了一間，紅衫兒和隨行的青歌兒一間，止卿和子紓一間，剩下的四個粗使婆子正好擠在最後一間。花家班十來口人一一安頓下來倒也不顯得擁擠。

等收拾好要連住三日的屋子，天色也才完全大亮。大家就著剛燒開的熱水，和著窩窩頭又吃了一頓早飯果腹之後，花夷才又召集眾人聚在他的屋子，開始安排這幾日的事情。

這三日的重心就是得讓金盞兒和塞雁兒再仔細琢磨琢磨，務必確保正式登臺的時候不會出什麼紕漏。花夷同時也督促如錦和文正兩人把新戲學會練好，以備不時之需。另外安排紅衫兒等幾個隨行的低階弟子，每日該怎麼抽出時間來繼續練功，剩下的其餘人等則要負責伺候各人的茶水、洗滌衣物等等。至於唐虞，則讓他全權負責各項事務，因為花夷得趁這個機會在宮裡奔走，該拉攏的關係一個也不能漏掉。

眼看著天色還早，花夷安排好了便讓大家回屋各自休息睡個回籠覺，消除這一路上的車馬勞累。

阿滿帶著花子好進了屋子，看著那雕花的紅漆櫃子、拔步大床（注1）、還有當中嵌了一整塊花白大理石的八仙桌，咂咂嘴說道：「聽說這常樂宮早年廢棄，所以專門用來安置臨時進宮演出的藝伶。可看看這些家具款式，那一樣擺在外頭會差了？就是這把半舊的小凳子，也是花梨木造的，得值二兩銀子呢！」

子好對這屋子倒沒什麼感覺，只看了看桌上放置的小火爐和青瓷茶具覺得很有兩分清雅。推開窗戶，瞧著紅牆之上露出的一片天空和半枝樹椏，總覺得有些鬱悶。

看來，這趟入宮之行並非自己所想的那樣，不過是被關在這個常樂宮的一角罷了，哪裡有什麼機會增長見識，還不如在花家班裡那般自由。

或許看出了子妤的想法，阿滿放下疊好的衣被等物，替她斟了杯熱茶遞過去。「喏，拿去，妳不是最喜歡喝茶嗎，這宮裡備的茶可香了，可不是妳那止卿師兄的碎茶沫兒能相比的呢！」

接過茶盞，果然是葉片舒展完整的茶葉，閒閒地沈浮在杯底，湯色黃綠，沒有一絲碎葉飄上來，惹得子妤釋然一笑。「也是，這宮裡頭的東西就是不一樣。可是，阿滿姊妳說讓我跟來開開眼，長見識，若都被關在這常樂宮裡，恐怕也沒什麼好學的吧？」

「笨！」伸出指頭戳了戳子妤的眉心，阿滿也自顧自的斟了杯茶，飲下一口，神色陶醉的說：「也就這三日咱們全待在這兒，等到初五那天，可都要跟著去紫宸殿候著，到時候，什麼世面也都見著了。」

「果真？」子妤終於被勾起了一絲興致，眉目發亮地問。

得意地點點頭，阿滿伸出五根指頭一一數來。「至少咱們得隨著四師姊去伺候左右，這妝面、戲服、吃食、茶水，哪一樣能假手於人！咱們自然要寸步不離的。」

子妤這下可放心，想到止卿和弟弟，又問：「那止卿他們呢？也能去嗎？」

阿滿也湊到窗邊深深地吸了一口氣，回頭笑笑。「妳以為班主幹麼找這些個小弟子跟來？自然是要從小就培養他們。這培養嘛，見見世面，免得以後登臺怯場則是最重要的，那當然得跟去啦！」

「原來如此。」子妤才明白了為什麼連紅衫兒都會一起入宮，原來是因為花夷要從小讓他們習慣這樣的大場面。看來子紓也頗受器重，能與紅衫兒、止卿這些資質好的低階弟子一併讓花夷看上眼，已是不易。

阿滿鋪了床，向著子妤招手。「行了，早上起得太早，大家都睡回籠覺去了，咱們也休息休息，等會兒午膳的時候還有好些準備工作要做呢。」

子妤卻有些睡不著，打開門。「阿滿姊，妳休息，我去找止卿和弟弟說會兒話。」說著悄悄關了門，往隔壁房而去。

注1：又叫八步床。舊式床的一種，體積龐大、結構繁複，床外有碧紗櫥及平台踏板，從外型看就像一個獨立小屋。

章四十六　師姊青歌

這三天倒也過得極快，眼看明天就是萬壽節了，常樂宮的氣氛也隨之逐漸緊張了起來。雜耍藝人們佔了中庭的大院子，幾乎沒日沒夜的練習著，深怕到了正式場合上出了掉碗或者掉杆兒之類的差錯。三大戲班子所居的院子倒是大門緊閉，不過除了一日三餐和後半夜打更之外，「咿咿呀呀」之聲從來就沒斷過，看得出大家也都絲毫不鬆懈地在進行最後的演練。

這期間，花夷幾乎都在外頭奔走，除了打點內務府的各種關係，又拜託馮爺給膳房那兒送了些好處，讓他們給花家班送來的吃食格外小心些，免得戲伶們吃壞肚子等等，總之忙得不可開交。

反觀子妤，每日練功、吊嗓子，這幾日倒過得異常輕鬆舒服。畢竟塞雁兒日日和金盞兒琢磨細節，沒什麼需要她伺候的，有阿滿一個也足夠了。

用過晚膳，子妤照例裹緊棉衣到了止卿和子紓的屋子裡喝茶說話，一進門，看到紅衫兒也在，身邊還坐了另外一個得了班主欽點跟來的女弟子，名喚青歌兒。

青歌兒已經十三歲，過了年就快滿十四歲了，天資聰慧，嗓音清亮，剛升了六等戲伶，約莫再練上一年就能去戲班的前院登臺了。她容貌生得很是秀氣，細眉細眼，紅唇一點，尖尖的下巴頗有些我見猶憐，身姿也纖弱綽約，扮起閨秀青衣來很合適，暗中被認為是大師姊金盞兒的接班人。

同樣身為花夷的親傳弟子，不同於紅衫兒的倨傲囂張，這青歌兒性子顯得溫和有度。入宮時，因她陪著金盞兒坐在另一輛輦車裡，與花家姊弟和止卿沒什麼交流。但這幾日相處下來，大家都熟稔了不少，這青歌兒也時常過來喝茶說話，打發閒散時間。紅衫兒好像還挺巴結這個小師姊，也時常隨了一併過來。

「姊，妳快過來坐，青歌兒師姊在講那薄侯千金之事呢。」子紓揮了揮小胖手，白白圓圓的臉上透出憨甜的笑意。一旁的止卿也順手斟了杯熱茶遞給子妤。「喏，加了妳喜歡的乾桂花。」

「多謝。」子妤朝止卿一笑，轉而看向青歌兒，卻發現她盯著自己和止卿看了又看，水眸微垂，眼底似有半點難以言喻的情緒波動。

「青歌兒師姊，」紅衫兒斜斜瞥了一眼花子妤，見身旁的青歌兒不說話了，用手碰了碰她。「妳剛剛說薄侯的千金得了癆病，可是真的？」

青歌兒這才收回不自然的眼神，淺笑輕吟道：「都說一入侯門深似海。那薄侯的二夫人劉氏名喚桂枝兒，當年可是名震江南的戲曲名伶呢，藝名小金雀兒。秦淮河畔有誰不曾聽過她的一曲〈恨鎖情〉。只不過她才紅了兩年，十七歲的年紀就被薄侯納為妾，聽說第二年就替侯爺生下個千金，取名薄鳶。倘若是再生個小侯爺，那今後就有享不盡的榮華富貴了，可因為難產而落了病根，身子骨豈止是弱啊……聽說是再也不能生育了。」

嘆了口氣，這青歌兒說著話就像唱戲似的，聲音婉轉動聽，猶如叮咚泉水落在玉盤之中。「薄小姐如今才整十歲，上頭只有一個十八歲的哥哥，整個侯府哪個人不把她如珠如寶般的寵著。可惜聽說她打從出娘胎就被發現有先天不足之症，日日咳個不停，也是個病秧子。這陣子，薄侯實在拗不過二夫人的要求，才許了她帶女兒來京城尋尋名醫。不過希望渺茫啊！畢竟太后先前已一連遣了三個太醫親赴西北給薄小姐診治，可天下之大，哪裡那麼容易遇見神醫？」

子紓聽了，心裡也泛起酸楚，流露出同情神色。「可憐的姑娘。年紀那麼小就要到處求醫問藥，真辛苦。」

「也不見得。」紅衫兒聽完了，皺皺晶瑩的小鼻頭，嘴角的紅痣隨著唇瓣微微一挑。「虧得她生在侯門，若是普通人家，哪裡能花那麼多時間和銀錢為她治病。反正這咳症也不會要了命，好生調養著就是了，只是比常人辛苦幾分罷了。」

「哼！」子紓一聽，癟癟嘴。「真沒同情心。」

紅衫兒此時倒顯出兩分成熟來，訕訕道：「同情？咱們都是戲伶，誰來同情咱們？沒爹沒媽，若是讓我選，寧願一身的病，也要和那薄鳶一般出生在侯門，至少死了也有人傷心。」

「別這樣。」青歌兒輕柔地伸出手來搭在紅衫兒的肩頭。「師父待我們如同己出，周圍又這麼多師兄弟、師姊妹的，說起來，比那些貧寒家裡的孩子倒是要強上不少。」

青歌兒糯糯的聲音很能寬慰人，紅衫兒恢復了嬌嬌豔豔的笑容，點了點頭，膩在她旁邊。「師姊最好了。」

子紓和止卿也頗有好感地看向青歌兒，心底都覺得此女不錯，性格溫和，對待任何人都輕言細語，這個紅衫兒平素裡得罪的師兄妹不少，青歌兒卻一點也不介意的與其交好，實乃不易。

可子妤看著青歌兒的笑意總覺有些假意做作，不像是發自內心，不免留了個心眼，覺得此女似乎心機深沈，並非像表面如此溫和恬然。轉念一想，她怎麼樣也和自家姊弟沒什麼關係，懶得多作猜想，也就沒太在意，自顧自的斟了茶。

嗅著杯中漂浮的金桂香氣，子妤清秀的眉眼此時瞇成了一條線。正好對面的止卿抬眼，就像看到了一隻小貓，迷糊慵懶，讓人只看一眼也會同樣陷入那種放鬆的姿態當中。

到了晚膳時間，阿滿過來催了，子妤只好告辭，帶著子紓過去一併吃飯。青歌兒卻讓婆子把晚膳端到止卿房裡，說她和紅衫兒兩個人吃著沒什麼意思，人多也熱鬧些。

止卿的性子平素喜靜，也不怎麼和其他師兄弟們相交，但此時卻沒有拒絕，只送花家姊弟到門口，又回去陪著青歌兒她們聊天。

回頭看著緊閉的屋門，子妤蹙了蹙眉，想起青歌兒看止卿的眼神，心中有些不純潔地暗想：止卿八成被人家給看上了！也是，多好的相貌啊，再過兩年，比起如錦公子來一定也不遑多讓。平時他冷冷淡淡的，那些師姊妹們還不敢太過接近，如今見了他隨和閒適的樣子，這青歌兒定然會動心吧？

子紓走了兩步，回頭看自家姊姊盯著屋門發呆，便問：「姊，妳愣著做什麼？」

「走吧，聽說今兒個有紅燒魚。」子妤回過頭來，婉然一笑，拉了弟弟的手回屋。

剛走到門口，姊弟倆就聽見屋裡面傳出陣陣抽泣之聲。子妤和子紓對望一眼，推門而入，果然是阿滿垂著頭坐在桌子旁，清秀的臉龐上淚珠子止不住的往下落。

「阿滿姊，妳怎麼了？」子妤一驚，趕忙從袖兜裡掏出張手絹兒去替她拭淚。

子紓也看得一愣，小胖手拍拍阿滿的肩膀，安慰道：「阿滿姊姊，妳不要哭，告訴我誰欺負妳了，我替妳出氣去。」

子妤忙道：「慢慢說，有什麼事兒都慢慢說，別哭壞了身子。」

狠狠的一抹淚，阿滿總算止住了哭泣，面帶委屈的看了子妤一眼，嗚咽道：「還不是南院佘家班的那個水仙兒。今兒個晌午，她派了個丫鬟過來，說什麼要我過去說說話、敘敘舊。想著當年咱們一起學過兩年戲，有些交情的分上我便去了。結果禁不住她巧言試探，我竟說漏了嘴，告訴了她咱們準備唱一齣【范蠡戲東施】，不過我還是存了個心眼，沒把大師姊易釵而弁，還有四師姊唱東施一角的細節告訴她。但看她那樣兒，眼珠子滴溜溜的轉，明顯是有所圖的。我回來後，東想西想，總覺著不對勁兒，又主動過去，請她看在昔日姊妹的分上，莫要讓其他人知道咱們花家班排的戲。結果她說已經告知了班主佘大貴，還說是我自己出賣了戲班，反倒上門來求她保密，簡直可笑可悲，把我罵了一通就趕了出來……」

說到這兒，阿滿忍不住又抽泣了起來，一雙清亮的眸子蓄滿了淚水，整個人顯得憔悴不已，像失了心魂一般，神情慌亂。「要是被班主知曉，我……我一定會被趕出花家班的啊，子好，妳說我該怎麼辦啊?!」

章四十七　紫宸壽宴

嵌了大理玉石的桌上擺了宮裡膳房送來的晚膳，三葷兩素一湯。只是時間過了許久，飯菜已經不熱了。一旁的阿滿仍止不住的抽泣著，淚水「啪嗒啪嗒」地直往下掉。

子妤先勸了弟弟離開。「子紓，你先去找止卿用過晚膳，這兒的事千萬別讓其他人知道。」

知道自己留下來也幫不上什麼忙，子紓乖巧地輕輕拍了阿滿的肩頭，用著甜糯酥軟的聲音道：「阿滿姊，我和姊都不會告訴別人半句的。妳放寬心，別多想啊。」說完，這才撓著腦袋離開了。

斟了杯茶遞給阿滿，子妤又用熱水擰了張帕子過來替阿滿擦臉，順帶又把門給門上了，免得突然有人進屋，看到她這副模樣難免生疑。

「若是被班主曉得我洩漏了萬壽節演出的內容，一定會被趕出戲班子的，子妤，妳說我該怎麼辦啊？」阿滿哭著哭著嗓子也有些啞了，眼睛紅得像顆棗兒，臉也哭花了。

趕緊給阿滿擦了淚痕，子妤想了想，仔細問道：「這事兒，除了我和弟弟，阿滿姊妳沒告訴其他人吧？」

搖搖頭，阿滿想也不想的便道：「我才不敢跟別人說，只是見了妳，心中忍不住就一股腦兒的傾訴了出來。」

「嗯。」子妤心中有了主意，握住阿滿的手。「妳放心，此時既然其他人並不知曉，我和子紓也絕不會胡亂說出去的。等過了萬壽節，此事便罷，想來師父也不會知道的。」

「可是……」阿滿也從先前的慌亂逐漸恢復了心神，點點頭又搖搖頭，有些害怕道：「那水仙兒知道，佘大貴也知道，萬一……」

抿抿唇，子妤神色嚴肅，思慮了半晌，復又搖頭。「既然水仙兒從妳這兒套出話，除了告訴佘大貴，應該不會張揚出去。畢竟她從前是花家班的人，若是被人知道她利用舊情，恐怕背後也會被戳著脊梁骨罵她沒良心。所以，佘家班那邊應該不會有人知道是妳洩了密。咱們這兒守口如瓶，熬過了這幾日就好，別太擔心。」

渾身一個哆嗦，阿滿越想越覺得害怕，遲疑地點點頭，只盼著佘家班即便知道了，也不會打什麼壞主意，待這萬壽節一過，也就什麼事都了了。

可事實，真會如心中所想這樣嗎……

等安慰好阿滿，菜也早就涼了，子妤端到後院又重新熱了一下，勸著阿滿好歹吃了些，又用涼水帕子替她敷了下紅腫的雙眼，勉強看不出來才一起又去了塞雁兒的房間裡伺候。

一夜忐忑，第二日天剛濛濛亮的時候，花家班眾人就已經起來了。

今天是一月初五，萬壽節晚宴花家班被排在壓軸出場，大約是戌時末刻。時間尚算寬裕，花夷親自又看了一遍金盞兒和塞雁兒對戲，挑出幾處不盡人意的地方又琢磨了一下，希望完美無缺地一舉贏得滿場喝彩，也才不枉花家班上下忙碌了近一個月。但也因為紫宸殿正在準備壽宴，所有戲伶都不能去現場勘查，只能照著內務府給的圖，估摸著大致的位置和舞臺寬度，權當彩排了。

怕登臺前出什麼岔子，金盞兒和塞雁兒今日只用了早膳，午膳則是吃了幾片糕點和著蜜水，雖然清淡了些，倒也穩妥。因為晚上要表演，戲伶按慣例是要空腹的，所以過了酉時，就連糕點和水都不能再沾了，免得臨時想要出恭，誤了時間。

另則，戲班眾人都要前往紫宸殿作準備，那兒雖然都備好了茶水、糕點一類的，但現場必然是忙得不可開交，根本沒時間吃東西，所以四個粗使婆子給不上臺的人各煮了一碗麵，還加了兩個雞蛋，以防大家餓暈了。

還有一個多時辰就要登臺，馮爺又親自來了，讓常樂殿的眾位藝伶列隊排好，由六個內侍領著往紫宸殿而去。

子妤因為塞雁兒少拿了一支珠釵，走到半路又踅回去，便落在隊伍最後。

從屋裡趕緊尋了那支釵，等出了北院的門時，遠遠便看到一位穿一襲雨過天青色錦袍華服的公子走在前面，在邁步跨過門檻的時候，身上掉下了一方香羅帕，卻因走得急並未發覺。

子妤快步跟了過去拾起，剛想開口叫住那人，卻一眼瞥見那香羅帕的一角繡了幾株蔥綠的水仙葉，上頭還有一朵蕊黃的花兒，再拿到鼻端一嗅，一股淡淡的脂粉香味鑽入鼻息。

難道……

子妤認識這背影的主人，正是那如錦公子。可為什麼他的身上會掉下女子的香羅帕呢？子妤遲疑間來不及多想，只把那香羅帕揣進了袖兜，匆匆跟上了隊伍。

一路上穿過層層宮牆，這才算真正進入了皇城的內廷，眼前櫛比鱗次的亭臺樓閣一一呈開，數也數不清經過了多少個冬日裡也猶有綠意的花園庭院，一路行了約莫三炷香時間，才在一座恢弘無比的宮殿前停下。

子妤壓下心頭的疑惑，心神也被眼前這皇宮內院的景致給吸引了過去，因為太后生辰，這紫宸殿幾乎被綵燈給妝點得猶如星宮一般輝煌明媚。就連斜照的夕陽，也在這宮殿面前失了顏色。

殿門口有現搭的老星獻壽臺，高九階，由全國徵邀而來的百名老人各執金壽字，逐層而上，口中喊著各種福壽祝詞……步步行來，眾人越是仔細打量，就越被這內廷裡的繁華盛景所震懾。待得進入殿內，撲面而來的喧譁熱鬧更是非同一般。

寬廣達百丈的中庭擺滿了紅漆圓桌，粗略一數，參加壽宴的不下千人，其中除了文武百官、皇親國戚之外，還有各國來朝使節和民間請來的高壽老人們。而中庭兩邊的開闊處，隔了十步便是一個綵台，上面同時表演著各類歌舞雜藝節目，其內容多為神仙祝壽故事，喜慶祥和，將整個殿內氣氛烘托出一種無與倫比的繁榮氣象，端的是錦綺相錯，華燈寶燭，霏霧氤氳，瀰漫周匝。

至於散落在其間的一株株植物，則是專程從江南溫暖地區日夜兼程運來的，小如蟠桃、長生花、一統萬年青，也無不刻意求其吉祥之義。

這樣的熱鬧景象，只一眼，也足夠讓這些未曾見過如此世面的戲伶們驚訝得合不攏嘴了。不過子妤好歹再世為人，雖然心中震撼，神色略有興奮，卻表現得恰到好處，沒有露出其餘戲班弟子們那種的呆傻樣兒。

因為來之前唐虞曾再三交代，凡是花家班弟子，進入紫宸殿之後嚴禁喧譁驚嘆，就算看到天仙下凡也要閉口垂目，不得失了花家班的顏面，若有小腿抽筋癱軟者，回去是定罰不貸。所以連子紓那毛躁小子也不敢太過興奮，儘管小臉憋得通紅，腳下卻一點兒沒亂的緊緊跟上，就怕回去挨柳條。

除了一飽眼福，子妤還把注意力放在了前頭端端而行的如錦公子身上。

先前撿到的那方香帕分明是女人的，可是卻從他身上掉下來。而那香帕上的水仙花繡樣，怎麼看怎麼想也覺著有些蹊蹺，總讓她聯想到了佘家班那個妖嬈放肆的水仙兒。

而這一聯想，子妤總有種不好的預感，眼皮也跟著不停的跳。

果然，前頭佘家班的人正要進入另一間後殿側屋候場，那水仙兒卻在進門那一刻偶然回眸，掃了一眼花家班這邊，看位置，豈不正好是那如錦公子所站的地方?!

子妤隱約感覺到了一絲山雨欲來風滿樓的味道，不知這次萬壽節的演出，是否能真如之前所預料的那樣，花家班能如願以償技壓另外兩大戲班，還是會橫生出什麼變故來？

——未完，待續文創風031《青妤記》6之2・〈春心初動〉

預知後情

京城三大戲班子：花家班、佘家班、陳家班同時入宮，準備在太后五十九的生辰大壽上獻演，三家戲班子莫不費盡心思各出奇招，以爭奪天下第一戲班的寶座。且因太后素來最喜愛【浣紗記】這齣戲，為了出奇制勝，花家班採用了子妤的建議，將老戲改編成新劇【范蠡戲東施】，以為這下勝券在握。

沒想到入宮後內侍通報，先上場演出的佘家班所排劇目，竟然完全一樣。如此別出心裁的戲根本不可能相同，必是戲班裡有人洩密，但這個時候，追究誰洩密已經不重要了。眼看還有一個時辰就要上場，若仍然唱同一齣戲，必然被人指稱是抄襲；但若不照著已排好的戲上場，結果就只有一個，就是被佘家班打得一敗塗地，拱手讓出天下第一戲班的寶座，之後，想要再奪回來也很難了。

在這班主驚怒焦急、眾人束手無策的緊張時刻，俊朗雅致的唐師父提出了一個解決辦法……究竟他所提的絕妙計策是什麼？竟然能在一個時辰內倉卒推出戲目，而且還一舉扭轉敗局，作了一場冠絕當代的演出。誰會是那花家班裡壓箱的最後王牌？

雖然度過難關、化險為夷，可這洩密大事還是得查清楚，會是單純的阿滿被佘家班的水仙兒所騙，不小心說溜了嘴？還是跟先前子妤在南院撿到從如錦公子身上掉下來的香羅絲帕有關？

還有那人小鬼大的相府孫少爺諸葛不遜，以及嬌弱率真的侯府郡主薄鳶，竟然與身分只是小戲伶的花家姊弟極為投契，四人不分貴賤出身，結下了一生不解的緣分和情誼……

六歲的她失去人人稱羡的一切；

十六歲的她只想成為頂尖的高手，

因為唯有如此，她才有能力去弄明白一切真相……

娘說平凡是幸福。這話她懂得太晚！

而身為蕭家之後，她永遠平凡不了……

這次

雪靈之

不挑虐戀的路走，但深情還在。

在情路峰迴路轉之中，

愛是唯一指引向幸福圓滿的途徑!!

拈花笑

文創風 027 2之1〈招蜂引蝶為哪樁？〉

她的娘，是江湖第一美人，她的爹是「後蜀皇族」，
而他們蕭家所擁有的家傳寶藏，覬覦者不計其數。
人人都羨慕她蕭菊源是蕭家女兒，可這個身分帶來的卻不是好運。
娘說做個平凡的人……也是種幸福。
才六歲小小的她聽不明白這個道理，只知道這的確不是好運，因為──
那一夜，出了一個小差錯，蕭家竟因而被劫殺毀了，
她再見不到那感情如膠似漆、一對璧人似的爹娘。
十年來，她藏起一身的秘密、美麗的容顏，改了名字，
她還拜了一個兩光的師父，學了一招半式、三腳貓的功夫。
再回到當年的傷心地，復仇之路都尚未展開，卻一路不平靜，
她被「滅凌宮主」盯上，威逼著說要娶她；
爹娘為她訂下的未婚夫也現身，但他要娶的竟是那個假冒她身分的女人；
還有那個莫名其妙的師兄伊淳峻，長相足以跟她比美，內心比她曲折千百倍，
一對上他，她的氣就不打一處來。真是天下大亂了！復仇之路也太難啦……

文創風 028 2之2〈落花流水愛銷魂！〉

看著本該屬於她的男人裴鈞武，明明心在她身上，想愛不敢愛，
堅持死守著承諾，要娶那個贗品似的蕭菊源，真夠笨的！
無奈的是除了放手，她還能怎麼著？
還有那個滅凌宮主又是怎麼回事？
膽子忒大，她身旁高手如雲，他居然可以神出鬼沒，時不時提點她，
他真的如他所說，幫她的這一切只是為了想娶她？
她的心緒都這麼亂了，那個唯恐天下不亂的伊淳峻還不放過她，
一遇著機會就刺她激她酸她個幾句，
原以為他有斷袖癖好，想跟她搶同一個男人呢，
但他幾次親她嘴，說是要教她怎麼迷倒男人，又好像頗為陶醉似的，
究竟跟他同夥謀算復仇的事，是不是會教她偷雞不著還蝕把米啊？
這明裡來暗裡去的勾心鬥角，就等「真相大白」的那天可以落幕，
只是裴鈞武、滅凌宮主、伊淳峻……她該選誰？又能選誰？
還有她身上的蕭家秘密，是否會為她引來更大的風浪……

我愛你的時候，付出了一切，乃至生命，

從不曾後悔，因為我無愧於這份愛情；

當我決定不愛你的時候，你卻靜靜站在我心裡，

怎麼都驅趕不去……

纏綿愛戀 第一大手

雪靈之

愛得有多深傷就有多重，究竟愛情與權勢該如何抉擇？

一部最深刻動人的皇宮愛情故事，

一場一波三折的皇權之爭……

結緣

文創風 024 2之1〈癡心無藥〉

原月箏，翰林院學士之女，美麗而純真，
在一次進宮參加壽宴時，不經意看見他的眼淚、他的脆弱，
對失去母后又被父皇疏遠的五皇子鳳璘因憐生愛、情根深種，
為了成為他口中「舉世無雙」的王妃人選，她費盡心思地努力學習，
終於，如願成了他的妻，她傾盡所有地對他好，期望能與之白首偕老，
即便被擄至敵營，她也寧願挨餓受凍，以換得完璧之身回到他身邊。
然而真相如此傷人，她發現自己只是他奪取皇位的一顆棋子！
她心痛，卻不遺憾，甚至願意成全他，
只因他帶給她的痛苦再多，也抵不過她感覺到的甜蜜，
雖然這甜蜜是那麼自欺欺人，而相遇的代價是如此沉重，
但就算必須因他去到黃泉的最深角落，她也無愧無悔，曾這樣愛過一個人……

文創風 025 2之2〈愛恨難了〉

政宗鳳璘，翥鳳王朝的五皇子，冷漠而孤單，
為了奪回原該屬於自己的皇位，他使盡心計，甚至不惜利用單純的原月箏！
可那樣嬌小脆弱的她，卻無條件地支持他、了解他的不甘和傷痛，
每當她用那水燦燦的眼瞳直直看著他，心裡的陰鬱便被輕緩地照亮了，
他不喜歡這種無法躲避的明亮，卻貪戀她帶來的溫暖，
就是這樣的她，讓他漸漸無法抵禦，在她面前，他不知不覺變得笨拙且脆弱。
然而現實如此殘酷，他沒有選擇，只能照著計劃一步步進行，
但是當她在他面前頹然倒下，那一刻，他卻茫然了……
面對權勢與愛情，她讓他陷入了兩難，
沒想到這個他原本不願意在乎的女人，卻讓他萬般痛苦、如此不捨……

風 文創 030

青好記

6之1

〈有鳳初啼〉

國家圖書館出版品預行編目資料

青好記. 6之1, 有鳳初啼 / 一半是天使著. --
初版. -- 臺北市 : 狗屋, 民101.07
面 ; 公分. --（文創風）
ISBN 978-986-240-856-8（平裝）

857.7　　101011593

著作者	一半是天使
發行所	狗屋出版社有限公司
地址	台北市104中山區龍江路71巷15號1樓
電話	02-2776-5889～0
發行字號	局版台業字845號
法律顧問	蕭雄淋律師
總經銷	知遠文化事業有限公司
電話	02-2664-8800
初版	101年07月
國際書碼	ISBN-13　978-986-240-856-8

原著書名：《青好記》，由起點中文網（www.cmfu.com）授權出版。

定價230元

狗屋劃撥帳號：19001626

網址：love.doghouse.com.tw　E-mail：love@doghouse.com.tw